Du monde entier

JOHN EDGAR WIDEMAN

REUBEN

roman

Traduit de l'anglais
par Marianne Guénot

nrf

GALLIMARD

Titre original :

REUBEN

À ma sœur Tish,
et à mes frères Gene, Dave, Rob.
Le cercle demeure intact.

REMERCIEMENTS À

Robert Farris Thompson
pour sa présentation
de la cosmologie Kongo dans
Flash of Spirit.

1

KWANSA

Reuben[1] était un petit homme. Long visage, longues mains, pourtant Reuben ne dépassait pas la stature moyenne d'un garçon de douze ans. Cette tête allongée sur un corps de gringalet, cette façon de se tenir une épaule plus haute que l'autre, tout rappelait que Reuben avait failli être un nain bossu. Pas assez mal foutu pour faire pitié, mais pas normalement bâti non plus. Du coup tu faisais attention quand tu lui parlais. Il y avait des mots à ne pas prononcer, des limites à ne pas dépasser. Cette chose pitoyable que Reuben n'était pas, c'était pourtant ce qu'il était presque. Du coup t'étais prudent. Et c'était dur de lui parler sans avoir l'esprit qui s'égare.

Et si ton esprit s'égarait en parlant au petit homme, tu risquais de ne pas t'arrêter aux nains estropiés et bossus. Le long visage osseux de Reuben se terminait en pointe. Des touffes de cheveux gris sur sa tête aux touffes grises de sa barbe à la Van Dyck, le visage s'amenuisait radicalement pour se réduire à une pointe fine au menton, une pointe, prétendaient certains, assez acérée pour crever un ballon ou te piquer le doigt. C'est pourquoi il portait la barbe. Pour camoufler la difformité. Et voilà pourquoi la barbe était pointue, parce que la vérité finit toujours par percer, même

1. L'auteur a préféré conserver l'orthographe anglaise du prénom. *(N.d.E.)*

si t'essaies de la cacher. Tu risquais donc de penser à des rats quand tu regardais sa face de rongueur, aux petits yeux ronds comme des billes, de même que forcément tu pensais à un nain quand t'allais voir Reuben.

Même si c'était dur de rester concentré sur ton affaire, quand tu pouvais plus t'en sortir sans lui, t'y arrivais. Reuben aidait les gens dans le pétrin. Les gens vraiment mal barrés, ceux qui ont de sacrés problèmes avec la justice. Personne dans Homewood n'aurait fait ce que Reuben faisait pour le peu d'argent qu'il demandait. Reuben réglait tes affaires *downtown*. Conciliation, caution, divorce, ivresse et troubles à l'ordre public, une chose qu'on te vole, quelqu'un qui te prend la main dans le sac, pension alimentaire, testament, acte de naissance, demande ou suspension de permis de conduire, permis de construire ou de démolir, papiers pour interner ou libérer quelqu'un — de mémoire de Homewood, Reuben accomplissait ces tours de magie pour les pauvres du quartier et les plus pauvres que pauvres.

Kwansa l'avait toujours vu. Le petit homme bien mis dans son costume trois-pièces, une chaîne en or pendant d'une poche de gilet à l'autre, un mouchoir blanc plié pour s'ouvrir comme une fleur dans la pochette de son veston. Toujours bien ficelé. Il faisait partie de Homewood Avenue comme la grande vitrine du supermarché, les piliers de la banque, les sons de basse qui sortent de chez Dorsey-le-Disquaire et l'odeur douceâtre de graisse brûlée qui envahit le trottoir de chaque côté du boui-boui de Williams Hot Sauce. Depuis qu'elle avait déménagé de Bruston Hill pour descendre sur Kelly Street, Kwansa arpentait Homewood Avenue bien plus souvent. Elle redevenait petite fille, faisant les courses avec sa mère parmi les rayons mystérieux de l'épicerie, fixant avec envie les vitrines surchargées du Tout-pour-Rien de Murphy. Même si tout avait changé, sauf la lourde façade en pierre de la banque, encore qu'elle n'ait jamais été à sa place sur l'avenue. Pendant des années, elle avait fait comme si elle n'existait pas. Elle se souvient très bien d'avoir découvert un jour le bâtiment de la banque. Petite fille, marchant dans l'ombre projetée sur le trottoir, un brusque frisson quand son regard avait remonté les colonnes de pierre jusqu'à l'entrelacs de corps nus sculptés, dans un encadrement triangulaire. A l'étage supérieur, des fenêtres à barreaux avaient arrêté son regard jusqu'à ce qu'elle renverse son cou tout en arrière, et là, il y avait le ciel bleu et des nuages en pop-corn qui filaient au-dessus de la masse gris sombre. L'espace d'un instant, la banque, imprimée en noir sur le ciel, partit de traviole, puis, à mesure que ses yeux se détachaient de l'arête du toit, le mur s'inclina vers elle comme si toute cette masse écrasante allait dégringoler.

Kwansa s'efforçait de se concentrer sur son affaire. A moins que Reuben ne puisse l'aider, ils lui enlèveraient son bébé. Elle avait besoin de Reuben. Cet homme aux mains énormes qui s'étreignent et se relâchent au-dessus de la table où il est assis. Des mains d'autant plus nues que le reste de sa personne, même son visage, avec sa moustache en pinceau et sa barbe pointue, est tellement apprêté. Des mains nues et tourmentées comme elle en ce moment, debout, courbée, dans la coquille rance de la caravane qu'elle a connue toute sa vie comme étant le bureau de Reuben.

Elle ne peut pas commencer à dire ce qu'elle a besoin de dire parce qu'elle ne connaît pas son nom. Reuben. C'est Reuben, assis là par cette chaleur, en cravate et en veston. *Booker, tu ferais bien de magner ton cul chez Reuben. Hé, 'paraît qu'Hazel est dans une embrouille que même Reuben peut pas démêler. Reuben est un chien. Ouais... mais Reuben est là quand y a plus personne. Reuben est plein de fric. Trop fin pour le dépenser. Un fin renard ce Reuben. Un rat, tu veux dire.*

Voir Reuben pendant toutes ces années et ne pas savoir si c'est M. Reuben ou Reuben Machinchose. Si Reuben est son prénom ou son nom, parce que tout ce qu'elle a toujours entendu dire, c'est Reuben. Peut-être Reuben Reuben comme dans la comptine, la chanson, celle qu'ils chantaient à l'école...

Pas savoir son nom est une chose. Mais, pire, elle ne sait pas non plus comment on s'adresse à un avocat. Si elle venait pour soigner un mal de dos, il aurait été docteur. Docteur Machinchose. Elle aurait pu l'appeler Docteur Reuben ou tout simplement Docteur et se mettre à lui raconter ce qui est pire que de ne pas savoir son nom. Pire que toutes les choses qu'elle peut nommer. Le rêve dans lequel son petit Cudjoe pleure toute la nuit après sa mère. Le rêve qu'elle ne peut chasser. Si réel qu'elle se réveille sans cesse la nuit pour s'assurer qu'il va bien. Dès qu'elle se rendort, elle l'entend pleurer, tousser, s'étouffer dans ses larmes. Alors elle se relève encore.

S'assure que tout va bien. Cudjoe qui gémit toute la nuit et elle qui ne peut rien faire.

Puis-je vous être utile, ma petite mademoiselle ?

Oui... Oui, monsieur.

Asseyez-vous, je vous en prie.

Monsieur Reuben. Monsieur Maître, ils veulent me prendre mon bébé. Ils vont y arriver si j'arrive pas à les arrêter. Il faut que vous m'aidiez, monsieur.

Les yeux fatigués de Reuben se ferment. Comme s'il avait rendu l'antenne. Ou comme s'il avait déclenché l'obturateur et pris sa photo. Des petits yeux tels des trous noirs, à des milliers de rides de ses pommettes saillantes. Des yeux de vieux, gris, se dit-elle, la couleur de sa barbe, ou marron, ainsi que les mains qui ont fini par s'oublier et reposent de chaque côté de la table, les doigts difformes aux grosses phalanges, comme si on avait fait des nœuds avec les os des jointures. Des yeux noirs, autant que le sang qu'elle sent monter vers son cœur, lui monter à la tête. Elle pense que les yeux ont dû changer de couleur quand elle les a regardés, pendant la fraction de seconde où ils se sont entrouverts, des yeux de toutes les couleurs qui existent, qui ont jamais existé. Humides à présent, brillants et opaques, sans couleur — quelque chose d'humide baignant dans le rouge. Elle pense qu'il a dû écarter les mains pour prendre appui et se lever de son siège. Pour lui hurler dessus et la chasser parce qu'elle ne l'a pas appelé par son nom.

Vous prendre votre enfant ?

Mon petit garçon. Cudjoe. Mon fils...

Les gens des services sociaux ?

C'est pas eux qui ont commencé. Mais maintenant y sont sur le coup. Maintenant tout le monde ment. Dit que je suis incapable. Ce pourri de Waddell et les autres. Y font rien qu'essayer de me faire du mal. De m'enlever mon Cudjoe.

Je vous aiderai si je peux. Je suis là pour ça. Quel est votre nom, mademoiselle ?

Kwansa Parker. Lily Parker en vérité. Mais tout le monde m'appelle Kwansa. C'est le nom que j'ai pris. Vous savez que de nos jours on change son nom. J'ai choisi Kwansa parce que ça veut dire quelque chose de bénéfique.

Une fête. Un jour sacré.

Oui. C'est ça. Comment vous le savez ?

Cent ans au coin de cette rue. Normal que je sache une chose ou deux. Vous ne croyez pas, mademoiselle Kwansa ?

Si, monsieur. Pardon. Je m'excuse, monsieur Reuben. C'est surtout les jeunes et les mômes qui suivent cette mode africaine. Et la plupart savent rien de ce qu'il y a derrière. Ils font ça pour faire comme les autres.

Autrefois nous avions des noms africains.

C'est pour ça que j'ai appelé mon fils Cudjoe. Pas question qu'il ait un nom d'esclave.

La vie est pleine d'ironie, mon enfant. Plus d'un esclave s'appelait Cudjoe, c'est le nom que le maître leur donnait. Mais cela n'a rien à voir avec nous, maintenant, pas vrai ? Asseyez-vous donc. Racontez-moi votre histoire.

Kwansa est tentée de tourner la tête pour voir à qui Reuben s'adresse. Il peut pas lui parler à elle. Elle n'a pas d'histoire. Elle vit au présent. Sa vie, c'est l'angoisse qu'elle porte au ventre, voilà toute sa vie. Il n'y a pas assez de place dans la caravane pour qu'elle tourne la tête et encore moins pour qu'il y ait quelqu'un derrière elle. Les murs, le plafond bas l'oppressent. La caravane lui colle à la peau comme des nippes achetées aux puces. Cradingues, moisies. Le petit homme doit planquer ses chaussettes sales dans la caravane. Des piles de sous-vêtements tachés et de chemises sales, quelque part dans un coin. Des fentes rouillées en guise de fenêtres. Des pans de cloisons déglinguées qui perdent leur rembourrage comme le vieux nounours crevé de Cudjoe. Ce genre d'endroit quand on entre, on fait attention de rien toucher, de se frotter contre rien. Des piles de cartons. Des feuilles de papier jaune partout. Une espèce de canapé mité sur lequel on s'assiérait pas, à moins d'être à l'article de la mort.

De l'extérieur, quand on remonte Hamilton vers l'école de Homewood, la caravane pourrie est là depuis si longtemps et il y a tant de mauvaises herbes qui poussent autour qu'on n'y fait pas gaffe. Pas plus qu'aux pneus, aux tessons de bouteilles ou aux ordures que les gens jettent sur le terrain où elle stationne. Tu passes devant pendant des années, mais le jour où quelqu'un te demande la couleur ou le modèle de ce vieux tas de caravane, tu hoches la tête. Faut pas me le demander. Ça fait des années qu'elle est là, mais que le diable m'emporte si je le sais. Puis tu te dis. Qu'est-ce que ça change. A quoi ça sert de savoir ça, la couleur ou le modèle ? Reuben y fait ses affaires, c'est tout. Petite et bossue comme lui... On raconte que dans le temps, il la tirait derrière sa Buick. Elle le suivait partout. Besoin de Reuben et le voilà qui débarquait telle une tortue ou je sais pas quoi, sa maison derrière lui. Le samedi il garait son engin sur Homewood Avenue. Ça allait et venait toute la journée là-dedans, comme des fourmis dans un pot de miel. Il y avait une pancarte au-dessus de la porte : AVOCAT. Le samedi on était sûr de voir l'engin en haut de Homewood Avenue, mais ça fait un bail de ça. Un sacré bail. Maintenant pour voir Reuben, il faut se déplacer. La caravane stationne sur le terrain abandonné derrière Hamilton, tout à côté de l'école. Bizarre qu'on le vire pas de là. C'est vrai, de nos jours on peut plus planter sa caravane n'importe où. Je suppose qu'elle est là depuis trop longtemps pour la déménager. A croire qu'elle est sortie du sol avec les mauvaises herbes qui l'entourent. Non. Sa couleur, on m'en a jamais rien dit. J'ai quand même l'impression qu'elle était bleue la dernière fois que j'ai regardé. D'un bleu terne, pisseux, qui s'écaille. On raconte qu'un jour, sous la lune, elle était rouge sang. On raconte aussi qu'elle scintillait comme l'or ou l'argent, le samedi après-midi sur Homewood Avenue. Évidemment que la police lui fout la paix. Reuben, c'est la Loi, pas vrai ?

Si Kwansa avait été debout, elle aurait balancé le poids de son corps d'une hanche à l'autre. Elle aurait oscillé d'avant en arrière, trouvé son rythme et tapé des mains, c'est comme ça qu'elle aurait raconté son histoire. En la dansant. En la chantant. Sur le siège pliant pareil à ceux qu'on trouve aux pompes funèbres, les lattes de bois dur lui pincent le dos, grincent chaque fois qu'elle entreprend de respirer. Elle garde les genoux serrés et essaie de se tenir raide, immobile, comme un roc. Sur l'un des murs, un calendrier délavé taché de suie : elle parvient à peine à lire l'année. Il doit avoir son âge. Ces feuilles pendent là depuis presque aussi longtemps qu'elle respire. Cette pensée la fait soupirer. Ses cuisses transpirent dans son pantalon corsaire violet. Reuben se balance sur sa chaise. On dirait qu'il l'entend penser et qu'il souhaite s'attarder sur l'idée qui lui passe par la tête. Il tire sur sa barbe pointue, se passe les doigts dans les poils gris et caresse la pointe du menton qu'elle ne peut pas voir. Quel âge ont les choses ? Depuis combien de temps est-elle assise sur ce siège dur, se contractant de plus en plus ? Si elle bandait ses muscles assez fort, ce qu'elle était venue dire arriverait peut-être à sortir...

Son histoire. Son il-était-une-fois. Reuben lui a demandé de raconter, pas vrai ? Et il ne se moque pas d'elle. Il a compris son nom et a essayé de sourire pour qu'elle se sente à l'aise.

Bon, voyons. Y a pas de quoi avoir honte, en vérité. Waddell. Il était sympa. Il a commencé par passer me voir, vous voyez ce que je veux dire. C'était le premier. Disons que ma Grandma, elle m'avait toujours prévenue. Vous voyez. Les garçons et après quoi ils courent. Donc j'étais censée savoir. Mais il fallait que je m'en rende compte par moi-même. Et Waddell, il avait l'air sympa. Différent. Il m'asticotait pas ni rien. Il passait me voir et il était gentil. Ma Grandma n'aimait personne, mais elle sortait pas de ses gonds avec Waddell. Du moins c'était le seul qu'elle autorisait à rester un moment avant de le flanquer dehors. Ça a continué comme ça environ six mois, puis, un jour, sa tante n'était pas là, j'ai filé en douce jusqu'aux cités, là où ils habitent. Tout le monde le fait, alors voilà. Waddell disait qu'il m'épouserait et qu'il s'occuperait de moi. Peut-être qu'il le pensait vraiment. Il a peut-être cru à ce mensonge quand il l'a dit, mais ce chien n'a jamais pris soin de rien ni de personne.

Quand j'ai réalisé que Cudjoe était en route, Waddell s'était déjà tiré. Qu'est-ce que j'étais supposée faire ? Je garde mon bébé et je me fiche du reste. J'aurai mon bébé et je lui donnerai tout l'amour qu'est en moi. Et c'est ce que j'ai fait, monsieur Reuben.

Maintenant quelqu'un essaie de vous enlever votre enfant.

C'est que maintenant Waddell se croit quelqu'un. Faut dire qu'avant il était rien. Tout le monde le fuyait. Il est revenu se traîner devant moi et Cudjoe parce que personne pouvait le supporter. C'est cette dope, vous savez. Aujourd'hui il s'est refait une santé. Et une nouvelle femme, une fausse Blanche. C'est elle avec ses sœurs à lui qu'ont foutu Waddell dans cette affaire. Ses sœurs n'ont jamais pu me sentir. Elles disent que je viens des bas-fonds. Que j'ai fait plonger Waddell. C'est pas elles qui l'ont soigné ce nègre. C'est pas elles qui bercent son gosse, virent les cafards et sont rongées par l'angoisse. Est-ce que ton père est vivant ? Est-ce que la rue va nous le rendre en vie ce soir ? Demain ? La semaine prochaine ? Oh non ! C'étaient de vraies saintes-nitouches à l'époque, et ça continue toujours. Elles ont jamais levé le petit doigt pour leur frère, ni pour moi ni pour

Cudjoe. Mais maintenant ça marche pour Waddell et elles l'ont convaincu de me prendre Cudjoe. Sa salope de femme est sûrement trop sainte pour faire un gosse, alors ils sont après le mien. Ils essaient de me le prendre.

Quel âge a l'enfant ?

Quatre ans, cinq en février.

Il a toujours été avec vous ?

Absolument. Je l'ai élevé toute seule. Waddell m'a pas donné un sou... ni personne de sa famille.

Dans ce cas, ils ne peuvent pas grand-chose. Vous êtes la mère de l'enfant.

La chaise n'a pas d'accoudoirs pourtant il faut qu'elle s'accroche quelque part. Ses doigts agrippent le support en bois blanc du siège à lattes. La chaise décolle. Elle ne peut pas desserrer son étreinte. Elle serre si fort que ses forces l'abandonnent. Elle se mord la peau de la lèvre inférieure pour tout garder dedans, tout tenir serré. Un peu de sang chaud dans sa bouche. Tout garder dedans, comme ça arrive parfois avec un homme, un inconnu au bar qui se glisse près de son tabouret et lui paie un coup, plus étranger encore quand ses odeurs, ses liquides, ses bruits affrontent les siens. Là, quand elle sent sa chair glisser contre ce type qu'elle connaît pas et dont elle a rien à foutre, elle a envie d'étouffer cette partie d'elle-même qui continue automatiquement comme si le plaisir seul comptait, comme si le type était à sa place. Tandis que son corps lui échappe pour faire ce qu'il a à faire, elle hurle *Arrête... Reviens,* et martèle le dos de l'inconnu avec ses poings. Elle veut se retrouver. Elle se bat contre lui pour garder le contrôle et se retrouve vaincue quand elle se tord et cogne et lui donne l'impression d'être un dieu.

Ouais. Ouais. Ouais. Chuchote-t-il à son oreille. C'est bon. Dis à Papa que c'est bon.

Elle est à bout de force. Une fois de plus elle a laissé faire. Elle ne s'inquiète plus de savoir où son corps est parti. Elle se demande qui lui parle dans le noir. Qui lui souffle son haleine fétide en pleine gueule, à qui elle tourne le dos quand elle s'assoit sur le bord du lit en se couvrant, une froide humidité gluante entre les cuisses.

Tant qu'elle serre les dents, tant qu'elle crie d'arrêter, et qu'ensuite, quand c'est trop tard, elle lâche la bride à son corps, elle n'a rien d'une putain. Elle fait ce qu'elle a à faire. Pas de quoi avoir honte puisque c'est ce qu'elle a à faire. C'est pas quelques pièces qui changent quelque chose. Les autres femmes n'en font pas plus pas moins pour de l'argent. Elle ne fait pas commerce de sa chatte. C'est la sienne. Depuis toujours. Personne ne peut la lui prendre, pas plus qu'elle peut s'en débarrasser si elle veut. Si elle tombait malade, au pire on la lui coudrait, mais ce qu'elle fait avec les hommes et ce que les hommes lui donnent en échange, ça ne regarde personne. Tu te couches et tu fais ce que t'as à faire. Il se retire et, s'il est pas con, il sait que tu ne vis pas d'air pur et ton bébé non plus, alors si le type est correct, il laisse quelque chose.

Les bateaux noirs avancent. Les bateaux noirs avancent.

A Homewood, dans l'annexe de la bibliothèque Carnegie, on récite des poèmes. L'un d'eux parle de l'esclavage et des esclaves qu'on emporte sur les mers dans des bateaux à voiles. Les requins mangent les pauvres Africains qu'on jette par-dessus bord. Semaine d'histoire des Noirs. Festival. Pourtant ce poème est triste, triste. Un garçon avec des lunettes de soleil le récite par cœur. Elle s'étonne qu'il se souvienne de tous les mots. Quelqu'un précisa plus tard qu'il était aveugle. Miro comme une taupe derrière ses lunettes noires. Le livre sous les yeux ne lui sert à rien s'il oublie les mots. *Les bateaux noirs avancent. Les bateaux noirs avancent.* Le dos musclé des hommes, leurs épaules ramassées quand ils la couvrent et pénètrent tout entiers en elle, ce sont des bateaux noirs. Des bateaux noirs, comme elle est la tempête, le vent qui gonfle leurs ailes, la mer qui les berce, le rivage qu'ils n'atteindront jamais.

Mademoiselle Parker...

Kwansa se cramponne au bois. La chaise ne plane plus dans l'espace. Des vagues la soulèvent puis amortissent doucement sa descente. Elle respire à nouveau. S'adresse à la demi-portion assise à la table de jeu. Elle se rend compte que les pieds de la table se replient. Sa Grandma installait le plateau de *Ouija* sur une table exactement identique. Les vieilles effleuraient le plateau du bout des doigts. Certaines avaient des bras comme des cure-dents. D'autres avaient la chair gélatineuse, comme de grosses fesses marron et flasques autour de l'os. Au bord du plateau, du bout des doigts. Elles font glisser le palet par le pouvoir de l'esprit. La danse du palet répondant à leurs questions les transporte de joie, comme à l'église. On les entendait piailler, crier, hurler. Dans leurs robes informes et leurs drôles de chapeaux... Miss Clara n'ôtait jamais le sien, ni dedans ni dehors. L'hiver, elles arrivaient en se dandinant comme des ours dans leurs manteaux de fourrure râpés, puis elles retroussaient le bas de leurs longues robes et se rôtissaient le derrière devant le poêle.

Qu'est-ce qu'un homme aussi élégant que M. Reuben penserait de ces vieilles folles et de leur *Ouija* magique. Le jour où elle lui posera finalement la question, il dira : C'est aussi vieux que l'Égypte. Le *Ouija,* c'est notre manière à nous de nous souvenir du « Ouadjet », de l'œil, l'œil qui voit tout, l'œil sacré du dieu Horus. Ces vieilles femmes en cercle avec leurs yeux fermés invoquent ses pouvoirs. Elles renoncent à la vision des hommes pour celle du « Ouadjet ». Mais Kwansa ne demande pas maintenant. Elle regarde le plateau qui tremble, le palet dessinant le nom de son fils.

Mademoiselle Parker. Kwansa... Comment comptent-ils apporter la preuve de votre incapacité ?

Mensonges. Rien que des mensonges éhontés. Autant que je vous le dise tout de suite, monsieur Reuben. J'ai rien d'une sainte. Je connais la rue. A votre avis, qui m'a montré le chemin ? Qui m'a appris à me piquer ? Dites-moi qui empochait mon fric pour continuer à se défoncer ? Ce chien de Waddell. Et voilà qu'il est après mon bébé.

Et maintenant, vous êtes sobre ?

Y a pas plus sobre, monsieur Reuben. Faut que je m'occupe de Cudjoe. Faut que je sois sobre, pour lui. J'ai rien d'une sainte pour autant. Mais je suis ni camée ni putain.

Dans ce cas, je crois pouvoir vous aider.

S'il vous plaît monsieur Reuben. J'ai rien à moi mais je suis prête à tout pour vous avoir de mon côté. Dix dollars, c'est tout ce que j'ai aujourd'hui, mais je peux vous payer un peu chaque semaine. Ça m'est égal combien ça coûte. Je sais faire de l'argent.

On parlera de ça plus tard. On trouvera bien un arrangement. D'abord dites-moi exactement ce qui se passe. Avez-vous reçu des papiers officiels ? Avez-vous été approchée par quelqu'un des services sociaux ou de *downtown* ?

Oui monsieur. Tenez, j'ai le papier sur moi. Un officier de police a sonné à ma porte. C'est là que j'ai su qu'ils étaient sérieux. Tant qu'on parlait entre nègres je m'en faisais pas, mais ce papier m'a fichu la trouille. Ils peuvent entrer chez vous à toute heure du jour ou de la nuit. Et ils peuvent tout vous prendre s'ils estiment que c'est pas pour vous. Si Waddell et sa clique ont mis le Blanc dans leur poche, si le Blanc croit leurs mensonges, j'ai aucune chance, c'est sûr.

Laissez-moi ces papiers, je vous prie. Et apportez-moi tout ce que vous recevrez concernant cette affaire. J'irai *downtown.* On va arranger ça.

Vous êtes sûr ?

Je vous promets de faire l'impossible. Vous êtes la mère de l'enfant. Cela compte encore beaucoup dans ce genre d'affaire. Revenez dans une semaine. A ce moment-là je saurai comment les choses se présentent.

Ils vont pas venir chercher Cudjoe ?

Non. C'est impossible. Il y a certaines démarches à faire.

Des papiers à remplir. Des jugements à rendre. Des témoins à entendre. Il faut appliquer une méthode. Une progression. Une procédure, toujours. Ces choses se font l'une après l'autre, dans un certain ordre, un certain rythme. C'est ça la loi. Ça marche comme ça. Alors on a le temps.

Kwansa... Ça aiderait que vous ayez une conduite irréprochable. Ne décollez pas de chez vous. Enfin, le moins possible. Peut-être que quelqu'un vous surveille, prend des notes. Tôt ou tard, vous aurez la visite d'une assistante sociale. Un matin. Vous sortirez du lit, les cheveux en bataille, la vaisselle de la veille traînant dans l'évier, et vous devrez dire *Bonjour. Quelle bonne surprise,* et la faire entrer. Ou un soir. Vous ne serez pas seule, ou déshabillée, en robe de chambre et en pantoufles, prête à vous coucher. Quand vous vous y attendrez le moins. Alors, attention. Soyez sur vos gardes.

Ses yeux se ferment à nouveau. Il a de longs cils, comme elle en a toujours rêvé. Ils papillotent quand il parle. Des cils de fille. On dirait qu'il est loin, perdu dans un rêve à lui, ou qu'il écoute de la musique comme les jeunes de maintenant avec un casque sur les oreilles : on entend rien de ce qu'ils écoutent, mais ils sont à fond dedans et, quand on leur parle ou qu'une voiture klaxonne pour qu'ils foutent le camp, ils sont dans un autre monde. On dirait qu'il dort sauf que ses cils papillotent et que ses longs doigts noueux forment un clocher et s'agitent comme s'il appelait les gens pour la messe. Elle tend l'oreille pour l'entendre. Il murmure tout bas comme s'il avait peur de se réveiller. Quand elle se lève, la chaise couine une dernière fois, comme si elle l'avait tuée en lui marchant sur la queue, elle rate une partie de ce qu'il dit, elle se penche un peu plus pour entendre la suite. Elle reste debout. Elle attend encore un instant, sans savoir s'il parle encore ou s'il chantonne, une envolée d'un vieux gospel comme fredonnait sa Grandma quand elle faisait la vaisselle ou lui démêlait les cheveux. Mot ou note, peu importe ! Le vieil homme bougonne ou chantonne à voix basse et ses paupières tombantes se ferment une fois de plus comme des rideaux.

Le bout des doigts de Reuben tambourine doucement, tape, tape l'un sur l'autre. C'est la chanson sur le jardin, celle qu'ils ont chantée à l'enterrement de Miss Clara. Miss Clara n'était plus elle-même, on aurait dit quelqu'un d'autre à cause de son crâne chauve sur l'oreiller de soie, sans chapeau.

Kwansa cligne des yeux dans la lumière aveuglante. La caravane de Reuben : c'est l'intérieur d'une vieille boîte de conserve. Le couvercle scellé et les relents de tout ce que la boîte a contenu l'empuantissent encore. Elle cligne des yeux quand le couvercle saute et croit plonger dans l'hiver, dans la blancheur aveuglante de la neige de cet hiver cinq ans plus tôt quand, apeurée, s'apitoyant sur son sort, n'ayant pas la moindre idée de ce qu'elle devait décider au sujet de l'enfant qui grandissait dans son ventre, elle a regardé Etta Thompson la clocharde se coucher sur Susquehanna Street et pleurer jusqu'à ce qu'elle en devienne bleue, bleue et congelée comme les cabillauds au regard torve sur l'étal de glace du poissonnier de Homewood Avenue. Elle cligne des yeux comme elle l'avait fait alors, parce que aujourd'hui comme hier, c'est un moment de surprise, de rire presque. Quelque chose tournoie autour de Kwansa comme une tempête, mais elle est à l'abri, dans l'œil de la tempête, indemne, à l'affût de tout, sans pour autant trouver de sens à tout ça — ni à la grosse Etta Thompson bleu-noir comme une baleine pataugeant au milieu de la rue, ni à l'embryon dans son ventre, ni aux rues cinq ans après glacées, ni à la lumière qui la coupe comme un rasoir quand elle sort de la caravane de Reuben.

Elle a connu des jours meilleurs. Et Dieu sait qu'elle a vu pire et qu'au fond de son cœur, il n'y a plus de place pour la surprise, la pitié ou les coups de pied au cul inattendus ; elle attend toujours le coup, son cul est un tissu de cicatrices tellement calleux qu'il faut que quelqu'un lui dise qu'on l'a frappée pour qu'elle crie. Non. A l'époque ça ne l'a pas retournée de voir cette vieille loque qui faisait les poubelles perdre la boule sur le trottoir, pas plus qu'elle ne s'émeut aujourd'hui, en sortant de chez Reuben en plein été, de découvrir la neige qui recouvre tout. Non. Rien ne l'étonne plus et c'est ce qui la choque, ce qui lui fait froid dans le dos. Juste un petit clin d'œil mesquin, un regard qui tombe comme un couperet sur la nuque du monde, un petit signe de tête malhonnête comme celui qu'elle lance à sa copine Toodles quand un nègre fait le malin au bar et qu'il s'y croit, qu'il se prend pour un tombeur. Un cadeau empoisonné, ce clin d'œil secret, parce que au fond tout se passe toujours de la même façon.

Pourtant son bébé, son Cudjoe, il change quelque chose, non ? C'est pour lui qu'elle est là. Pour lui qu'elle supplie Reuben de l'aider. Son fils l'a sauvée. C'est son miroir, elle se voit dans ses yeux, rit quand il rit, pleure quand il pleure. Elle le touche et ça ressuscite le toucher. Quand il dort, elle arrive à rêver.

Elle laisse ses pieds aller l'un devant l'autre sur le trottoir. Des particules de mica scintillent. Verglas, grésil, neige, où sont-ils ? Tu ne sais jamais ce qui va t'arriver. Même quand t'as déjà tout vu. Même quand tu l'as déjà pris dans la gueule un million de fois.

Reuben prend connaissance du document, fait appel à sa mémoire pour les noms et les dates. Sur une feuille de papier jaune d'écolier, en dessous du nom de sa cliente, de la date, il recopie d'autres noms et d'autres dates d'après le document officiel. Tels quels, pour ses dossiers. Pour le jour où il faudra se rappeler les faits, le jour probable où il ne pourra plus se souvenir des noms et des dates qui lui font face aujourd'hui. Non pas qu'il les oublie. Le puits prodigieux dans lequel il jette tout ce dont il doit se souvenir est loin d'être ensablé. Ses oreilles captent toujours un petit plouf quand une nouvelle information pénètre la nappe d'eau claire et froide au fond du conduit. Il ressent encore la légère vibration, l'onde qui se propage, la lueur noire qui projette une illusion de clarté au fond du puits quand elle transperce la surface encore plus noire. Tout est enfoui là-dedans. Mais il n'est pas toujours capable de mettre la main sur ce qu'il veut, au moment voulu. Il redoute sans cesse l'instant où cet immense réservoir de tout ce qu'il a absorbé partira en volutes, un mirage tourmentant un homme qui meurt de soif. Puis, soudain, sans qu'il s'y attende, les vannes de retenue s'ouvrent. Il est emporté, perdu. Des événements oubliés depuis vingt ans s'emparent de sa mémoire, le forcent à se souvenir, accaparent son attention. Il se retrouve sur Homewood Avenue discutant avec des fantômes, hors d'atteinte des gens qu'il croise, du client assis à son bureau attendant une réponse simple à une question simple. Il se demande si les autres le voient quand il est parti, si la cécité opère dans les deux sens. Est-ce qu'il s'absente, est-ce qu'on peut sortir du cercle ?

Un jour Reuben conçut sa mémoire comme une voix, une voix semblable à celle de Dieu, sûre d'elle-même, une et irrépressible. Elle lui parlait et il l'écoutait. Puis, tandis qu'il examinait son passé en s'efforçant de le comprendre et de lui donner un sens, sa mémoire prit quelque temps la forme d'une conversation. Deux âmes qui se comprennent, trois ou quatre au maximum, lancées dans une discussion fervente et complice. Ces derniers temps, sa mémoire ressemble à ces émissions à ligne ouverte la nuit à la radio, des voix venant de partout et de nulle part qui se mêlent au hasard, des voix ne partageant qu'un numéro vert qui leur donne accès à un coin de son intimité à lui, au silence qui semble devoir régner toujours jusqu'à ce qu'un signal convenu libère les lignes et que les sonneries retentissent. Des fous qui hurlent à la lune, des timides angoissés pesant leurs mots, des petits malins, des agités du bocal, des je-sais-tout, des névrosés, des rois du baratin — des voix en proie à une solitude indicible, des voix pleines d'elles-mêmes, ou pleines de ce vide immense d'autant plus visible que les gens se rassemblent en nombre pour le combler. De tous les coins et recoins du pays. De la montagne, de la mer. Le parler traînant des gens des plaines où les assauts répétés des vents rabotent tous les accents. Comme dans ces parlotes radiophoniques, s'il est attentif nuit après nuit, il repère des thèmes récurrents parmi ses souvenirs, des personnages qui réapparaissent suggérant une continuité, une ligne narrative, un semblant d'intrigue élaborée au hasard. Personne aux commandes pourtant. Pas d'animateur, pas d'écrivain, pas de maître de cérémonie. Aucun style, pas de convenances partagées par les auditeurs. A la console, pas de censeur assez vif pour couper les obscénités, les incohérences, les menaces de mort. Chaque voix, suprême, agressive, irréconciliable. Pour Reuben, la mémoire du passé se résume à cette compétition étrange et impérieuse pour un temps d'antenne, à ces esprits désincarnés appelant des quatre coins de l'univers.

Sous les noms et les dates recopiés proprement, d'un trait souple, presque informe, il griffonne la signature d'Eadweard Muybridge. Il n'a jamais vu la signature de Muybridge. Instinctivement, il la devine chargée, ornée de fioritures, de déliés, une œuvre d'art qu'on n'achève pas du premier coup, mais un de ces travaux sur lesquels l'écrivain revient après que sa plume a quitté la page, ajoutant de manière compulsive quelques points et quelques traits pour parachever le motif. L'égocentrique par excellence. Eadweard Muybridge. Compliquant son nom avec des « a » et des « e » supplémentaires parce qu'il croyait que les rois saxons épelaient Edward comme ça. Égotisme transformé en monomanie dans la quête du photographe pour saisir le mouvement dans des images fixes. « Le vaste panorama de la vie nous intéresse parce qu'il est en mouvement. » Ces mots ne sont pas de Muybridge. Une autre personne les a écrits, une autre les a choisis comme épigraphe à la brève biographie du photographe qui sert de préface à l'édition de 1887 du texte du *Mouvement animal,* et ces mots collent parfaitement à Muybridge. Reuben croit entendre Muybridge les dire en le regardant monter des marches sur une série de douze clichés — chaque photo représentant une étape dans la progression de bas en haut. Sur chaque image, un nuage frisé de cheveux blancs, un collier de barbe blanche, des poils pubiens d'un noir incongru et un membre ballant. Ces douze photos de son vieux corps svelte sont la contribution personnelle de Muybridge à son étude monumentale. Humilité ? Exhibitionnisme ? Nu comme au jour de sa naissance, un « ex-athlète, autour de soixante ans », monte des marches, scie du bois, lève des haltères, pour l'objectif.

Reuben enviait le physique mince et robuste de l'homme qui s'était sans doute musclé comme ça à force de transporter l'encombrant matériel indispensable pour faire de la photo à cette époque. Escaladant des montagnes, marchant des kilomètres à travers prairies et déserts, les appareils et le matériel de développement sanglés à même le dos, croulant comme un porteur indigène dans un film exotique. On fait toujours des rencontres inattendues dans les albums de Muybridge. Des athlètes noirs ont posé pour *Le Mouvement animal*. L'un d'eux rappelait le boxeur Jack Johnson avec son crâne rasé et sa musculature sauvage. Le dernier volume du *Mouvement animal* contient des « études cliniques », des malades de l'hôpital de Philadelphie dont les comportements pathologiques — ataxie locomotrice, sclérose des cordons postérieurs, spasmophilie, épilepsie, rachitisme, hydrocéphalie, neurasthénie, mélancolie, etc. — sont figés pour la postérité. En plus de ceux-là, Muybridge a réussi à immobiliser sur la pellicule une femme épileptique en pleine convulsion, debout, assise, couchée. Avec sa petite musique dans l'oreille qui lui dit : « Ça aurait pu être moi », une musique qui l'effraie et le console en même temps, Reuben est à la fois attiré et rebuté par les corps nus des victimes de ces maladies. Toutes les photos du livre sont en noir et blanc puisqu'elles sont antérieures à la technique de la photographie en couleurs. Reuben se demande quelle nuance de gris son corps marron aurait donnée, à quoi il aurait ressemblé sans ses habits, montant des marches, une amphore grecque en équilibre sur la bosse de son épaule droite. Quelle légende aurait convenu pour lui. Quel handicap aurait-il illustré ? Est-ce que Muybridge aurait gratté à sa porte ? Est-ce qu'il aurait répondu à son appel ?

Le mouvement : une série d'images fixes se succédant assez vite pour créer l'illusion du mouvement. La loi aussi est une série d'étapes, se dit Reuben. Et chaque étape dépend de celle qui précède, comme il l'a assuré à la jeune femme dans son bureau. La loi crée sa propre illusion de mouvement par une série d'étapes permettant le passage métaphysique du désordre à l'équilibre, de l'injuste au juste, du chaos à l'ordre. Un processus bien établi. Si ces étapes sont respectées, l'illusion est créée : il y a mouvement, progression. On obtient des résultats, les choses s'arrangent pour les plaideurs, pour nous tous.

Reuben sait qu'il fait ce boulot depuis trop longtemps. Il a du mal à s'extirper de chacun des photogrammes. Il se fait piéger à chaque étape. Il a besoin de toutes ses forces pour se lever de sa chaise, terminer l'entretien avec Mlle Parker et s'occuper de son affaire à elle, des siennes. Il n'arrive plus à faire taire son scepticisme. Et comme il doute d'arriver quelque part, il préfère rester où il est.

Tellement à faire. Tant de travail à l'issue d'un simple rendez-vous. Il devrait foncer dans la rue et rappeler la jeune femme. Avouer son incompétence. Sa peur. Il faut qu'ensemble ils recommencent. Il faut qu'ils décortiquent les faits jusqu'à ce que tout semble neuf et qu'ils découvrent un nouveau point de départ différent de tout ce qu'ils ont pu connaître. S'ils ne reprennent pas de zéro, ils seront pris dans une quelconque fiction qui les entraînera où elle veut. Et sa conclusion sera peut-être à l'opposé du point qu'ils doivent atteindre. Il devrait sortir sur Hamilton en hurlant son nom, en la suppliant de revenir. Ensuite il faudra attendre et écouter, trouver les premiers mots de l'histoire telle qu'ils doivent la raconter.

Reuben tripote le nœud du foulard rayé autour de son cou.

L'espace qui sépare chaque étape de la procédure permettant de kidnapper légalement l'enfant de cette femme lui donnera le temps nécessaire pour inverser le mouvement. Il doit étudier chaque maillon de la chaîne. Comme Muybridge avec ses arrêts sur image, ses plans fixes du mouvement animal, il doit décomposer le mécanisme en éléments distincts, contrôlables. Après il pourra arrêter le mouvement, empêcher la fiction de se dérouler en créant une illusion contraire. La justice est une question de détails. Comme une photo, chaque étape fige les choses dans un cadre factice. Remplaçant une fin qui semblait inéluctable par la logique d'une autre fin tout aussi inéluctable, dès que l'on donne aux dés une impulsion légèrement différente. Une différence à peine visible sauf si l'on se place au niveau de l'infime détail, comme la vitesse d'obturation calculée en dix millièmes de seconde. Oui. Muybridge a prouvé sa théorie en montrant un cheval au galop. Les quatre sabots sont en l'air simultanément. On avance plus vite, on parcourt la terre ferme plus efficacement en ne la touchant pas du tout. On la laisse derrière soi, dessous, mais on ne dit rien. Et personne n'en sait rien, sauf ceux qui se penchent bas, très bas, sur les tours de magie noire que tu invoques pour gagner la course.

Sur la terre, à cette époque... dans des temps où le soleil se levait et se couchait sans qu'une seule âme puisse le voir. Il n'y avait pas de témoins. Pas de rêves pour colorer la terre, la chanter, ou la chevaucher comme on chevauche un cheval ailé pour revenir chez soi. La terre était noire, la mer la léchait, noire, et le ciel appuyait sa poitrine lasse et noire contre la terre. Dans ce vide, où il n'y avait pas d'arbres pour conserver la mémoire, pas de route pour le traverser, brisant le miroir, émergeant des eaux infinies dessous le vide, de l'île invisible de la Guinée, s'éleva, venu des morts, le premier et le dernier souffle.

Ce simple doigt de vapeur contenait toute la vie qui

tremblait et vacillait dans le froid et les ténèbres. Recroquevillé sur lui-même, hésitant, ruisselant, le doigt unique se sépara en deux, puis en trois, puis en sept, et devint comme les pagnes de raphia qui ondulent sur les hanches des femmes lorsqu'elles se hâtent vers les champs à la saison des semailles, entourant de leurs bras des paniers en raphia tissé serré, pleins de graines.

Reuben trouvait que ce récit du vieux sage Dogon Ogotêmmeli était le meilleur. C'est ainsi qu'il racontait le commencement : la vapeur, puis les femmes, puis la parole. Le bruissement des pagnes des femmes donnant voix au souffle. Le premier cri sortant de dessous les pagnes de raphia rappelait la déchirure originelle de la vapeur, la terrible solitude et la crainte de ce premier instant de vie, si voisin de la mort. Les eaux nous ont amenés ici. Et nous retournerons vers les eaux qui dansent dans les cordons en raphia autour des hanches des femmes. Le voyage de retour commence et s'achève avec le premier mot.

Chain, chain, chain...

Chain of fools.

Une chaîne de cons. La chanson d'Aretha Franklin surgissant de nulle part au milieu de sa rêverie. Rythme rapide, funk électronique, tambourins qui tintent, cuivres qui vibrent. Ébranlant la tranquillité de ce vieux récit africain façonné par le travail des mains, du souffle et du regard. Après la création, il a bien fallu quelque chose, une suite d'événements pour en arriver là. *Là,* c'est-à-dire, avant tout, à un vieux nègre usé, genre Oncle Tom aux mains noueuses et ridées, qui somnole assis à son bureau dans une caravane telle une seconde peau dans laquelle il faudra bientôt l'enterrer, si toutefois quelqu'un est disposé à creuser un trou assez grand. Pour arriver à ce mauvais rêve d'Homewood, à ces enfants perdus et à ces mères qui souffrent, il a fallu que les faits s'enchaînent, l'un après l'autre, pas vrai ? Mais pourquoi la gueulante d'Aretha l'a-t-elle assailli en plein rêve ?

Chain of fools.

Était-ce une coïncidence ? Les ondes encombrées de signaux qui se superposent, se mêlent comme des blessures, divaguent, perdus. Deux personnes tombent l'une sur l'autre parce qu'elles se trouvent par hasard au même instant au coin de la même rue populeuse. Ou parce que c'était supposé arriver ? Toujours, toute chose, tout, supposé arriver. Est-ce qu'au fond c'est toujours la même histoire, est-ce qu'il en sait seulement un peu plus ?

Chaînes de l'esprit et chaînes du corps. Besoin de les porter ou de les faire porter. Si, au commencement, il y avait des cordons libres de raphia pour tout expliquer, s'animant comme de parfaits symboles de la parole, du souffle, pourquoi les hommes étaient-ils enchaînés. Enfermement, masse écrasante, fers à marquer qui se croisent et s'entrecroisent, souillant de sang la chair tendre.

Les chaînes, il fallait que les gens les aient voulues, sans cela elles n'auraient pas trouvé prise partout, toujours.

Reuben se demande si une coïncidence n'est qu'un autre maillon de la chaîne ou si c'est la chaîne qui se brise, la lumière qui perce un passage, ouvrant la porte sur un autre monde, un monde meilleur, un monde que les chaînes n'entraveraient pas. Quand X tombe sur Y au coin de la même rue, au même moment, bien qu'il y ait toutes les chances pour que cela n'arrive pas, et aucune raison valable pour que ça arrive, surtout après vingt ans, à mener des vies différentes dans la même ville sans jamais se croiser et que cette coïncidence se produit cinq secondes après que X a pensé à Y pour la première fois depuis vingt ans, et... après tout, pourquoi pas, tout peut arriver, c'est peut-être le fait d'y avoir pensé qui les a réunis. Tout est possible... ou alors ? Le possible n'est qu'un nom donné à une autre chaîne, une des plus perverses parce qu'elle t'autorise à tirer sur la corde, te leurre en te laissant du mou, et toi, tu prends ça pour la liberté... Reuben pense au gros chien immonde qui garde la décharge d'ordures. Cette brute se bat contre son collier et sa chaîne. Grogne, gronde, saute et enrage toute la journée, comme si la chaîne était l'unique problème, comme si la déchiqueter allait détruire la clôture en gros fil de fer surmontée de barbelés qui le gardera enfermé, quel que soit le nombre de laisses d'acier mises en pièces.

Peut-être que personne ne s'échappe jamais. Ce sont sans doute des boîtes dans des boîtes dans des boîtes qui au bout du compte t'asphyxient. Ce qui ne t'empêche pas de sourire quand t'entends raconter des coïncidences bizarres ou quand elles t'arrivent.

Une coïncidence, ce n'est pas un numéro de loterie sortant ou un billet de tombola gagnant. Ces choses-là tombent du ciel. Du vol. Quelqu'un s'enrichit parce qu'un autre est tombé si bas, si loin, et que le seul espoir qui reste, le seul jeu permis offre une chance sur dix mille, sur dix millions. Une coïncidence n'a rien d'un accident. Une coïncidence prouve quelque chose. Peut-être. Peut-être qu'il n'y a personne aux commandes. Peut-être qu'il y a un dessein sur lequel tu ne peux pas compter, mais alors personne ne peut. Les cartes s'ordonnent de manière singulière, perfide, et ça te fait sourire ou ça t'émerveille, même si les choses tournent mal. Les cartes s'ordonnent si bizarrement et ce dessein est tellement bête, débile, absurde, qu'il lui arrive de claquer des talons en riant de lui-même. Il se passe quelque chose et tu te dis, C'est pas vrai. Plus t'y penses, plus c'est difficile à croire. Mais, en même temps, t'as la curieuse sensation que ça devait arriver, que c'était prévu. Tout tombe tellement bien en place, bonheur et malheur également incroyables, en dépit de tout ce qui aurait dû empêcher que ça arrive.

Reuben aime les livres de photos. C'est pour ça qu'il a emprunté le grand album de Muybridge en haut d'une étagère de la bibliothèque municipale. Il est immédiatement fasciné par les photos et la vie du photographe. A cela s'ajoutent nombre de correspondances inquiétantes. Comme si, dans la même ville, deux hommes marchaient sans en avoir conscience en direction du même coin de rue. L'un prononce un nom qu'il n'a jamais prononcé et découvre en même temps un visage qui ne l'aurait pas choqué davantage si cela avait été le sien. Et ça l'est peut-être.

Le projet de Muybridge d'étudier le mouvement animal a été financé par l'université de Pennsylvanie. Pendant trois ans Muybridge travailla sur le campus, dans Philadelphie Ouest, là où Reuben traînait quand il faisait son droit. La coïncidence était assez forte pour signaler à Reuben que leurs destins se croisaient étrangement. Histoires de femmes, meurtre, tribunal, prison, vies qui s'empilent les unes sur les autres. Le livre avec ses milliers de photos de femmes et d'hommes nus, cet album de visages et de corps morts n'est pas un jeu. La curiosité de Reuben est à vif. Il est captivé.

D'autant plus qu'il y a aussi l'Égypte. L'Égypte le fascine depuis longtemps et l'Égypte a en fait un rapport avec le livre de photos. Une semaine avant de découvrir Muybridge, Reuben s'était émerveillé devant les trésors du tombeau de Toutankhamon. Un livre surprenant comparait page à page les photos en noir et blanc du tombeau tel qu'il fut découvert à de nouveaux clichés en couleurs des splendeurs restaurées. Reuben pensa au mystère de la mort du jeune roi *Tout'*, à sa relation compliquée avec son frère qui était peut-être son père, avec une femme qui était peut-être la mère du jeune roi, sa sœur, son épouse, ou les trois en même temps. Depuis des années Reuben se documente sur les momies, la vie quotidienne dans l'ancienne Égypte, l'architecture et l'art égyptiens, les dieux et les déesses régnant sur la vallée du Nil, divinités prenant des aspects et des noms différents, aussi changeantes et immuables que le grand fleuve avec ses saisons où alternent crues et décrues, dieux coiffés de têtes d'animaux : crocodiles, cobras, faucons, chacals, singes, lions. Reuben adorait leurs accouplements monstrueux. Il pleurait avec Isis et beuglait avec les taureaux de Apis.

Passionné par les photos de Muybridge, Reuben fait mentalement quelques remarques : Reuben appelle Reuben. Écoute et n'oublie pas. Ce farceur de Muybridge serait à sa place parmi les Pharaons. Avec son ego gros comme un sphinx. Son livre d'images ressemble aux vastes alvéoles d'un tombeau. Les photographies accomplissent ce que les

Égyptiens voulaient faire en embaumant leurs morts... C'est pourquoi je suis tout excité par les fesses rebondies de cette femme agenouillée, nue, morte depuis un demi-siècle. Morte et en poussière, mais quand elle s'agenouille, son corps parle à mon corps. Le vieux s'envole de sa chaise comme un papillon pour rencontrer la femme en l'air. Dou-dou. Culbutes et magouilles, bien qu'elle soit rigide comme une poignée de porte. Toc, toc, elle est là, oui, elle est bien là : douze vues de son joli popotin encore frais qui fait sauter, sauter les murs du tombeau. Aussi longtemps que je regarde, elle s'offre à ma vue. Au milieu des airs. A mi-chemin du paradis.

Quand il te met sur la pellicule, Muybridge ne vole pas ton âme. Il lui ouvre la fenêtre. Il te construit une pyramide et t'épargne les ravages du temps. Scarabées, vers de terre, fossoyeurs, pilleurs de tombes, tout ça te fiche la paix et t'oublie. Te voilà jeune pour toujours. Sauvé pour toujours. Tant qu'il y a quelqu'un pour regarder.

Les Égyptiens n'étaient pas disposés à voyager dans le Monde des Morts — le Monde noir des Esprits avec ses champs de joncs, le monde qu'ils représentaient s'étendant à l'ouest, au-delà du soleil couchant — sans être accompagnés de leurs corps. De là cette passion pour la momification et l'embaumement, les canopes, les formules élaborées du Livre des Morts, les hautes pyramides avec leurs boyaux aveugles, les dédales de salles emboîtées, de cercueils emboîtés dans des sarcophages de pierre. Les chairs périssables lavées dans du natron, enveloppées de bandelettes, et caparaçonnées d'amulettes portant des incantations magiques. Emmaillotées comme la verte démangeaison de la vie au plus profond du cœur d'une graine. Au matin de leur renaissance, les Égyptiens voulaient retrouver leurs mains, leur nez, leurs yeux, leurs doigts de pied et leur cœur. La chair avec toutes ses sensations et ses désirs. Que vaut la vie éternelle si t'as perdu ton sang, tes os, ta viande. Pour t'en repaître, pour les offrir à l'appétit d'un autre. Muybridge avait arrêté le temps pour ses sujets. Les demi-lunes du postérieur de la femme flamboient, blanches et superbes, quand Reuben tourne une page et la regarde s'agenouiller pour toujours, pas à pas.

Reuben ne parvient pas encore à le formuler. Même pas dans sa tête. Des rapprochements à faire entre les bandelettes et la pellicule, l'habillage et le déshabillage, le fait de commencer et de finir sa vie dans des langes, la nudité et les chambres et les entrailles ; des parallèles, des coïncidences et des contrastes sur lesquels méditer, mais cette remarque est déjà assez longue. Il ne s'y retrouve plus. Est-ce toujours une remarque ou autre chose ? Il a bien le temps d'élaborer, d'affiner sa pensée. En outre, il n'est pas obligé de tout mettre en place. Pas encore. Son rapport aux choses, toutes ces réflexions accumulées depuis des années ne mènent nulle part. Leur plus grand mérite est d'être incomplètes. Des connexions presque abouties suggérant d'autres connexions à venir, irréalisables, ou peut-être envisageables, etc. Parfois Reuben voit les étoiles. D'autres fois il voit les fils qui retiennent les étoiles au plafond. Mille millions de filaments de toile d'araignée sans lesquels les étoiles tomberaient. Mais est-ce que les étoiles ont besoin des fils ou est-ce Reuben qui en a besoin pour voir les étoiles, pour qu'elles existent ?

Reuben tire la montre en or de son nid, sous son cœur. Onze heures quarante-sept. Coïncidence ? Tous les nombres ont leur secret, mais celui-ci n'essaye même pas de cacher le sien. Onze une fois. Puis onze encore, par la somme de quatre et de sept. Qu'est-ce que ça donne : onze deux fois. Quatre fois un, quatre. Est, Ouest, Nord, Sud, ce sont les quatre points de la boussole. Les quatre coins du monde. Les quatre moments du soleil. Un cercle les relia. Partout, en tout, perfection.

Il sourit à la face d'ivoire usée de la montre qu'il tient au creux de la main, à la breloque accrochée à la chaîne, son jumeau. Le monde entier... y compris l'intersection de Homewood et Hamilton, où son déjeuner l'attend dans un tout petit restaurant musulman de quatre tables, à onze pas du croisement.

2

WALLY

C'est bon de sentir la batte de base-ball ferme entre ses poings. Il assure sa prise, secoue la batte en faisant danser l'extrémité cachée derrière son épaule ; sa masse, sa légèreté émoustille ses doigts, chatouille les muscles puissants de ses épaules, les muscles qui ondulent le long du dos. Une force terrible, rapide comme l'éclair, comme un clin d'œil, prête à exploser dès qu'il agite la batte, la serrant plus fort, enfonçant ses crampons dans le sol pour assurer son coup. Les têtes sont plantées sur des piquets, une rangée infinie de piquets de la hauteur d'une lettre comme au croquet, juste assez espacés pour qu'il puisse reprendre son élan sans toucher la suivante. Les rangées s'étendent à perte de vue, grandeur nature au début puis se réduisant à quelques centimètres, la dernière tête apparaissant toute petite, de la taille d'une balle de golf sur un tee, à l'endroit où la rangée semble obliquer vers le sol.

Aucun visage connu. Leurs faces sont cachées. Il frapperait l'arrière de la tête, là où les cheveux se parsèment, sur les tonsures, cognant dans la chair avec le gras de sa batte, dans la protubérance du crâne, au-dessus des quelques centimètres de cou qu'on a laissés pour que les têtes tiennent droit sur les pics. Uniquement des hommes. Les cheveux au vent d'une femme risqueraient de le déconcentrer. Les têtes ressemblent à celles des hommes d'affaires qui volent avec lui dans le vaste lointain bleu, au-dessus des vagues ambrées des champs de blé. Combien de fois s'est-il retrouvé confiné dans un couloir d'embarquement, serré dans une allée d'avion, derrière une armée de têtes blanches dégarnies, de cols rigides, de costumes ternes ? Relents de motels et de repas trop riches pris dans des restaurants invraisemblables, toutes les têtes tournées dans la même direction, parlant du temps qu'il fait et de leurs relations, menant les affaires du monde.

C'est comme ça qu'il les préfère. Silencieux, la tête fichée sur un pic. Il regarde loin, la ligne verte de l'horizon vers laquelle l'élan de son mouvement entraîne son gros cul et ses cuisses épaisses d'ancien pro loin, très loin du tapis vert, derrière la barrière, dans l'abîme.

Un grand craquement réconfortant. Rien ne se passe. La tête est aussi dure qu'il l'a toujours imaginé. Rien de dégoûtant ne l'éclabousse. Au lieu de ça, il ressent une douleur vive et nette dans ses poignets quand la batte fait mouche. Comme une pierre, un roc, se dit-il tandis que son bras balance, la douleur aiguë quittant instantanément ses poignets pour remonter le long du bras et se loger dans ses épaules où ce n'est plus une douleur, mais une force qui se lève, vole et envoie balader la tête. Donnez-moi une batte assez longue et je ferai bouger le monde. Tout arrive si vite. Il ne trouve pas les mots, mais il les sent parcourir son bras à mesure que ses nerfs vibrent et que ses muscles relâchent la puissance accumulée. La foule se dresse comme un seul homme, suffoque et retient son souffle ; cinquante-cinq mille êtres qui vont mourir s'ils le retiennent plus longtemps et quand ils respirent enfin, un boum supersonique déchire le ciel. Entendant leurs cris et leurs hurlements, il sait qu'il n'a pas besoin de courir, qu'elle est partie. Envolée. De l'autre côté du mur. Alléluia.

Il se penche sur le côté et se remet en position pour frapper. Content qu'il y en ait encore. Assez pour qu'il fasse sauter des têtes toute sa vie. Il fait rouler le manche en bois entre ses poings. Relâche ses muscles pour bien sentir son poids. Encore. Il veut frapper encore...

Le sang qui suinte dans la bouche de Wally a un goût de printemps. Un goût d'abricots séchés. Un picotement acidulé, amer et sucré. Des craquements dans son crâne : ses sinus, en plein nettoyage de printemps, réagissent au moindre changement de température, de pression atmosphérique, à la vitesse du vent. Une station météo installée dans ses tempes, sous ses yeux, dans ses fosses nasales et ses canaux. Toutes les cavités sont prises. Le trop-plein n'a pas encore commencé à s'écouler, à sortir sous forme de morve jaune-vert quand il rit ou qu'il se mouche, mais le défilé se prépare. La fonte de printemps libérant les conduits bouchés. Un goût de sang quand il respire à fond, renifle et sent enfler les veines de son crâne.

L'avion n'arrange rien. Au décollage et à l'atterrissage, son nez s'emballe. Surcharge sensorielle. Nom de Dieu, qu'est-ce qui m'arrive ? Il ne manquait plus que ça. Son nez renâcle quand il le presse, le fouille. Respire, renifle et se racle la gorge. D'abord violent puis doux. Aucun moyen de le calmer, de l'apaiser. Les trajets en avion sont une vraie torture à cette époque de l'année et c'est à ce moment-là qu'il prend l'avion, alors voilà. Il le sait. Son nez le sait. Fais-moi voler et je te ferai souffrir. Voilà ce qu'il en est.

Wally s'est assoupi. Il se trouve dans un endroit bien plus agréable qu'un avion. Ce n'est pas encore très clair, il n'en retrouve ni les mots ni les images précises, mais il sait qu'il a rêvé et que le rêve était beau. Il est fâché d'en être sorti. D'en perdre le souvenir. Est-ce qu'il ne rêvait pas de soleil, de mer, flottant sur les eaux les plus bleues, les plus calmes, les plus claires, les plus sûres, à bord d'un canot en plastique, tout ce qu'il voulait à portée de main. Il suffisait d'ouvrir les yeux, de chasser d'un clin d'œil la toile d'araignée rouge pour combler tous ses désirs d'un claquement de doigts. Son rêve était un peu différent. Mais, quoi qu'il en soit, il en garde une même sensation de bien-être, à la fois apaisante et excitante, au creux de la poitrine, entre les jambes. Il se sent empreint d'une aura de puissance et de plénitude, de la certitude qu'il a dormi.

La dernière chose qu'il aperçut à travers le hublot, avant la mer de nuages, c'est un terrain creusé de cercles gigantesques, des cercles s'étendant sans doute sur des kilomètres, si l'on tient compte de l'effet de l'altitude sur l'échelle du sol brunâtre en dessous. Qu'est-il arrivé à la terre ? Labourée, brûlée, défrichée, cultivée, dévastée. Les cercles sont trop parfaits pour être accidentels ou naturels. Quelqu'un les a tracés au compas. Les a dessinés intentionnellement. Il se demande pourquoi il ne les a jamais remarqués. Il ne voit aucune explication et ne compte pas montrer son ignorance en demandant aux blancs-becs dans l'avion la signification de ces cercles. Il enregistre l'information. Un jour, il trouvera bien une autre pièce du puzzle qu'il pourra essayer de coller là, si elle épouse les cercles mystérieux qui balafrent les plaines.

Les nuages, légers au début, fins et blancs comme les cheveux à l'arrière de leurs vieilles têtes, au-dessus des cols blancs qui bordent leurs cous rougeauds de beaufs. S'épaississant ensuite, couche après couche, masquant le sol et plongeant prématurément l'avion dans l'obscurité. Quelques minutes de rock and roll. Le capitaine présente des excuses, informe les passagers et l'équipage qu'il a reçu la permission de voler à une altitude plus élevée, de survoler les nuages qui s'amoncellent. Comment le capitaine peut-il être certain de pouvoir survoler les problèmes ? Pourquoi sa voix est-elle si assurée, si sereine ? Wally pense à la voix d'un prêtre. Un prêtre qui se prend pour Dieu.

Wally a dormi pendant le miracle. Il s'est réveillé dans un rayon de soleil filtrant à travers les hublots, certain que sa tête allait exploser, fâché d'avoir perdu une partie cruciale de ce rêve qui s'efface peu à peu.

Voulez-vous un oreiller, monsieur ?

Il ne peut s'empêcher de lancer une grimace au visage souriant. Bordel, qu'est-ce qu'elle veut maintenant qu'il est réveillé ? Un oreiller, c'était bien quand il dormait. Qu'est-ce qu'il en ferait maintenant ? A moins qu'elle n'ait envie qu'il le glisse sous son petit cul et la culbute sur place, au milieu du couloir.

Wally grogne Non, de la manière la plus désagréable possible. L'hôtesse garde le sourire et le dépasse en trottinant jusqu'au prochain problème, comme si le nègre hargneux du siège 15D n'existait pas. Wally n'apprécie guère. Pas plus qu'il n'a aimé qu'elle se penche au-dessus de lui en souriant parce qu'elle est payée pour sourire, même aux nègres, même à un grand nègre foncé et revêche, en proposant un oreiller avec lequel elle aurait préféré l'étouffer.

Bien sûr, si je dormais, c'était difficile de me demander si je voulais un oreiller, pas vrai ? Mais ça, c'est pas la faute de Wally, hein ? C'est pas lui qui a mis des oreillers dans les avions ni des minettes pour les distribuer, avec des boissons et des repas dégueulasses.

Ils descendent, perdant d'un seul coup la lumière du soleil, qui se déverse par le nez courbé du 737.

Fais-toi aimer, connasse. C'est ce qu'il lui a dit. Elle s'est redressée nue sur le lit. De grands yeux, son sein gauche plus gros que le droit, ce qui donnait un air penché à tout son corps qui partait de travers. Déjetée, dehors comme dedans.

Je ne comprends pas. Je ne vois pas où tu veux en venir. Wally, s'il te plaît.

Il lui disait de se barrer. C'était fini. Et ils le savaient tous les deux.

Quand on dit, Fais-toi aimer, c'est comme un bras de fer. Il cherchait la bagarre. Avoir une chance de lui botter les fesses ou de se les faire botter. Ensuite ils pourraient se séparer proprement, ce serait fini.

On ne peut pas se faire aimer.

Ouais. T'as raison bébé. T'as sûrement raison. Donc il se passe rien. Et il va rien se passer.

Dur. Dur. Dur. Il lui tombe sur le poil. Elle pleure. Des larmes et des sanglots, c'est sa manière à elle de cogner. Il allait devoir supporter toutes ses conneries, toutes ses vacheries, jusqu'à ce qu'il craque et rende les coups de la seule manière qu'il connaisse. Un prêté pour un rendu. Après les salopes prétendaient toutes que c'était lui la brute, comme s'il était le seul à cogner, le seul à faire du mal aux gens. Allez, va, donne-moi ton corps. Crie... bébé... crie.

La pointe de ses seins est cernée de noir. Les filles blanches ont le bout des seins dans des nuances de rose. C'est marrant, elles ont toutes la chatte frisée. Blanches ou noires, elles seraient prêtes à te mettre en pièces quand tu te réveilles de mauvaise humeur, qu'elles ont envie et que t'es plutôt pressé d'en finir. Pas le temps de les soulager. Prépare-toi. Ces salopes t'auront à l'usure. Jeannot Lapin en a les larmes aux yeux.

Elle demande : Voulez-vous un oreiller, monsieur ? Voulez-vous le regonfler et le coller sous mes petites fesses roses ?

Il n'y a plus de nuages. Dessous c'est la crasse et la suie, comme la matière grasse et grise qui sortait de ses narines quand il jouait dehors en pleine chaleur, les après-midi d'été. Une ville. Un dépôt d'ordures gris cimetière s'élève à sa rencontre. Ville crasse, ville grasse. Sa ville.

Salut, La Bourlingue.

Bien dit, Sydney.

D'où tu viens, champion ?

D'ici, de là, de partout. Côte Ouest, Midwest, l'Est du nord au sud. Demande-moi plutôt d'où je ne viens pas.

Te voilà rentré chez toi.

Disons que je suis à l'arrêt.

Vodka ?

Comme d'hab.

Tu veux que je mette ton sac derrière ?

Merci, Sid. J'en ai plein le dos de traîner ce salaud. Sa vue même me fatigue.

Comment ça a marché ?

Difficile à dire avec les jeunes nègres d'aujourd'hui. Ben mon vieux. Ils donnent rien pour rien. Ils veulent savoir ce qu'ils y gagnent, exigent un contrat ferme avec la garantie qu'ils joueront dès la première année. Du fric d'avance, du fric à la banque et une caisse aux frais de la princesse. Tout ça sans avoir jamais joué dans une équipe de fac. Des divas, je te dis. A force d'être traités comme des princes, ils pètent plus haut que leur cul. Je vais m'en fader un, un de ces jours. Ça lui rendrait service, au champion. Tu piges ? Ça lui remettrait les pieds sur terre.

Hé doucement. Le Blanc te paye grassement pour ta peine, non ? T'es toujours sapé comme un milord. Tu te balades aux quatre coins du pays. Bonne bouffe, belle vie.

C'est de la comédie, mon pote. C'est tout. T'y passes ta vie et t'as pas un sou à la sortie. C'est de la comédie, rien d'autre.

Je connais bien mille types qu'aimeraient la jouer celle-là.

Je vais bientôt leur laisser la place, Sid. J'en peux plus.

Hé Bourlingueur...

Remets ça.

Minuit. Wally est couché tout habillé en travers de son lit. Ses jambes lui font mal. S'il s'endort, ses jambes vont s'empresser de le réveiller. De lui rappeler qu'elles n'arrêtent pas de courir. Un jour, il a eu peur du noir, de la pauvreté, ses jambes ont pris la fuite et depuis elles courent toujours, plus moyen de les arrêter.

Il entend l'océan, le grondement sourd des rouleaux, des lames lavant et relavant un coin sans en venir à bout. Pourtant il ne passe pas la nuit dans le palace de Bimbo, ni à San Diego ni à Santa Cruz. Ni dans un motel de bord de mer ouvert aux vents. Il est chez lui. Dans sa ville bâtie sur des collines au milieu des terres, donc le bruit qu'il entend ne vient pas de l'océan. Il écoute la pulsation qui bat sous le trottoir. Centrales électriques, immeubles de bureaux, usines, pavillons : des tonnes et des tonnes de ciment écrasent le sol et tout ce qui est enterré dessous résiste en poussant dans l'autre sens. Ça craque et ça grogne sans cesse, à mesure que la terre perd un millimètre dans un sens, puis donne un coup sec dans l'autre, reprenant ce qu'elle vient de perdre. Ça tourne et ça vire au ralenti. Quelques millimètres par décennies. Mais il ressent ce va-et-vient, comme un rock and roll. Son insomnie en chante les notes.

Après quelques verres en déconnant avec Sid et la bonne bouffe que Miss Myrtle lui servit au bout du comptoir, Wally eut envie d'être seul. Les oiseaux de nuit avaient envahi le Hi-Hat. A mesure que leurs pièces tombaient dans le juke-box, ils prenaient possession des lieux. A moins d'être en pleine forme et prêt à s'éclater, leur musique était trop forte. Impossible de parler par-dessus ou de s'y réfugier. Fallait swinguer ou rentrer dans tes pénates parce que leur musique donnerait le ton jusqu'à la fin, jusqu'à ce qu'un blues lent tombe dans le juke-box, dernier morceau choisi pour fermer le Hi-Hat.

Quand t'es pris dedans, t'entends pas la puissance des basses qui crèvent les tympans. Comme tu ne vois pas les murs crasseux et les détritus sur le sol. Tu te contentes de ce qu'on t'offre ici, à deux heures du matin, à l'heure où le Hi-Hat s'apaise. Ouais. Tout ce que tu vois est à toi. L'astuce, c'est de ne pas voir ce que t'as pas envie de voir. Ne pas voir la pute tapée sous sa peinture. Ce que donnerait sa robe en plein jour. L'odeur de cocotte de son parfum bon marché qui va imprégner tes draps. Le truc c'est de se prendre au truc, de faire semblant d'y croire tant que le jeu vaut la chandelle. Hé, baby, jolie baby dans ta robe rouge. Bouge, vas-y, doucement mama. Elle est belle jusqu'à ce que sa robe pende sur le dossier d'une chaise et que l'attirail comprimant son gros cul et ses seins flasques traîne par terre, et que tu te retires à temps, vidé, avant que sa viande fatiguée s'effondre sur la tienne.

Avec un croûton de pain italien, il fait le tour de l'assiette. Pour que Myrtle soit touchée de voir comme il l'a bien nettoyée. Pour qu'elle lui en donne plus la prochaine fois.

C'est une grande assiette creuse aux bords travaillés, comme celles du service de porcelaine de sa grand-mère. Seulement celle-ci est plus épaisse et toute blanche sans roses bleues barbouillées au centre. Miss Myrtle est trop maigre pour avoir des petits-enfants. Elle en a pourtant dix-sept. Elle prétend connaître l'anniversaire de chacun. Elle leur enverrait des cartes si elle savait leur adresse et leur nom de famille. Elle n'essaie plus de suivre. Les noms, les adresses, les hommes qui furent des pères et des grand-pères. A sa connaissance, ses hommes à elle cavalent toujours, bien vivants et prenant leur pied. Myrtle n'est pas du genre à s'accrocher à un bonhomme, à le serrer jusqu'à sa mort ou la sienne. Non. J'ai toujours su quand il était temps de prendre mes cliques et mes claques. J'ai pas pris le nom de quelqu'un et j'appartiens à personne. Myrtle te le dit tout net : Si t'aimes pas ma cuisine, ne mange pas. Je sais que c'est bon. Je l'ai préparée moi-même, si t'aimes pas, tu laisses... Après que t'as posé l'argent sur la table, cela s'entend.

Y a des gens, c'est à se demander comment ils ne se cassent pas. Les bras de Miss Myrtle sont gros comme le doigt. Un jour elle l'a surpris en train de mater ses chevilles et elle a craqué. Elle a ri à s'en étouffer. Pas mal pour une vioque, hein ? Mmmm. Mm. Il fut un temps... Pas hier, remarque, ni avant-hier, mais il fut un temps... Puis elle s'est remise à rire en lançant un clin d'œil à Wally qui a ri aussi. Il ne voyait que des os. Des petits os de souris saillant sous la longue robe blanche amidonnée et le tablier à bavette autrefois blanc et aujourd'hui tout taché que Miss Myrtle noue autour de son cou décharné. Elle le voyait la déshabillant du regard. Imaginant ce qu'il y avait sous ses vêtements. Non, il n'éprouvait aucun désir — n'avait-elle pas dépassé l'âge de feu sa grand-mère — mais il était curieux. Comment quelqu'un d'aussi maigre tenait-il debout ? Pourquoi ne se brisait-elle pas ? Comment les os de ses chevilles étaient-ils rattachés aux tibias et ses tibias aux rotules, et les rotules aux fémurs ? Il se foutait éperdument de ce qu'il y avait entre ses cuisses maigres comme des ailes de poulet. Il ne s'arrêtait pas là, il l'ignorait comme il ignorait les vieilles femmes assises jambes ouvertes sur leur perron. Il se pressa de dépasser son intimité pour atteindre les côtes, la poitrine plate comme une planche. Comme celle d'une petite fille. Monokini. Miss Myrtle n'a pas besoin du haut l'été, si ça lui chante. Il faisait l'inventaire, remontant de ses pieds de Minnie Mouse jusqu'au menton, et elle l'a surpris en flagrant délit.

Miss Myrtle s'est sentie flattée et l'a taquiné pendant des semaines. Du rabe, quel que soit le plat du jour quand il dîne au Hi-Hat.

Y a des gens qui sont tout en os et d'autres qui vivent dans une mer de graisse, tremblotante comme son waterbed. Avant d'y dormir, il pensait qu'un matelas d'eau donnait l'impression de flotter. Comme dans son rêve même, peut-être. Ciel bleu, mer bleue. Tout à portée de main. Mais cette saloperie est dure comme du sable. Ce n'est qu'en se retournant qu'il entend l'eau clapoter en dessous de lui. Un coup de poing ne fait pas d'éclaboussures. Comme quand on cogne dans du sable, dans de la viande.

Une fois installé sur son lit, tout s'arrête. Sauf le brouhaha constant de la ville, qui parfois semble venir de l'extérieur des murs de son immeuble et d'autres fois résonne à l'intérieur de son crâne. Il baisse les yeux vers la masse de son sac posé sur la cantine des surplus militaires, au pied du lit. Quand il fait sa valise, il choisit en fonction du personnage qu'il veut jouer jusqu'à la fin du voyage. Vivre du contenu d'un sac t'oblige à décider à l'avance de l'impression que tu veux produire. A force, il a appris à faire ses bagages efficacement. Il peut vivre des jours et des jours avec son porte-documents et sa valise souple qui contenait : un cadre sup élégant, un maître assistant en tweed avachi, un bellâtre entre mac et gangster, un étudiant en jeans, T-shirt et sandales. Des masques en quelque sorte. D'un côté, c'est amusant de tromper les gens. De l'autre, c'est une vraie galère parce qu'il faut pouvoir t'habiller pour des occasions que t'as pas toujours prévues. Tension, pression, à chaque vêtement que tu décides de mettre dans le sac ou de laisser sur le cintre. C'est agréable et excitant, parce que t'es libre. Dans une ville à des milliers de kilomètres, on ne te connaît pas, tu choisis ton personnage. Et s'il glissait une robe dans ses bagages ? Il y a souvent pensé. Pas pour jouer les pédés, mais pour être libre. Si t'essaies pas, si tu pousses pas un peu pour voir où sont tes limites, qu'est-ce que ça veut dire, est-ce que tu seras jamais libre ?

A Chicago, habillé en clocharde. Soulevant le couvercle des poubelles. Donnant à manger aux pigeons et buvant du vin dans le parc. Personne ne le connaît. Tout le monde s'en fout. Rien qu'une vieille clocharde usée que les passants ne voient pas. Mais lui, il les voit. Il rit tout le temps. Un autre monde. Il suffit de remplir ta valise de trucs bizarres pour pénétrer dans un monde complètement différent.

Wally se demande combien de fois il s'est fait berner par des filous ayant changé de peau. Quelqu'un a sans doute eu l'idée avant lui. Et les hommes d'affaires en rang d'oignon dans l'avion, coiffés d'une demi-lune blanche au-dessus du siège orange, est-ce qu'ils changent de peau ? Quand ils atterrissent dans des villes loin de chez eux, est-ce qu'ils se métamorphosent ? Hippies, policiers, pédales, prêtres. Est-ce qu'ils ont une famille à L.A. et une à Cleveland ? Est-ce qu'ils se sont organisés de telle façon qu'en volant d'un endroit à l'autre, réglant les affaires d'un tiers, ils volent de vie en vie, tournant sur un manège d'identités, personne ne sachant leur nom.

Il y a bien un fou qui a dû y penser. Quel pied de passer de vieux à jeune, de mâle à femelle, du noir au blanc. Il fera attention la prochaine fois. Il se tiendra à l'affût des perruques, du maquillage, des oreillers sous les chemises. Des femmes infiltraient peut-être les avions déguisées en hommes d'affaires. Tigresse nue, debout dans sa chambre devant la psyché. Elle sort un costume trois pièces de son placard, une cravate à rayures, des chaussures cirées en chevreau. Un soutien-gorge de sport écrase sa poitrine et son costume est façonné pour masquer les creux et les bosses. Chauve comme une boule de billard sous l'abondante perruque blonde qu'elle lance sur le lit. Un autre postiche vient couvrir sa nudité. Elle se colle une moustache grisonnante et d'épais sourcils assortis, puis passe un caleçon sur son petit cul délicat. Pendant le vol, personne ne perce son déguisement. Elle est peut-être assise à côté de Wally, mais il ne s'en doute pas, quelle belle surprise s'il avait déboutonné sa braguette.

On ne sait jamais. Wally la déshabille. Elle est de nouveau nue devant le miroir. Elle est le lot qu'on gagne pour avoir percé son identité.

Personne ne sait rien. Tout le monde s'en fout. Wally fait ses valises pour faire impression. Les gens n'en demandent pas plus. Des impressions, voilà ce qu'ils veulent, c'est la seule chose à laquelle ils acceptent de se frotter. Je ferais semblant d'être celui que tu as soi-disant envie de voir. Tant que personne ne sort des règles, tout le monde est content. Aussi content qu'on peut l'être quand on ne sait rien et qu'on se fout de tout. Enfin, ce n'est pas le plus dur, se dit-il, savourant le sourire nu de la femme, alors qu'il traverse le miroir. Wally peut très bien marcher dans le rang, mais ce qui le rend heureux, c'est d'en sortir, de chercher un moyen de passer la limite. Secrets.

Hé, écoute. Je parie qu'y' a un truc de moi que vous savez pas. Il est dans le parc de la ville, en vieille clocharde énorme assise sur un banc, des employés de bureau passent devant, l'évitent scrupuleusement. Surprise. Surprise, mes salauds. Les pigeons s'éparpillent dans un nuage d'ailes, de suie et de roucoulements tandis qu'il remonte sa robe en guenilles, sort son tube et leur pisse dessus.

La nuit ronge la ville. Des rats traficotent à l'intérieur de ses murs, des cafards récurent les entrailles des cuisinières.

Il y a des nuits où il s'en fout et d'autres où le bruit lui vole le sommeil. Il a essayé d'en parler à Reuben. Comme un coquillage qu'on porte à son oreille. Les gens disent, Essaie et t'entendras l'océan, t'y crois pas mais tu le fais quand même, et tu parles que l'océan n'y est pas ! Même si c'est juste toi qui l'écoutes, tu t'entends l'écouter alors c'est comme si ça y était pour de bon. Il y a quelque chose dedans. Même si ce n'est que quelqu'un s'écoutant écouter. Comment trouver le sommeil après un truc pareil ?

Reuben a dit qu'on entendait les battements de son propre cœur. Puis il a secoué sa face de rat et il a dit, on ne sait jamais. Le jeune Bentley Higgins à son retour du front. Il est venu me voir à la caravane pour une pension d'invalidité qu'il ne touchait pas. Tu ne le voyais jamais sans cette oreille, un bout de truc dégueulasse, tout ratatiné, au fond d'un sac en plastique. Il prétendait y entendre la guerre. T'imagines. Il la porte à son oreille comme toi le coquillage et il entend les coups de feu, la jungle et les hélicoptères détruisant tout sur leur passage. Il disait qu'il la trimballait partout parce qu'il ne voulait pas oublier. Le pauvre Bentley est fou bien sûr. Il a essayé d'approcher cette horreur de mon oreille. Pas moi, je lui ai dit. Je me fous que la guerre passe en stéréo et en relief là-dedans. Je vais pas coller une oreille de Vietnamien mort contre la mienne.

Il est peut-être cinglé, mais il jure qu'il entend la guerre dans cette oreille. Maintenant va savoir si c'est vrai. On ne sait jamais, pas vrai ? A moins d'être Bentley Higgins. A moins d'être l'oreille.

Reuben est comme ça. Il dit un truc sensé. Puis il balance une connerie qui n'a pas de sens et te laisse te dépatouiller avec le tout. T'en viens à te demander ce que Reuben a dit. Est-ce qu'il a vraiment dit ça ?

Peu importe ce qui fait que Reuben est Reuben, les gens le consultent sans cesse. T'as déjà parcouru la moitié du chemin au moment où tu te rends compte que t'es en route pour la caravane bossue.

Salut Wally. Quoi de neuf, vieux ?

Rien de spécial, Ells. Ça roule, Ells.

Tu croises des gens dans la rue et tu découvres ta destination dans leurs yeux. Comme s'ils le savaient avant toi. Ellsworth, dans sa combinaison bleu électrique, flambant sur Homewood Avenue. Zips dorés, chaînes dorées, boucles dorées se reflétant dans ses Florsheims reluisantes. Ells te tend la paume d'un côté de l'avenue et toi, de l'autre, tu lèves la tienne. Deux mains noires invisibles brisent leur chaîne d'ancre, dérivent jusqu'au centre de l'avenue où elles se claquent la paume. *Cool Brother.* L'échange ne dure que quelques secondes mais l'air en est chargé, lourd des millions de mots et de gestes qui vibrent le long de Homewood Avenue. Tout le monde cache quelque chose, mais t'as plus aucun secret quand tu te fais coincer sur l'avenue. Ellsworth n'a pas fait de clin d'œil, mais il aurait pu. Il connaissait le secret de Wally avant même que celui-ci en ait conscience. Le secret : un halo lumineux autour de la tête de Wally annonçant qu'il allait chez Reuben.

Wally est grand. Il doit se courber pour pénétrer dans la caravane du petit homme. Moment délicat. Il se penche en faisant attention de ne pas déplacer le point de douleur au creux de son dos. En ramenant ses larges épaules à l'intérieur, en retenant son souffle. Avant d'en arriver là, avant ces ajustements familiers, il ne peut pas se dire, Oui, je vais chez Reuben. C'est vrai, j'y vais aussi vite que mes jambes m'y portent. Voilà pourquoi je me suis levé, habillé et traîné dans la rue. Aucun autre motif. Aucune raison d'aller ailleurs qu'à cet endroit que je ne peux nommer même quand je frappe à la porte, la pousse et passe la tête par l'ouverture.

Le chas de l'aiguille. Reuben ricane en pointant son doigt crochu sur l'ouverture derrière le torse de Wally.

Ça devient serré, pas vrai l'ami ? Reuben a la manie de rire quand Wally ne connaît pas la blague. Ça lui donne envie d'étrangler cet avorton. De qui d'autre peut-il se moquer ?

Passer la porte n'a rien de marrant. Peu importe que tu sois trop gros ou que l'ouverture soit trop étroite. Le problème, c'est que ta chair et tes os sont réduits en purée, en une sorte de porridge granuleux. Tu ne respires plus, tu ne penses plus. Quand tu ressors de l'autre côté, t'es plus en état de penser à ton affaire.

T'es devenu une boule de rien. Écrabouillé. Ensuite tu vois Reuben et ça te regonfle un peu. Il est plus petit que toi, donc t'as pas rétréci tant que ça. La caravane pue toujours l'insecticide. Chaque coin et chaque fissure, parfumé au Raide-mort. Les cafards n'en crèvent pas pour autant. Le produit les fait planer. Ils piquent du nez toute la journée pour rôder toute la nuit. Relents d'insecticide et bourdonnement des cafards qui ronflent.

W : Alors ça fait quoi... quand on devient vieux ?

R : Pourquoi tu me demandes ça ? Tu me trouves vieux, Wally ?

W : Te vexe pas, Reuben. Tu vois. Il se trouve que t'es le plus vieux type que je connaisse. Simple curiosité... Tu sais.

R : T'en es sûr, tu veux que je réponde ?

W : J'ai posé la question, pas vrai ?

R : Je ne crois pas que tu veuilles vraiment savoir, mais j'ai commencé, je vais te répondre.

W : Je vois.

R : C'est comme être jeune. Sauf que ce que tu sais pas t'angoisse encore plus. T'as roulé ta bosse assez longtemps pour savoir que ce que tu ignores, (a) sera retenu contre toi et (b) rendra sans doute les choses plus difficiles. Du coup t'es sûr que t'es pas pressé de l'apprendre. Mais en même temps, t'es mort de trouille de ne jamais le savoir.

W : Tu penses souvent à la mort ?

R : Tout le temps. Pas à la mort en tant que telle. Mais à l'idée que tout peut être fatal. C'est comme la grande roue. Parmi les types qui montent, il y en a qui tombent. On tombe tous, un jour ou l'autre. Les bébés me font penser à des vieillards baveux. Et je devine de jolies jeunes femmes dans le visage des grand-mères. Peu importe ce que tu as dans ton assiette. Même si t'as une côtelette à la main et de la sauce plein la barbe, Wally. La bouchée suivante peut t'emporter. Ça arrive toujours aussi vite et, à force de voir toujours la même chose, t'oublies pas la leçon. Tu vois à travers les choses. Ce qui t'amuse, c'est ce qu'il y a derrière tout ça, dedans, le sens de tout ce merdier.

W : Tu veux dire que tu ne bandes plus ?

R : Parle pour toi, mon gars. Mais c'est en partie ce que je veux dire. C'est pas le plus important. C'est pas ce qui me fait pleurer en tout cas.

W : Il y a pire ?

R : Ce qui est pire, c'est de n'avoir personne à qui le dire. Tu mets des années à apprendre les choses les plus simples, les plus faciles. Puis finalement tu découvres combien font un et un. Une lumière s'allume en toi et t'en es sûr, aussi sûr que tu l'as jamais été. Sûr d'avoir la solution. Dans ton cœur et dans ta tête. T'es redevenu un gosse et tu cherches quelqu'un pour jouer avec ton tout nouveau jouet, mais personne ne voit de quoi tu parles. C'est soit un truc idiot que tout le monde croit connaître, soit un truc insignifiant que personne n'a envie de savoir. T'es là avec ton rayon de soleil et c'est rien. Tout le monde s'en fout. Toute ta vie à le chercher, mais quelle importance ? La roue tourne toujours. Les gens tombent comme des mouches. Et c'est ton tour. Solution ou pas.

W : C'est tout ?

R : Encore une petite chose. Puisque t'insistes. Quelquefois, quand je regarde en arrière pour essayer d'y voir clair... ma vie... les bribes... Je m'imagine quand j'étais jeune et ce jeune homme est le fils que je n'ai jamais eu.

Dans son dur berceau d'eau, en attendant le sommeil, tandis que des voix le taquinent, que des séquences clignotent comme des lampes et que sa vie se réduit à ces fragments, pas vraiment la sienne mais en tout cas comme lui, flottant avec lui, à la dérive sur une mer agitée, Wally se sent perdu. Il déteste la mer, les innombrables îles qui pointent à sa surface, des îles qu'il n'atteindra jamais parce qu'elles sont prises dans un même mouvement, le flux et le reflux, les spasmes écœurants au creux de son estomac. Si les îles étaient assez grandes, assez fermes, si elles n'étaient pas si lointaines, il pourrait se hisser sur l'une d'elles. Sauver sa peau. Mais il ne peut pas leur faire confiance. Il passe quelquefois tout à côté d'une île. Quand il parle avec Reuben. Que les mots de Reuben ont du sens. Puis, au moment où il s'apprête à monter à bord, il est assailli par le doute. Est-ce que Reuben a vraiment dit ça ? Est-ce que ce sont ses paroles ou est-ce que je me raconte ce que j'ai envie d'entendre ? Est-ce qu'il existe un bout d'homme nommé Reuben assis quelque part, tortillant ses mains noueuses trop grandes pour le reste de son corps, triturant ses mains sans relâche comme s'il voulait les dessouder, les échanger contre une paire à sa taille ? Est-ce que Reuben a parlé de la vieillesse ? Est-ce que j'ai osé lui demander? Est-ce que je veux savoir? Tu n'approches jamais plus près d'une île. Mais tu crois l'avoir fait. Puis cette idée même fait éclater l'île en mille morceaux. En poussière, en vent qui t'arrache les oreilles.

C'est ce qui s'est passé à Chicago. Maintenant je peux en parler. Je suis chez moi, dans mon lit. A l'abri. Reuben est peut-être réveillé. Peut-être qu'il m'entendra. Peut-être qu'il pardonnera.

Je prends une voiture de location à l'aéroport. Les cartes de crédit me rendent réel. Je me demande pourquoi les femmes appuient aussi fort sur leur machine. Ça ne doit pas être si dur d'imprimer des numéros sur les pelures que je signe. La nana colle la carte en plastique sur les rails. Blam. Cliquetis-clic. On dirait qu'elle repasse le pantalon d'un type qu'elle déteste. C'est le pantalon de son amant et elle sait qu'il le porte pour la tromper.

J'attends la navette pour le parking des locations. Nous sommes quatre ou cinq dans le filet de lumière qui perce les nuages pendant quelques secondes. Personne ne parle. Personne ne sait vraiment où l'on est. Au-delà d'un chaos de voitures, l'immense façade de verre d'un motel long comme un train luit sombrement, reflétant l'activité du terminal. Il pourrait pleuvoir. La pluie ne changerait rien. On est au milieu de nulle part, un groupe de voyageurs en partance pour des destinations différentes. Aucun d'entre nous n'est tout à fait là, près de ce pathétique abri en plastique. Ni dans ces vêtements ni dans ces peaux. Arriver à bon port, c'est tout ce qui compte. C'est une courte halte, un léger ralentissement. Ne regardez pas. Faites comme si nous n'étions pas là. Nous aussi, on fait semblant.

De la navette à la voiture. Repère le trait de crayon dans le dédale d'autoroutes et de rues. Rappelle-toi ce qu'il faut chercher après la nationale. Rappelle-toi quelle sortie prendre. Tu prends à droite, tu suis le boulevard et tu trouves. La carte est offerte avec la voiture. La femme a pris un crayon vert et s'est concentrée pour tracer une ligne parmi les nationales et les rues de la ville. Ça m'a rappelé un coéquipier qui rêvait d'enfiler des cathéters dans les artères des gens. Est-ce que la carte saignerait si sa main dérapait ? Est-ce qu'elle sait ce qu'elle fait ou est-ce que cette femme derrière son comptoir me mène en bateau ? Ses joues sont vérolées et des miettes de fond de teint bouchent les cratères. Pas mal en dépit de sa vilaine peau. Un ruban sexy retient ses cheveux bruns frisés. Des lèvres charnues. Un nez droit et fort. Des yeux verts qui prennent un air satisfait quand, une fois son tracé terminé, elle relève la tête, défronce les sourcils et plonge ses yeux dans les miens. Je lui rends regard pour regard — l'échange nous séduit tous les deux. Est-ce que son sourire fait partie du service ? Est-ce qu'elle me fait marcher ? *Continue à faire courir ce nègre.* Faut qu'il croie au mensonge vert qui serpente sur la carte.

Des étoiles, il y a toujours des étoiles dans le ciel. Mais pour les voir, il faut attendre. Que la nuit tombe, que le brouillard se dissipe, que le couvercle de nuages sales explose. Le paradis est toujours au-dessus, mais il faut faire la queue pour le voir. Comme on est dans l'Iowa, c'est sans doute un champ de maïs. Il fait trop sombre pour voir. La voiture de location, feux de détresse allumés, est garée de travers sur le bas-côté en pente raide de la nationale. Des milliers de cigales stridulent en vivant leur vie de cigales (l'été) dans les champs qui s'étendent derrière la clôture. Ombre de clôtures où s'accrochent des fils de lune, sur les barbelés tendus entre les piquets. Quelques camions tardifs passent sur la nationale comme de lointains vaisseaux remontant le fleuve noir de la route. Il termine de vider sa vessie quand l'un d'eux rugit derrière lui. Comme un train quand il le dépasse en hurlant. Routes défoncées, bruits décuplés. Il entend le bruit de ferraille des voitures de tourisme qui défilent, le gémissement de leur moteur quand elles le dépassent, le transpercent. La dernière voiture argentée flottant comme un fantôme. Il l'écoute soupirer bien après son passage. Dominant le cri-cri des cigales, son jet d'urine écarte les herbes comme une fermeture Éclair. Il secoue sa burette et lève les yeux au ciel. Les étoiles. Il se dit qu'il y a plus d'étoiles que de cigales. Que chaque étoile prenne une bouchée du monde et il n'en restera rien. Il se souvient de quelqu'un lui disant d'être un gentil garçon. Une main douce comme l'eau glisse une pièce dans la sienne. Sois sage maintenant Wallace. Et n'oublie jamais que Dieu t'aime. Est-ce que c'était une pièce de dix cents, de cinq cents ou un simple penny ? Il se rappelle avoir tenu la pièce entre le pouce et l'index, l'avoir fait rouler entre ses doigts comme il fait rouler le bout de son gland pour secouer les dernières gouttes. Il avait écrit *Star, Star, Star,* sur une feuille duveteuse d'un bloc de papier Big Chief. Un gamin, il faisait des trucs comme ça quand il était gamin. Recopiant le même mot à l'infini. En colonnes, en lignes. Ses poèmes. Des gribouillis, du papier perdu pour les autres. Une page couverte de *star,* couverte d'étoiles comme le ciel de l'Iowa cette nuit-là, jusqu'à ce qu'il inverse les lettres et que les *rats* bouffent tout.

Plus tard dans la nuit, une fois qu'il aura traversé la ville en voiture, pris une chambre dans un motel et rencontré les gens qu'il devait voir, il trouvera un bar avec de la musique, une musique de velours, et la musique comme une étincelle agaçante l'accompagnera quand il passera la porte, flottant doucement comme une cape élégamment posée sur ses épaules, flottant comme il flotte après les verres sirotés l'un derrière l'autre, construisant patiemment son ivresse accoudé au bar, comptant les bouteilles et saluant de la tête les ombres dans le miroir. Puis il aura envie de dormir, trop crevé pour avoir besoin de compagnie, pour souhaiter autre chose que la pénombre tranquille des rues de la ville, les étoiles comme un brouillard s'élevant au-dessus de ses épaules pour se perdre à nouveau dans le ciel nocturne.

Reuben. La seule raison qui me pousse à te dire ça... Il s'arrête à mi-phrase, à mi-pensée. Il ne peut pas aller au bout, parce qu'il ne voit aucune raison de continuer et ne croit pas qu'il y en ait une. De toute façon, il parle tout seul. Le petit homme est loin. Peut-être mort. Et c'est peut-être la raison. Pourquoi.

Je n'ai pas eu peur. Aucune raison d'avoir peur. Il m'arriverait rien. Je n'avais pas de souci à me faire, du coup, même la première fois, j'étais de glace. M. Glaçon, tu vois ? J'avais un boulot à faire et je l'ai fait. Pas de sueurs. Ni mains ni genoux qui tremblent. Je tremblais tellement avant les matches. J'étais souvent incapable de lacer mes chaussures tellement j'étais secoué. Une fois le match commencé, ça allait, mais avant je valais pas un clou. Je m'enfermais dans les vestiaires. Je prenais mon visage d'attaquant pour que personne me cherche de noises. La minute qui précède un match est pénible pour tout le monde. Mais j'avais plus à perdre que les Blancs. Je restais dans mon coin sur le point de craquer. Personne ne le savait. Mon visage était de marbre. Dur comme de la pierre. Disant qu'il ne fallait pas s'approcher. Que j'étais prêt à cogner et qu'il valait mieux se tenir à distance.

Rien de tout ça. Pas même la première fois que j'en ai tué

un. Rien du tout, qu'est-ce que j'avais à craindre ? C'est comme arrêter ta voiture et pisser au bord de la nationale. Mon cul noir dans la nuit noire au milieu de nulle part, on n'en sait rien et on s'en fout. Je pisse au bord de la route, au matin ma pisse a disparu et je suis loin, qu'est-ce que ça peut foutre ? Qui le sait à part moi ? Et toi, maintenant que je te le dis ? Si je te le dis.

Reuben est un nuage, petit et bossu. C'est marrant, tu peux devenir ce que tu veux, tu portes toujours ton destin comme un insigne. Wally isole le petit homme du banc de nuages qui s'amoncelle au plafond, sur la surface bleue du ciel. Le vent les pousse. Il n'a pas beaucoup de temps pour raconter son histoire. La bosse et la barbe émergent de la brume blanche. Et le vent qui dessine Reuben hurle au bord du lac, l'éclaboussant de jets de bave moussante comme une pluie d'aiguilles invisibles qui perce et transperce la peau du lac. Le vent se souvient de tous les péchés de Wally et n'en pardonne aucun. La colère le bâillonne, les veines de son cou se gonflent, la rage enflamme sa gorge d'un cri strident, ses yeux brûlent, ses lèvres tremblent, et les mots qu'il ne peut prononcer enfourchent cet écheveau de vent soufflant de l'ouest ou du nord ; quelle que soit sa direction le vent vient pour punir Chicago. Parce que c'est Chicago qui se dessine au plafond. Une vue d'ensemble. Les larges épaules grises se serrent l'une contre l'autre. Le ciel en fond. Bleu comme la haine, comme le silence. Puis un banc de nuages, l'un d'eux, un solitaire estropié, se détache du groupe et frémit, encaissant seul les violentes rafales, obséquieux ou rigolard tandis que le vent l'écartèle.

C'est ce qui s'est passé, mon vieux. C'était peut-être au zoo, au musée, dans une galerie d'art, ou peut-être dans un aéroport. Un lieu public en tout cas. Chicago en fin d'après-midi, le vent souffle. Comme au bord de la mer. Des rectangles de lumière quadrillent les flancs des immeubles. Des embruns me chatouillent le visage. Des nuages blancs affolés. Pas d'issue. Paniqués comme le bétail dans l'enclos de l'abattoir. Si les nuages blancs pouvaient suer, ils sueraient. Et ça puerait.

C'est ce que tu ressentirais, si tu avais été à ma place. Voilà ce que j'ai ressenti, ce que je me rappelle. Et puisque c'est mon histoire, Reuben, il faut t'en contenter. En la racontant, tu ne peux pas improviser comme sur un air de jazz. Tes fameuses conneries, tu peux les étaler partout si tu veux. Mais pour le moment, c'est moi qui donne le rythme. Nuages. Ciel. Vent. Un lieu public. Deux ou trois Bloody Mary au déjeuner qui se transforment en envie de pisser. Pisser. Vite. Peu importe l'endroit.

Des toilettes publiques, mais vastes et propres, immaculées, comme celles que le public n'utilise pas, un lieu public à l'écart du public, une galerie d'art, les rayons d'une bibliothèque. Une oasis caverneuse, déserte, nettoyée régulièrement, sans graffitis sur les murs, avec de gros rouleaux de P-cul et des serviettes en papier dans les distributeurs, des miroirs nets et noirs comme des trous.

Dans ce décor, presque aseptisé, aussi oppressant que le froid chimique et silencieux d'un couloir d'hôpital, dans ce décor qui étonne Wally, le plonge un moment dans la confusion et le désoriente (Putain, mais je suis où... Où sont les autres ?), dans ce décor arrive un autre être humain. Mâle. De race blanche. La quarantaine. Malchanceux.

Ses vêtements détonnent moins dans le décor que ceux de Wally. Comme le coup d'œil discret du type le lui fait comprendre. Lui donnant l'impression d'être un cafard. Wally a envie de décamper, de retourner dans son élément. Soit l'homme rechigne à pisser en sa présence, soit il sait qu'on ne salit pas ce genre d'endroit avec des excréments, parce qu'il va directement vers les lavabos en marbre et se lave les mains. Pas trop d'eau. Pas trop de mouvements de doigts. Plutôt dans l'idée d'éloigner les dangers de contamination, comme une immersion rituelle dans l'eau symbolique d'un lavabo symbolique. Wally se demande si c'est ce qu'on doit faire *avant* de pisser. Il n'a jamais essayé, il n'y a même jamais pensé, évidemment. Et c'est pour ça que les Noirs et les Blancs sont différents, pas vrai ? Des tas de domaines de l'expérience humaine sur lesquels ils ne sont pas d'accord du tout. Les droits, les privilèges et les priorités. Même dans des chiottes aussi grandes, ils se gênent, pourtant il y a de la place pour cinquante personnes. Cinquante comme lui ou cinquante comme Wally, mais pas assez de place pour tous les deux.

L'homme lui tourne le dos. Cheveux coupés formant une bordure nette au-dessus du col blanc raide. Il y a vingt ans, ce type était peut-être un hippie. Wally l'aurait surpris en train de fumer son joint dans les chiottes. Il était une fois une queue de cheval bien fournie qui pendait de ces pauvres boucles coupées. Dans des jours meilleurs, ils auraient peut-être échangé une taffe ou deux, ri, menti, et scandalisé une paire de dinosaures en costume trois-pièces venus récurer leurs paluches et les prenant sur le fait.

C'est donc presque avec regret que le tranchant de sa main droite s'est abattu sur le cou du type. Un bruit sourd et écœurant, et la chair devient insensible comme un sac de farine. Claquements secs d'os ou de dents heurtant les rebords en marbre tandis que le costume se chiffonne et que le corps s'effondre sur le sol dur.

Wally le traîne par la peau du cou dans une des cabines. Aucune résistance. Il lui a peut-être brisé le cou. Sa passion pour le karaté est passée, mais il se souvient de quelques principes utiles. Et son corps musclé par le basket est encore plein d'énergie malgré ses deux ou trois kilos en trop.

Quelques éclaboussures au moment où la tête pénètre dans l'eau. Pas beaucoup. L'endroit est impeccable. Même l'eau de la cuvette. Pas la peine de tout salir. Il y a des gens qui ne savent pas se tenir. Mais Wally n'est pas de ceux-là. Il se souvient de la délicatesse avec laquelle l'homme s'est lavé les mains et il suit son exemple. Délicatement, mouillant à peine la lunette, il plonge la tête dans le liquide impeccable. Reculant d'un pas, il lève le pied puis l'abaisse doucement, méticuleusement sur le cou au col blanc. Il rassemble ses forces pour lutter. Poids du corps en arrière, bras tendus pour se tenir d'aplomb entre les murs de la cabine. Puis il appuie bien fort. Un peu d'eau gicle sur le sol trop propre. Mais c'est de l'eau propre. Elle ne laisse pas d'auréoles sur ses chaussures, bien que son pied soit complètement trempé à la fin.

Soyez à l'affût d'un nègre avec un pied mouillé. Sans doute gonflé maintenant, puant légèrement l'urine, les matières fécales, le sang, les tripes. Il est sans arme et dangereux. Approchez-vous avec précaution. La dernière fois qu'il a été vu, il avait le sourire du Chat de Chester et un œillet rose au revers de son veston. On entend son cœur battre à des kilomètres à la ronde.

Wally se lave les mains et essuie son pied du mieux qu'il peut avec des serviettes en papier, puis il les chiffonne avant de les disposer proprement dans le réceptacle prévu à cet effet et s'en va comme il est venu.

Sacrée histoire. Sacrée histoire, Wally. Nom de Dieu... maintenant tu permets que je te pose une question idiote ?

Les nuages se dévorent entre eux. Les gros avalent les petits et continuent de grossir. Les petits libèrent des trous bleus dans le ciel que les gros nuages mangent aussi.

A ton service...

C'est une histoire vraie ?

Wally n'est pas sûr d'avoir vu le visage de l'homme. Il se souvient d'une ombre rose et floue exprimant son mépris de Wally, avant que Wally ait pu distinguer ses traits. Puis le reflet du visage dans le miroir. Wally n'a pas lancé d'avertissement, donc les yeux de l'homme n'ont pas su s'agrandir de panique en voyant l'ombre noire derrière lui se dessiner comme une menace dans le miroir. Tout s'était passé trop vite, mais curieusement l'image de son visage effrayé s'est gravée dans le souvenir que Wally garde de la scène des toilettes. Une tête de poisson. Yeux écarquillés, bouche grande ouverte, le ventre blanc et obscène d'un poisson remontant brusquement des fonds abyssaux du miroir. En fait il ne sait plus ce qu'il a vu dans le miroir. Son propre visage noir ? Le visage blanc de l'homme ? Une image d'agonie ou de culpabilité ou le simple reflet de la lumière venant de la rue tandis que les murs s'écroulent autour d'eux, que les immeubles et la ville disparaissent, et qu'il rêve sur son lit à la rencontre mortelle de deux marionnettes sur une scène nue. Ouverte au ciel, aux vents.

Tu l'as dit Reuben. C'est une question idiote.

Eh bien, si c'était personne, si tu ne peux mettre aucun visage dans le blanc, pourquoi t'inventes pas quelqu'un, avec une tête et un nom. Au moins pour l'histoire. Pour toi. Pour le jeu.

D'accord, mais souviens-toi que tu l'auras voulu, mon vieux.

Qui alors ?

Ta mère.

3

CUDJOE

Reuben regarde les fesses de la femme s'ouvrir en deux globes symétriques, un parfait cœur de la Saint-Valentin inversé quand elle se penche pour ramasser l'amphore. Les formes de la jarre renferment en elles les courbes de la femme. Flanc, fesse et sillon. Le poids du sable s'écoulant dans la spirale en *s* d'un sablier. Flot, fissure, fente. Son doigt dessine le bel arrondi de ses miches, déborde de la page en répétant à l'infini cette ligne festonnée dans la bulle d'air où se tient son bureau. C'est la même pagaille sur sa table pliante que dans son esprit, cet après-midi. Est-ce de la nécrophilie ? Ce goût prononcé pour la croupe de cette morte prise douze fois clac-clac-clac-en rafale par les appareils de Muybridge. La femme fait un pas, puis se baisse ; elle s'agenouille délicatement, ses fesses nues, une fleur aux pétales lourds. La mise au point de cette vieille photo est un peu floue. Pas de touffe de poils fins emmêlés devant la fente du sexe. Vision d'un corps nu, silhouette idéale en noir, gris et blanc. Les gros doigts de Reuben continuent de s'agiter dans l'air. Mimant une chanson, dirigeant un orchestre, une chorale. Douce musique des sphères.

Encadrant cette « femme ramassant une jarre », des bandes de clichés présentent d'autres femmes nues dans des postures diverses, décomposant d'autres gestes, naturels ou anormaux. Le secret impénétrable du mouvement poursuivi par Muybridge est-il prisonnier de ces clichés comme les formes de la femme dans l'argile de la jarre ? Et le mouvement, c'est la vie, non ?

Le plus dur, c'est de le saisir. Il faut libérer le génie de la jarre, découper les séries de clichés en photogrammes distincts, les multiplier à l'infini, les mettre en pile et les feuilleter assez vite entre ses doigts pour créer le mouvement, la vie. Illusion, bien sûr, mais assez trompeuse pour te retenir, pour que tu y croies, du moins le temps d'arriver au bout de la pile. Reuben est bon public. Les séries de douze clichés de Muybridge suffisent à exciter son imagination. Il comble les vides. Flatte les fesses inertes. Tombe amoureux.

Il s'est promis d'activer le mouvement aujourd'hui. Plus tard dans la matinée, il ira *downtown* pour s'occuper de l'affaire de Kwansa. Elle doit venir à son bureau demain et il ne veut pas la décevoir. C'est pour elle qu'il joue le jeu. Part en expédition *downtown*. Fait semblant de pouvoir changer son histoire.

C'est Toodles qui paie, donc Kwansa boit. La main de Toodles caresse son genou dans le noir, sous le rebord du comptoir, à l'abri des regards indiscrets, là où personne ne regarde. Kwansa se fout de cette main. Toodles a le même genou qu'elle. Et aussi une foufoune et des lolos. Kwansa fait autant gaffe à la main de Toodles que si c'était sa propre main qui touchait son corps. Elle aime bien Toodles. Ses grosses lèvres noires et sa cicatrice en chenille dans le cou. La grande gueule de Toodles qui remet tout le monde à sa place. Ses chaussures délirantes que personne en dehors de Toodles n'oserait porter. Aujourd'hui les chaussures de Toodles ressemblent à des pantoufles. En daim violet, doux comme des fesses de bébé, avec des doigts de pieds tricotés qui remontent comme un bouquet de haricots verts sur le dessus souple, fermé par un zip. Toodles sait qui elle est, ce qu'elle est, et n'en a pas honte. Putain. Montre-moi une des têtes de piaf frimant dans le coin, qui se débrouille mieux que Toodles et je me jette à terre pour lui lécher le derrière.

Et Toodles n'a pas la réputation de lécher des culs. Hahh. Ahhh. Du moins pas les culs de ces baiseurs à la manque, mon chou.

Kwansa n'a jamais aimé une femme mais, les quelques fois où elle y a pensé, c'était une femme comme Toodles. Pas masculine du tout. Autant se faire un mec. Pas maniérée et collante, du genre « tout le monde se l'est faite » comme Pearl. Non. Elle voulait quelqu'un qui assure. Qui a quelque chose de plus. Ce que Toodles prétend avoir. Et Kwansa la croit presque. Elle n'a jamais entendu dire le contraire. Pas devant Toodles en tout cas.

Pour tout te dire, ma chérie, j'ai pas trop réfléchi à la question des gosses. Ma sœur a des gosses. Et ils savent que leur tante Toodles donnerait sa chemise pour eux. J'adore qu'ils me grimpent dessus et je les gave de bonbons et tout ça, tu sais. Je joue à la tante Toodles. Et crois-moi, ces petits diables peuvent être adorables. Tu les couvrirais de baisers. Mais ils recommencent vite leurs chichis et leurs chicanes. Leur tête de pioche. Et leurs jérémiades. Qui te donnent envie de leur tordre le cou. C'est sûrement parce que je les vois quand je veux. Dès qu'ils deviennent chiants, Toodles se tire, tante ou pas. Quand c'est les tiens, t'as pas le choix. Ils sont là et toi avec. Vingt-quatre heures par jour. Trois cent soixante-cinq jours par an. Ce coup-là, c'est sérieux. C'est dur. Je les aime à en crever et j'hésiterais pas à donner ma vie pour un de ces petits singes, mais Toodles n'est pas prête à se retrouver coincée avec qui que ce soit, homme, femme, ou enfant.

Tu les aimes si c'est les tiens. Y a rien à réfléchir. C'est les tiens et c'est tout.

Tu vois, une part de moi le comprend. Mais une autre part dit, Pas question. Ah-hahh. C'est sûr que j'ai plus à m'en faire. J'ai jamais eu à m'en faire pour ça, si tu réfléchis. Disons que mes penchants ne vont pas dans ce sens, donc je ne risque pas de me retrouver en cloque. Ce que je peux en dire c'est qu'une part de moi dit Oui et l'autre n'en peut plus de voir les femmes se tuer à élever la marmaille de ces nègres. Qu'est-ce qu'elles s'imaginent qui les attend en baisant avec ces bandards ? Y a pas de cigognes dans Homewood. Est-ce que ces gamines ne savent pas d'où viennent les bébés ? On ne le dirait pas. Ici, il y a des femmes plus jeunes que moi qui sont grand-mères depuis longtemps. Qu'est-ce que t'en dis ? Grand-mères. Et elles n'ont pas trente ans ! Dans ce quartier, les femmes font des lardons aussi vite que possible. Toutes ces gosses avec des gosses. Dis-moi par quel mystère tous ces bandeurs qui couvrent la chatte ici le soir n'ont pas de gosses ? En tout cas, pas dont ils s'occupent. A les entendre, ils sont tous libres, célibataires et sans attaches. Leurs ronds ne vont pas dans les couches et autres conneries. Ils servent à payer à boire et à faire tourner le juke-box. Ils se la coulent douce et s'occupent pas de marmaille. C'est comme ça par ici. Et je suis sur ce tabouret les jours avec et les jours sans, je sais de quoi je parle. Tout le monde est là pour prendre son pied. Mais après, c'est Maman sûr, Papa peut-être... A mon avis, les femmes devraient se débrouiller pour baiser sans s'en faire. Comme les mecs.

Quelquefois tu te laisses prendre.

Je comprends ça. N'importe qui peut se faire avoir. Je dis simplement que c'est pas nouveau. Toodles peut tomber dans un piège, mais elle se plantera pas sur un truc tellement au milieu du chemin depuis un siècle que c'est signalé par des néons, des panneaux et des sirènes.

Quelquefois t'es amoureuse.

Tu vas trop loin, ma petite. On parle de bébés. C'est la baise qui donne des bébés. L'amour, c'est autre chose. Tomber amoureuse n'a jamais mis une fille enceinte. C'est au lit qu'elles se font prendre.

D'accord avec tout ça. Mais tu sais de quoi je parle. Mais tu ne vas pas me dire que t'as jamais été amoureuse, Toodles. Tu sais ce que c'est. Tu perds la boule. Et tu penses pas toujours comme il faut.

L'ennui, c'est que tu penses trop. Tu te bloques sur un truc et t'oublies tout le reste. C'est comme ça qu'on fait des conneries. Un beau gosse te fait palpiter les narines, t'ouvre les jambes, et t'as pas le temps de souffler qu'il t'a laissé un ravissant petit souvenir. De quoi occuper ta tête vingt-quatre heures par jour, mon cœur. Et où est Papa ? De retour dans la rue à faire le joli cœur. Et toi, tu guettes le facteur. En espérant que le chèque des allocations arrivera avant que le Blanc te foute dehors avec ton bébé. Faudrait écrire une chanson d'amour là-dessus. Chanter un peu le bon sens à ces jeunes filles sans cervelle. Et merde. A leurs grandes sœurs aussi.

C'est bon, Toot. Je vois rien à redire dans tout ça. Mais Cudjoe est à moi. Et il le restera jusqu'à ma mort. Je prendrai soin de lui jusqu'à mon dernier souffle. Il est à moi.

Sauf si, comme tu disais, ils arrivent à te l'enlever.

Non. C'est impossible. Je vais les en empêcher d'une manière ou d'une autre. Je vois M. Reuben demain. Il est sur l'affaire.

Et maintenant, où est Cudjoe ?

Chez miss Bracey, Susquehanna Street. La vieille Bracey. Tu te souviens d'eux. Léo, Paul et Isabelle. Miss Bracey est leur Grandma. C'est elle qui les a élevés et maintenant elle prend des mômes de l'assistance. Elle en a deux ou trois qu'elle garde, en plus des gosses des femmes qui boulonnent.

Hé, miss Parker. T'as un chouette boulot assise sur ce tabouret.

Rigole pas. Ma patronne blanche m'a donné la fin de la semaine. Je voulais voir comment allaient ceux qui se la coulent douce.

Comme tu vois... Ici, c'est le Paradis, mon petit. Des poivrots, des junkies, et ces demi-sel embrouilleurs de nègres, assis au bar toute la journée. Ouais. Ils ont gagné le gros lot, pas vrai ? Ils ne sont les esclaves de personne. Pas besoin de pointer ni de faire la queue. Pas de gosses. Pas de vieux parents. Juste leurs petites embrouilles et leurs petites manies. Ils ne doivent rien à personne. Ils sont libres comme les crottes de chien sur le trottoir.

Toodles éclate de rire et tape des mains sur le comptoir en

riant de plus en plus fort. Elle glousse, s'étouffe, montre du doigt et agite les bras ; criant sur l'un, faisant dégager l'autre de son champ. Personne ne sait pourquoi elle rit mais tous devinent qu'elle taille des costards, alors mieux vaut rire aussi, sinon c'est eux qui trinquent. T'entends cette folle ? Qu'est-ce qu'elle a Toodles ? Cette femme est cinglée. Elle l'a toujours été. Et le sera toujours. Regarde-la. Elle se sent plus. T'as vu ces pompes avec leur nez en l'air ? Pourquoi elle s'arrête pas ? Elle a failli tomber du tabouret. Quelle conne. Toodles n'a jamais eu toute sa tête. M. Weaver tient sa main à trois doigts devant sa bouche. Il cache ses mauvaises dents. Celles qui lui restent. Il planque aussi les ratiches qu'il a perdues depuis longtemps. Il rit souvent bouche fermée pour qu'on ne voie pas ses gencives nues. Quand il craque, il plaque ses trois doigts sur son sourire béant. Sa main était estropiée bien avant que sa bouche ne se gâte, c'est pour ça qu'il ne pense pas à faire écran avec sa bonne main. Il sourit à Toodles en plein délire et aime ses deux mains comme il ne peut pas encore aimer sa bouche dégarnie.

Toodles tressaille encore, comme si le rire allait repartir, mais il se transforme en petits hoquets que Toodles s'efforce d'ignorer. Elle ne fait plus très jeune et ses yeux fixent sans ciller le petit verre de gin à côté d'un grand verre d'eau. Laurel et Hardy, pense Kwansa. Elle ressemble à Hardy à côté du long corps mince de Toodles. Tout est calme maintenant, pense-t-elle. Calme comme s'il manquait quelque chose. Quelque chose que Toodles a jeté en l'air pour s'en débarrasser, donc c'est plus que calme parce que t'écoutes et tu cherches ce qui manque. T'écoutes attentivement. Tout est calme, anormalement calme. Toodles a terminé. Ses derniers hoquets disparaissent avec le reste de son excitation. Sa main, du côté de Kwansa, occupée tout à l'heure à caresser son genou, est maintenant posée sur le bar. Deux grosses bagues brillent au milieu. Une bleue et une jaune avec des petites pierres de la même couleur autour du chaton. On dirait des fleurs. Au tout-pour-rien de

Murphy, ils avaient les mêmes pour petites filles. Autour de l'anneau, à l'intérieur, du sparadrap, parce que les doigts de Toodles sont trop maigres. Le noir de sa peau a déteint sur le sparadrap. Du bricolage comme l'épingle qui retient la petite culotte de Kwansa parce que l'élastique a lâché. Chaque fois qu'elle y pense, elle a peur de se piquer. Tu mets des épingles et du sparadrap parce qu'il n'y a rien à ta taille. Les fringues durent trop ou pas assez. Kwansa tapote les fleurs de pierre, la main dans laquelle elles sont plantées.

Faudra me passer sur le corps. Sans cela ils n'auront jamais mon Cudjoe.

Kwansa monte les marches du perron de Miss Bracey. C'est un joli perron. En parpaings et fer forgé avec le toit fraîchement peint en vert. Et un auvent en aluminium, rayé vert et blanc, comme de nombreuses maisons sur Monticello, quand c'était bien d'habiter Monticello. Elle sait que quelque chose cloche parce que en montant chez miss Bracey, elle se voit emmenant Cudjoe dans une belle maison comme celle-ci. Un joli petit jardin avec des tournesols et un rosier. Les marches du perron sont chaulées, éclatantes comme la barrière blanche qui entoure la pelouse. Ses pensées divaguent, donc elle se doute que quelque chose cloche. Elle n'a jamais connu de maison comme celles des livres de lecture, mais c'est ce qu'elle voit pour l'instant et elle y pense. Elle se régale à l'idée d'une jolie maison propre et bien à eux dans laquelle elle emmènera Cudjoe en quittant miss Bracey. Puis Cudjoe passe la porte à claire-voie et c'est un homme adulte. Elle le reconnaît à sa lippe de petit garçon sous sa moustache drue. Cet homme a les vêtements de Waddell et tient une saloperie à la main, mais c'est bien son Cudjoe. Grand, presque deux mètres. Déjà son ombre glisse vers elle. Puis l'engloutit. Elle se demande comment elle va porter ce grand type dans ses bras et marcher jusqu'à la maison. Ça ne va pas être simple. Elle pourrait se blesser, le blesser. Mais tout ça n'a aucun sens.

Le type est trop grand, trop vieux. Il faut qu'elle repense à tout ça, ça ne colle pas. Elle a bu du gin tout l'après-midi et Toodles est chez les Dames. C'est l'heure d'aller chercher son fils.

Il n'y a pas longtemps que son papa est passé le prendre.

Quoi, qu'est-ce que vous dites ?

Que son papa l'a emmené. Il est très mignon votre petit Cudjoe. Et bien élevé. C'est pas comme ces petits sauvages. Il reste sagement sur le canapé sans s'occuper des autres et regarde par la fenêtre. Mon papa. C'est mon papa. Voilà ce qu'il a dit avec sa jolie petite voix de crécelle. Mon papa. Mon papa. Ça fait à peine une demi-heure qu'ils sont partis. Pas plus.

Kwansa fixe miss Bracey, qui veille sur sa bande de gosses comme la vieille dame dans la comptine. Miss Bracey est la plus grande des enfants. Son sourire, sa douce veste d'intérieur, ses cheveux blancs, sa poitrine assez opulente pour nourrir une nichée de têtes crépues, son visage ridé : rien n'y fait, elle reste une enfant. Et la furieuse envie que Kwansa avait de hurler sur miss Bracey, de la tuer, disparaît aussi vite que les mots qui fusent comme des balles de mitraillette de la bouche de la vieille dame. Son débit rapide et sa voix qui s'élève au-dessus du raffut des gosses, c'est à cela qu'on comprend que l'enfant ridée, un poil plus grande que les autres, est celle qui commande.

Merde. Merde. Merde. Qu'il pourrisse en enfer. Kwansa fait volte-face. Ses mains serrent une gorge imaginaire. Elle étrangle Waddell parce qu'elle ne peut pas s'en prendre à miss Bracey. Elle dévale l'escalier et atterrit dans la rue avant que miss Bracey n'ait eu le temps de lui demander son dollar.

C'est alors que la pluie a commencé. Soudaine. Cinglante. Kwansa est prise sous l'averse, trempée avant d'avoir choisi de trouver un abri ou d'ignorer les trombes d'eau pour passer les rues au crible à la recherche de son fils. Cet abruti de Waddell est sûrement assez con pour laisser son Cudjoe dehors sous la pluie. Cudjoe le supportera pas. Un ver de morve lui fait une moustache la moitié du temps. Le soir, elle l'embrasse, après avoir éteint, pour lui souhaiter bonne nuit, il rebondit contre ses lèvres parce que, même sur le point de s'endormir, Cudjoe est une vraie pile électrique ; même quand au bout du rouleau, elle le colle entre les couvertures, impatiente que la journée se termine, il se redresse dans le noir à la rencontre de son baiser et laisse des traces salées sur ses joues, ses lèvres. Quelquefois la morve forme une croûte sur le revers de sa main, celle avec laquelle il s'essuie toute la journée. Comme des balafres qui s'émiettent et brunissent en séchant. Comme du sang. Comme des larmes. Le poing sale de Cudjoe. Elle nettoie les croûtes tous les soirs parce que chaque jour son nez coule, il tousse et ses oreilles se bouchent à mesure que les quintes se font plus violentes et que sa poitrine se creuse ; sa respiration siffle, ses petits os fragiles frissonnent et son cœur palpite comme les ailes d'un oiseau. Il suffit d'un rien. D'un courant d'air : Un rayon de soleil le matin, il part chez miss Bracey sans gilet, et si l'après-midi se rafraîchit, Cudjoe attrape froid. Ses bronches, sa poitrine, son nez, ses yeux — tout est atteint et suppure. Tendance aux maladies respiratoires, c'est ce qu'avait dit la doctoresse à l'hôpital. Il était né trop tôt. Ses poumons n'étaient pas encore bien formés. Ça s'arrangera. Ne vous inquiétez pas. Votre fils sera un grand jeune homme en parfaite santé en un rien de temps. Mais en attendant, le ver de morve attaque sa lèvre. La mange. Souvent à vif à force de frotter, de nettoyer. Kwansa la badigeonne de vaseline. Luisante comme une bouche de clown. Rastus le clown. Son Cudjoe tombe malade à cause de Waddell qui le laisse sous la pluie. Sans pull ni blouson, rien que sa mince peau brune et ses tennis qui vont prendre l'eau en moins d'une minute.

Elle est trempée avant de réaliser qu'elle reste debout sans bouger, sans s'abriter, immobile sous une pluie battante en hurlant son nom. Cudjoe. Cudjoe. Une vraie dingue. Comme

Etta Thompson couchée sur le dos, grosse baleine noire échouée, criant le nom de Jésus. Les vapeurs du gin se sont dissipées depuis longtemps. Maintenant le ciel est noir et chargé. Elle lève les yeux cherchant à découvrir le trou de souris, la fenêtre dans le ciel par laquelle quelqu'un balance des seaux d'eau. Pas d'autre fou en vue. Si elle avance, elle sait que le trou la suivra et que tous ses foutus seaux continueront à tomber sur ses cheveux crépus.

Tu t'es vue, mon cœur? T'es trempée comme un rat. Ta mère t'a jamais appris à t'abriter de la pluie?

Tout raconter à Toodles. Mettre de l'ordre dans ses souvenirs pour que Toodles comprenne. *Bien sûr,* sa mère lui donnait tout le temps des conseils. Mais la voix, les mots et le visage de sa mère sont loin, ils se sont dissous en une couverture chaude et moelleuse qui l'enveloppe et la replonge dans le passé. Sa mère l'aimait tellement. Elle la prenait dans ses bras pour lui murmurer des secrets, lui apprendre le monde à petites doses sans danger. Les mots de sa mère resurgissent et l'enveloppent. Comme des plumes ou de la laine, comme un chatouillement, Toodles, quand je pense à ma mère, je peux la sentir, la toucher. Mais, c'est marrant, il y a des choses que j'ai oubliées. Son visage et tout ce qu'elle me racontait à voix basse, qu'elle répétait tout le temps quand j'étais sur ses genoux ou pendue à ses jupes et qu'elle était occupée à la cuisine ou au repassage. Je me souviens aussi de mon pouce. Je frottais un coin de tissu sous mon nez, en suçant mon pouce. Je me souviens de ça. Et du goût de tout. Mais pas de son visage. Je serais incapable de la dessiner, même pour un million de dollars. Mais je sens encore son odeur comme une douceur chaude qui me protège : c'est elle, pas de doute, il y a longtemps, avant qu'elle meure. J'ai presque tout oublié d'elle mais je sais qu'elle m'aimait et que sa voix était douce, sucrée. Et maintenant tu me demandes si elle m'a dit ceci ou cela, je te jure que j'en sais rien.

Tu trembles comme une feuille, ma petite. Allez, viens t'asseoir près de moi. Tu vas choper une pneumonie carabinée.

Kwansa brûle de raconter toute l'histoire de la mort de sa mère à Toodles. Si sa mère pouvait mourir, tout le monde était mortel. Cudjoe se dissout sous la pluie. Il tousse et crache du sang. De la bouffe plein la maison. Faut disputer le terrain aux mouches qui tournoient autour de la salade de patates, des gâteaux, des montagnes de poulet frit. Comme de toutes petites ailes d'oisillon, les poumons de Cudjoe se détachent et tombent du nid. Des bulles qui éclatent. Du liquide jaune sur le trottoir, pareil à une flaque de morve. Les petites ailes se détachent parce qu'elles étaient trop frêles. Les os qui les rattachaient au corps, des cure-dents brisés sur le sol. Les poumons de son bébé avaient besoin de temps pour se développer. Le docteur voulait sûrement lui dire de les retirer de la poitrine de Cudjoe. Petites ailes suppurantes. Elle aurait dû les prendre dans le creux de sa main et les exposer au rayon de soleil qui entre par la fenêtre. Tel le soleil qui entrait, elle s'en souvient, dans la cuisine de sa mère. Sur une étagère sous la fenêtre, elle déposerait ses petits poumons dans un bocal d'eau pure et tiède, comme on met des oignons à germer. Pour qu'ils développent de solides racines vertes. Jusqu'au jour où les racines seraient assez grosses, assez fortes, pour qu'elle puisse replacer ses poumons près de son cœur, un de chaque côté comme des ailes. Comme deux portes blindées le protégeant du mal, des souffrances et des larmes.

Deux doubles, Chandler. Tu ne vois pas que la petite se noie. Sèche tes yeux, ma puce. Essuie-toi. Et réchauffe ton cœur avec ça.

Le gin la secoue. Une boule de feu qui la déchire en suivant les zigzags de ses intestins. Emportant le reste de ses forces. Pfuit, un grésillement semblable à deux doigts qui mouchent une bougie, et tout disparaît, plus d'idées, plus de mots, pas moyen de retenir ses larmes. Elle pleure sur le zinc comme un bébé, à côté d'une gouine aux doigts agiles. Ça va mal, vraiment très mal.

Vas-y, finis ton verre. Y en a encore plein dans la bouteille de Chandler. Déballe tout, mon chou. Je sais pas ce que t'as, mais tu l'as bien. Vas-y, sors tout.

Quand Cudjoe tousse, son petit corps fiévreux s'éloigne de son sein. Elle le serre plus fort, le colle plus près de sa poitrine, de peur qu'il ne s'envole.

Qu'il aille au diable... en enfer...

Qui ça, bébé ?

Waddell l'a pris. Waddell a pris mon Cudjoe. Mon Cudjoe a disparu.

Hé... Attends. Vas-y doucement. Qu'est-ce que Waddell a fait ? Où est ton fils ?

Il l'a pris. Il l'a enlevé de chez miss Bracey. J'aurais dû m'en douter. J'aurais dû lui dire que Waddell n'était pas son père. Que Waddell n était qu'une plaie. Une épine dans le pied. Et j'imagine qu'il laisse Cudjoe dégouliner sous la pluie. Cudjoe tousse et ce crétin ne sait pas ce qu'il faut faire. Cudjoe sera malade demain matin. Ce sera pire si personne s'en occupe.

Hé, calme-toi, nana Où tu vas comme ça. Personne n'est dehors sous la pluie. Même Waddell n'est pas si con. Toi non plus, t'as pas pu y rester. Je sais pas où il est, mais ton petit n'est pas dehors avec cette tempête. Il se réchauffe sûrement quelque part en mangeant des bonbons. Bourrant son petit corps de bonbons. Les hommes sont comme ça. Tu le sais, non ? Ils gavent les gosses de sucreries et de bonbons parce qu'ils savent pas quoi en faire. Chaque fois que je voyais mon père, ou le salaud qui se prenait pour lui, il agitait un paquet de bonbons sous mon nez. Des Jelly beans. Je détestais ces trucs collants. Mais c'était lui ça. Je ne l'ai pas vu depuis des années et j'en sais autant que lui maintenant, mais je le revois encore s'amener avec son paquet de Jelly beans. Les nègres ont toujours aimé les Jelly beans. S'il est en enfer aujourd'hui, je parie qu'il en a un paquet avec lui. Il me l'agitera sous le nez en ricanant quand j'irai le rejoindre.

Tu crois qu'il a emmené Cudjoe chez lui ?

Et où veux-tu qu'il soit ? Écoute un peu cette pluie. T'en viens. Tu sais bien qu'ils sont à l'abri quelque part.

Je sais même pas où Waddell habite.

Il y en a sûrement un ici qui sait. Si Chandler sait pas, il connaîtra quelqu'un qui... Hé, monsieur Chandler amène un peu cette bouteille, ta grande carcasse et tes beaux yeux. J'ai un truc à te demander, bébé.

Kwansa se dit qu'il est temps de se montrer sous son meilleur jour. Plus fine, plus jolie. Pour que quelqu'un l'écoute. L'aide. Elle voudrait se débarrasser de sa peau noire. De l'ignorance qui lui a fait gober tous ces mensonges qu'on lui raconte. Elle est sur le canapé rêche de Toodles, tremblante. Si la pluie tombe encore, elle est silencieuse comme un chat. Kwansa regarde la rue plus sombre que l'obscurité qui règne entre les cloisons minces de l'appartement de Toodles, mais elle n'entend rien. Cela fait des heures qu'elle tend l'oreille, mais dehors rien ne bouge. Les minutes lui paraissent des heures. Difficile de savoir. Elle n'était qu'une gamine aux cheveux crépus et aux jambes poussiéreuses quand elle a commencé à écouter. Aux aguets dans le calme qui suit la pluie, attendant quelqu'un qui poserait la main sur elle, en lui disant, tout va bien.

Elle commence à appeler Toodles. Elle ne veut pas la réveiller. Elle n'a pas besoin de son aide, elle ne veut pas lui parler. Elle répète simplement *Toodles.* Prononçant son nom comme on allume la radio le matin parce que la maison est vide. Comme on laisse une lumière allumée en partant pour revenir dans un lieu éclairé.

Si t'es plus jolie, plus intelligente, ils en font un peu plus pour arriver à leur fin. Ils y passent un peu plus de temps. Font des petits cadeaux. Quelquefois, ils vont jusqu'à te dédier une chanson. Un coin secret où ils t'emmènent pour échapper aux autres. Si t'as de l'allure, le teint clair et de beaux cheveux lisses comme ils aiment, tu peux même réussir à faire ce que tu veux.

Elle grelotte. Cudjoe doit être dans le même état, trempé

et tremblant de froid quelque part. Crachant ses entrailles. Le plaid sur le dossier du canapé est en boule par terre. Elle le balance d'un coup de pied, le ramasse et l'étend sur ses jambes. Elle se recouche sur le côté en ramenant ses genoux contre sa poitrine. Ses pieds et ses épaules sont encore humides. Le reste est à peu près sec. Quoi qu'il en soit, elle est parcourue de frissons, des doigts de pieds à la nuque. Elle cherche à tâtons la vieille robe de chambre ou le bout de tissu que Toodles a balancé avant d'éteindre la lumière et de couvrir les jambes de Kwansa.

Allez, dors. Ton bébé ne peut pas être dans les rues à cette heure-ci. Avec une pluie pareille.

Mais qu'est-ce que Toodles en sait ? Tout peut arriver, non ? C'est peut-être pas vrai ? Si t'aimes quelqu'un, est-ce que le pire va lui arriver, uniquement parce que tu l'aimes et que t'en as besoin ?

Allonge-toi sur le canapé. Je vais te couvrir, t'auras pas froid. On peut rien faire ce soir. Mets ça sur tes épaules... et tiens... cette couverture. Toodles l'a mise au lit comme elle aurait dû coucher son Cudjoe... *A présent, je me couche... A présent, je me couche... Et je prie le Seigneur... Et je prie le Seigneur... de veiller sur mon âme... de veiller sur mon âme...* La première fois qu'elle lui a fait réciter ces prières, la voix de Cudjoe fit écho à la sienne, répétant une phrase à la fois, comme à l'église, apprenant la musique des mots, une voix forte que toutes les voix reprennent en un chœur qui s'enfle. Elle entonne cette prière qu'elle a oubliée depuis longtemps, qu'elle n'avait pas l'intention de ressusciter si elle ne s'était pas imposée d'elle-même, et Cudjoe répète après elle, psalmodiant, et elle se souvient, retrouve cette prière, se penche sur l'enfant en suivant le rythme, s'étonne qu'il s'agenouille avec gravité en inclinant sa petite tête de pop-corn, ne sachant pas qui parle en premier, elle le suit autant qu'elle le mène.

Elle rêve qu'elle gravit une montagne. Que la montagne l'ensevelit. Elle vit au pied de ses pentes rocheuses et escarpées sans jamais voir le sommet. Elle sait qu'une autre montagne, aussi élevée, aussi cruelle, naît de l'ombre blafarde à ses pieds. Jumelles. Une pointe d'amande enrobée de chocolat plantée dans un cornet de glace. C'est toujours le poing crasseux d'un autre gosse qui tient le cornet. Pourquoi ne se dépêchent-ils pas de manger la glace ? De croquer dedans. Pourquoi est-ce qu'ils la regardent en se léchant les babines, la forçant ainsi à les regarder ? Les bonnes choses, les glaces, c'est toujours pour les autres. Pour elle, il y a cette horrible montagne. Son ascension pénible. Sa chute, son plongeon et son engloutissement certain, si elle lâche prise.

Mange ta putain de glace et fous-moi la paix. Ils se rassemblent dans le noir pour l'attendre. Elle les entend chuchoter tandis qu'ils se bousculent, se cognent et s'installent. Toute sa vie elle a vu leurs visages. Les visages d'Homewood. Elle a appris à leur sourire, leur parler, à froncer le nez ou plisser les yeux. Leurs noms sont des étincelles de lumière, qui surgissent et disparaissent, soulevant un coin du voile des ténèbres sans jamais le percer, toujours à la limite de son champ de vision, disparues avant qu'elle ait pu leur parler. Ils se rassemblent autour d'elle pour écouter son histoire et, comme elle se tait, ils vont dire du mal d'elle. Expliquant comment elle s'est perdue elle-même, puis son fils, comment elle a toujours tout perdu, toute sa vie. Les garçons, puis les hommes, tous ceux qui en ont une et quelques ronds en plus, l'ont baisée. Se déchargeant en elle de ce qu'ils ne voulaient pas. La salissant en se soulageant de ce dont ils se foutaient. Se secouant, se frottant, s'essuyant sur elle. Toutes les lingettes et toute l'eau chaude du monde ne pourront pas nettoyer ce qu'ils ont versé sur elle. Ce qu'ils lui ont laissé. Et elle n'a même pas su garder Cudjoe. Devenir meilleure pour lui. *A présent, je me couche...* Elle tapote ses cheveux d'éponge, qu'aucun coiffeur n'a jamais touchés. Le bel Afro de Cudjoe. Sa chevelure laineuse d'Africain s'épanouissant librement dans ce pays étranger. Il frotte ses yeux endormis. Des yeux d'alcôve, disent les vieilles femmes en gloussant. Fais bien attention à lui, ma fille. Avec les yeux qu'il a, il va en briser des cœurs.

Le silence de la rue l'oppresse. Elle se redresse et la pièce se vide. La fête est finie. Elle ne veut pas savoir ce que les voix vont lui dire. La même chose. Toujours. Elle l'a entendu des centaines de fois. Elle les croit. Elle ne vaut rien. Ne vaudra jamais rien. Cudjoe a disparu parce qu'il devait le faire. Loin d'elle, avant de tomber aussi bas qu'elle, poussé par les mêmes forces.

Dans la nuit, après l'averse, le gin, l'obscurité d'une chambre étrangère, après qu'elle s'est laissé faire sur le canapé où elle s'est tournée et retournée en essayant de trouver le sommeil, Toodles lui a dit : Je savais que tu viendrais. Je ne voulais pas te presser mais je te désirais tellement que j'en sentais le goût. Laissant une porte ouverte. Desserrant les draps de ton côté du lit.

Puis le matin vint comme une douleur. Trop lumineux, trop chaud pour l'affronter d'un seul coup. Tu mets ta tête sous les couvertures. Tu résistes. Comme si le jour pouvait te faire du mal. Ensuite la lumière douce et chaude te rejoint dans ta cachette et lentement atteint cette part de toi qui toute la nuit a attendu le lever du soleil.

4

THOT

Toc. Toc. Deux fois. Pour dire qu'il y a quelqu'un à la porte. Comme dans les romans et les bandes dessinées. *Toc. Toc.* Deux coups sur une porte, deux *T.O.C.* imprimés sur le silence comme si la vie de Reuben était écrite et non vécue. L'image des mots flotte un instant dans l'espace où ils ont disparu. Ses yeux de vieillard lui jouent des tours. Ses oreilles le trahissent. Il aurait dû entendre des coups sur la porte au lieu de voir les mots s'inscrire sur une page en l'air. Les mots naissent dans les livres, les journaux. Petits tronçons d'alphabet dotés d'un sens arbitraire. Les sons sont comme les oiseaux ou la pluie. De cette partie du monde qui passe son chemin sans s'inquiéter des mots, parce que les mots ne changent rien et se foutent de tout. Vent, lever et coucher de soleil, cafards, feu — peu importent les mots, leur prétention, leurs efforts pour se leurrer eux-mêmes et entraîner le monde dans leur chute, Reuben croit que certaines choses subsisteront, changeront de couleur et formeront de nouvelles combinaisons pour percer la couche de pourriture et de roche calcinée, refleurir et lui faire à nouveau mal, comme ses grosses mains le font souffrir le matin quand elles le ramènent à la vie à grand renfort de tapes, de gifles et de pincements. Des plans mûrissent au plus profond d'une épaisse sève verte, alors même que les mots meurent après leur dernière lettre, Toc. Toc, tentant vainement de conserver leur pouvoir, de continuer à être vus et entendus, d'être considérés comme réels par les pauvres créatures comme Reuben qui se prennent pour les créateurs du monde.

Juste. Juste, répète Eadweard Muybridge, redoublant ses mots comme il a bissé son toc avant d'entrer chez Reuben. Pressé, il a toujours l'air pressé, comme s'il était poursuivi par le dieu du mouvement après lequel il court.

Vous devez avoir raison. Oui. Oui. La boucle d'une époque se referme et la suivante tourbillonne vers la vie. Le mot est mort. Vive le geste.

Reuben fixe le vieux Blanc essoufflé, la barbe en bataille, qui surgit comme une tornade dans sa caravane. Et il voit la mèche d'une perceuse vriller si vite qu'elle n'est qu'un point, un maigre cou de poulet que l'on tord...

Au fond, rien ne change, mais environ tous les mille ans, on prend tous un grand bain, un grand plongeon...

Dans quoi, monsieur Muybridge ?

Un bouillon, un liquide, un trou d'évacuation. Peu importe le nom qu'on lui donne. On plonge dans... une matière. Oui. Un liquide ou un autre, qui lave la poussière du passé. Attention, pas toute la poussière. Pas tout le passé. Juste les croûtes que les époques récentes ont déposées au coin de nos yeux. C'est cyclique. L' « ancien » concentré en une seule particule de... matière... comme un pivot, un point de départ vers le nouveau. Au fond, c'est très simple. Une époque, une gamme de valeurs, arrive à épuisement et provoque en même temps une concentration de force vitale, une incandescence, la focalisation finale de l'énergie.. appauvrissement... tarissement... et sursaut vital de l'esprit.

Un souffle aussi.

Oui. Peut-être. Un soupir extraordinairement concentré. Et pendant un instant, posé sur la pointe d'une aiguille, comme un ballon en équilibre, tout ce qu'on sait, tout ce qu'on a jamais appris, aimé et perdu, à portée de main.

L'aiguille crève le ballon.

Oui. Oui. Un bang et un soupir. Les deux. Simultanément. Une vision du monde atteint sa propre limite, se brise en mille morceaux Et soudain l'air est pur, les molécules se bousculent, libres de s'assembler en de nouveaux principes.

Un murmure, pas un bang. Comme disait Eliot.

Ah, oui. Et dire qu'il n'est même pas né.

A quelle époque sommes-nous ?

L'âge de pierre, disons. L'âge où les hommes veulent construire pour l'éternité. Inventant l'acier et le béton pour y graver leurs noms. Comme si de telles inscriptions duraient plus longtemps que les mots écrits sur le sable. Dis-moi, Reuben, quelle est la différence entre un fossile et l'ombre d'un faucon en vol se dessinant sur un rocher, lequel est le plus permanent ?

Hé bien...

Attention. Réfléchis à ceci avant de répondre : Qu'est-ce qui pèse plus lourd, un kilo de plumes ou un kilo de plomb ?

Facile.

C'est une devinette pour les mômes. Oui. Et pas mal de gens se font avoir en pensant que le plomb est plus lourd que les plumes. Mais là n'est pas la question, n'est-ce pas ? Comme disait mon vieil oncle, si c'est un kilo, c'est un kilo.

Disons qu'un kilo de fossiles pèse la même chose qu'un kilo d'ombres d'oiseaux en vol.

Enfin dans une certaine mesure. Ils sont également éphémères à l'échelle de l'infini du temps.

Minutes, heures, années... Tout ça, c'est pareil.

Exactamente. Ce sont les parts d'une tarte qui ne se découpe pas.

Une tarte.

Un pot de confiture sans fond. Un serpent qui se mord la queue. Une carapace de tortue. Un cercle sacré. Le cadran d'une horloge, la roue des nombres de un à douze tournant imperceptiblement sur elle-même. Immobile, pourtant toujours en mouvement. Parfaite représentation du temps. Partout et nulle part à la fois. Mouvement perpétuel, images fixes. Sur le cadran de l'horloge, les mêmes chiffres donnent l'heure, aujourd'hui, demain, hier. L'horloge enregistre chaque instant, passé, futur, présent. Illustre notre vraie relation au temps. Le temps qui nous chérit et nous abandonne. Nageant dans une mer immense, nous sombrons régulièrement pour être recrachés plus loin. Chaque plongeon nous reliant à tous les autres plongeons. Tous identiques et toujours différents. Uniques et multiples à la fois.

Comme des dieux.

Nous aboyons sur les talons du temps. En bons soldats du Christ, nous poussons toujours plus haut, plus loin, vénérant la durée, le progrès. Nous avons dégradé le temps. Ce n'est plus un espace que nous partageons avec les dieux ; c'est une marchandise qui s'achète et se vend, se prend et se donne, s'économise et se perd. On a peur de perdre le contrôle. On oublie que la fin est le commencement. On n'apprécie pas le voyage.

Pourtant vos photos ? C'est une tentative pour arrêter le temps, non ? C'est bien le but du *Mouvement animal* : arrêter le temps pour révéler le secret du mouvement ?

Au début, je voulais expliquer le mouvement en l'arrêtant, rompre l'illusion en le figeant. Les mots gouvernent depuis des siècles. Et les mots génèrent l'immobilité ; ils figent l'intellect et le corps. Je croyais au mouvement, à l'explosion des frontières, à la connaissance des gestes qui précèdent le langage et lui donnent l'excuse d'exister. La danse est le premier discours, n'est-ce pas ? Des hochements de tête et des embrassades imitant les ombres qui filent sur les murs d'une grotte. Je voulais démontrer que l'apparence est trompeuse. Que les mots sont toujours en retard, en avance, ou à côté de la plaque. Décomposant le mouvement pour libérer son secret, j'ai découvert que le mouvement était irréductible. Quel que soit le nombre d'appareils photo utilisés pour saisir les étapes d'un seul geste, le mouvement m'échappait. J'ai compris que le mouvement était comme le temps, un plongeon invisible, indivisible, d'une image à l'autre. Mes photos ne l'ont jamais capturé. Je voulais définir un nouveau paradis, une nouvelle terre. L'arracher à la mer comme un bébé se débat et crie. Mais c'est tout le contraire, j'ai été aspiré au fond. Je croyais faire éclater l'âge de pierre, mais j'ai créé des rangées sans fin de petites cages. De petites cellules cubiques où étaient enfermées de pauvres créatures. Des prisonniers complètement isolés les uns des autres, ignorant l'existence de leur jumeau dans la cellule voisine.

J'ai misérablement échoué. J'ai fini dans mon jardin, Reuben, à construire une maquette des Grands Lacs.

Je suis désolé. Il faut que je m'en aille. Du travail... des engagements...

On peut encore y arriver, tu sais. Passer à l'étape suivante. Devenir des anges. Abandonner ces concepts rigides de départ et d'arrêt, de commencement, de milieu et de fin. Nous laisser prendre par les mille mains du mouvement. S'envoler sur leurs ailes.

Je dois partir. Mais vous reviendrez, pas vrai ?

Ce qui passe...

Repasse.

Entendu. Tope là, mon frère.

Reuben regarde le vieillard nu traverser les cloisons de sa caravane. Comme une dinde dans un champ de maïs, se dit-il. Un couteau chaud dans du beurre. « Negro » dans la bouche d'un petit Blanc. Une épée dans la pierre.

Tous ces ronds de jambe délirants à propos du temps alourdissent sa montre en or ce matin. Mais est-ce bien le matin ? D'un air coupable, il consulte la face d'ivoire. Dix heures trente. Est-ce qu'il a dormi tout habillé à son bureau ? Et si oui, combien de temps ? De longues années, comme Rip Van Winkle, ou une petite sieste de quelques secondes ? La tête de porridge du vieux s'enfonce dans les plis de son cou de tortue, les bourrelets de peau sous son menton rappelant le bavoir que sa mère lui attachait autour du cou. Tiens, bébé. Mange, mon bébé. Elle a un large visage arrondi comme les Esquimaux. C'est impossible, il ne peut se souvenir de cette femme née dans l'autre siècle qui s'est allongée sur la terre trempée pour le mettre au monde.

Comme une biche dans la forêt. Pas seulement lui. Deux comme lui, tachetés comme des faons. L'un foncé et l'autre clair. Des jumeaux sur un lit de terreau fin, de feuilles et d'herbe. Il ne peut pas s'en souvenir, c'est arrivé il y a trop longtemps. A-t-il jamais eu cet âge-là ? Les cris, les frissons, la lumière qui perce la fente de ses yeux. Sa vie commence avec une pince qui fait levier pour séparer le ciel de la terre et le découvre, là où il a toujours été, tapi sous le rocher des ténèbres. Lumière. Le terrible poids se soulève et retombe sur ses épaules. Son cœur se déchire en deux quand son jumeau lui est arraché. Il a toujours entendu un cœur unique, puissant, régulier, battre comme un feu en lui, le réchauffant, insufflant la lumière. D'un seul coup, le son se répète. Deux cœurs qui battent avec un infime décalage, son frère ou lui en retard d'un quart de temps, et il comprend qu'il a un double, qu'il n'est pas unique.

A la verticale de sa montre pend une amulette en cuivre retenue par un fil d'or. Reuben tripote cet objet qui ressemble à une cartouche. Le fil passe par un trou percé à la pointe de la cartouche, puis dans un anneau sur la montre. Pour regarder l'amulette, Reuben doit tirer la montre de son gousset et pour regarder l'heure, il doit sortir l'amulette. Sa montre est au bout d'une chaîne épinglée à l'intérieur de sa veste et sa veste enserrant son buste contient son cœur, ses poumons, son foie... et Reuben croit parfois n'être qu'un vêtement pour l'amulette, qu'un turban compliqué enroulé sur le casque à pointe qui couvre le crâne de son frère. Oui. Oui, de son frère. Si tu regardes de près la montre de Reuben, tu vois que ce n'est pas une cartouche, ni un sifflet miniature ni un crayon, mais un homme, une silhouette stylisée comme une miniature africaine — le buste fin, le front et le crâne allongés. Des bras esquissés, plaqués raides le long du corps comme des nageoires atrophiées et des pieds tendus aux orteils énormes. Les longues années passées à caresser la statuette, à lui parler du bout des doigts, ont affiné ses contours. Façonnant un homme qui aurait plu à Muybridge. Un corps profilé pour le mouvement, la vitesse, une masse d'énergie rageuse prête à bondir sous ce crâne conique.

Sous les gros yeux ronds et le triangle du nez de la figurine, le menton porte une barbe pointue. Dessous, un scarabée en sautoir couvre presque entièrement son torse. De courtes jambes disproportionnées s'arquent à partir du corps, exprimant la force contenue ou une résignation polie. La figurine aura un jour la douceur d'une pierre polie. Elle deviendra larme ou pétale, abstraite comme le chagrin.

Reuben referme le boîtier de sa montre en or et la pose dans le creux de la main pour que la statuette se balance toute droite à quelques centimètres du bureau encombré. Puisque personne ne lui a jamais appris le nom de son frère, quand il s'adresse à ce sévère reflet de lui-même, ce jumeau, ce long visage aux prunelles sombres qui lui rappelle cette époque disparue où il était davantage, meilleur, Reuben l'appelle Reuben. Si quelqu'un s'était étonné de cette bizarrerie, de la distinction impossible entre deux frères qui portent le même nom, il aurait répondu : Ça ne me gêne pas. Et lui non plus. Ensuite il avouait qu'il appelait aussi son frère Reuben II, ou simplement « Deux », un diminutif, un surnom dont il l'affublait selon l'humeur.

C'est en rêve, en songeant à ces vies qu'avec l'âge il jurerait avoir vécues, que Reuben a su que son frère était en prison. Dans une vaste prison grise, enfermé dans une cage presque trop petite pour un chien, d'où il ne sortira jamais. Depuis ce jour, il pleure son frère perdu. C'est en premier lieu un rituel et puis il s'est fait la promesse sacrée de ne jamais se séparer du corps de son frère. Pendant de longues années, il a considéré la figurine en forme de larme comme un fétiche bizarre et très laid, d'origine inconnue, inutile et sans valeur, et l'a reléguée au fond d'une boîte à archives sous les blocs usés de feuilles jaunes, les vieux stylos vides, les boutons de manchette dépareillés, les trombones, les pièces jaunes, les pochettes d'allumettes publicitaires de restaurants de luxe. Et puis, un jour, le rêve, la vision, peu importe ce que c'était. Le dos droit, raide, d'un homme sur un petit tabouret, la tête et les pieds perdus dans l'obscurité. Une cage. Le prisonnier peut toucher du doigt toutes les parois sans se lever de son siège. Reuben ne distingue aucune source de lumière, pourtant les contours du dos si droit, si rigide de l'homme sont nets, comme une ligne droite coupant l'obscurité en deux. Reuben a mis du temps pour comprendre d'où venaient les faisceaux de lumière qui dessinaient la silhouette. Les gros yeux cernés qui s'étaient détournés lorsqu'il découvrit la cellule brillaient dans le noir, éclairant indirectement la scène. Mais Reuben n'était pas prêt à affronter ces yeux brûlants. Il parvenait à peine à faire face à cette révélation.

Ce n'est pas la voix du prisonnier, mais une voix inconnue et intime à la fois, qui semble venir d'« En Haut ». Peu importe où c'est et qui parle, mais la voix vient d'« En Haut » quand elle lui annonce, une fois pour toutes : Cet homme est ton frère.

Des milliers de fois ensuite, ces mots traversèrent l'esprit de Reuben, toujours prononcés par sa propre voix. « En haut » ne s'est pas remanifesté. Une fois a suffi. Ce qui est dit est dit. Une porte d'acier se referme derrière lui. Métal contre métal, raclements des barres de fer, bruits de clés dans leurs serrures, verrous poussés. Reuben pourrait passer sa vie à étudier la cellule sombre, à se familiariser avec son frère emprisonné.

Chaque soir Reuben détache la chaîne, la montre et l'amulette de la poche de sa veste, pour la passer autour de son cou, il resserre le nœud coulant en or avant de fermer le crochet, et s'allonge sur le dos pour dormir. Des cercles emboîtés les uns dans les autres sur sa maigre poitrine qui se soulève et s'abaisse presque au même rythme que son frère.

Qu'il soit debout ou couché, son frère est son meilleur copain. Son vrai pote. La main de Reuben descend, rapprochant la figurine de la surface du bureau, la promène sur les papiers qui exposent la misère de Kwansa Parker.

O Thot, protecteur des scribes. La pleine lune jaillit de la tête de Seth, dieu des ténèbres. Thot, « Comptable des jours », emporte les messages des dieux dans son vaisseau de lune. Dieu du temps, de la sagesse et de l'écriture, il vient à l'occasion à la rescousse des défunts, en tant que protecteur d'Osiris. Il pourrait peut-être remédier au flot de papiers qui jonchent la table de Reuben. Reuben ne se souvient plus comment le babouin est devenu l'animal totem de Thot, ni pourquoi. Pourtant un babouin en pleine réflexion, le sourcil froncé et le médius enfoncé dans l'anus, c'est un symbole parfait pour les écrivains. Thot-la-parlote. Un babouin en carafe sur la lune.

En se levant le matin, Reuben commence par détacher la chaîne de son cou. Ses doigts gourds tâtonnent sur le fermoir. Un jour, en rêve, il a scié ses vieux doigts tordus et inutiles. Une phalange après l'autre jusqu'à la main. Pas de sang. Juste la certitude qu'il serait mieux après. Sciant gaiement ses doigts noueux, certain qu'il en pousserait d'autres ou que les vieux ne lui manqueraient pas. Ses doigts s'y reprennent à plusieurs fois pour défaire le crochet. La chaîne, la montre et l'amulette — une ligne de vie qui le suit pas à pas dans sa routine matinale, rasage, selles, bain ; et qu'il épingle ensuite sur son gilet du jour. La montre nichée au fond d'une poche sous son cœur et l'excédent de chaîne enroulé et agrafé à une autre, une ligne de maillons dorés qui agrémente la petite bedaine que ses gilets sur mesure boudinent plutôt qu'ils ne cachent.

Est-ce qu'il a contribué à la souffrance de son frère ? Est-ce que l'abandonner de longues années au fond d'une boîte au bas d'un placard, enterré sous des piles de vieux carnets jaunis, c'est comme verrouiller la serrure et jeter la clé ? Reuben n'en sait rien et ça l'agace, mais l'essentiel c'est que maintenant il se sente responsable de son frère ; il sait que cette image fraternelle qu'il a conservée dépend de lui comme il dépend d'elle, quoi qu'elle puisse être. Depuis il trimballe le petit homme partout, le tripote, lui parle, l'attache à son cou pour dormir, pose délicatement cette relique avec sa chaîne sur le rebord arrondi de la baignoire ou du lavabo où les gros yeux l'attendent avec impatience.

Ils sont de nouveau réunis. Mais son affection et cet amour soudain viennent peut-être un peu tard. Il a oublié, perdu son frère, il l'a tué, isolé un peu plus chaque jour qu'il passait au fond de sa boîte à fourre-tout, plus mort qu'un cadavre.

Il a sans doute égaré à jamais une précieuse part de lui-même. Reuben a besoin de son frère pour combler ce vide. Tout ce qu'il a vécu, réellement ou dans sa tête, ne lui rendra pas ce qu'il a perdu ; il a besoin de son frère pour construire un Reuben qui leur soit supérieur. Il a besoin de ses yeux pour voir les détails, comme son frère a besoin des doigts difformes de Reuben pour défaire le crochet chaque matin. Les yeux brûlants du prisonnier traversent la pierre, comme des rayons X qui percent à jour la vérité. Le corps déclinant de Reuben ne peut pas en dire autant. Pourtant Reuben exige de ses doigts pleins d'arthrite la fidélité d'un chien. Il leur a enseigné ce qu'ils ont à faire pour garantir la sécurité de son frère, sa proximité. Chargés de la mémoire, ils doivent se faire pardonner pour ces années d'oubli. Pour sa paresse. Sa peur. Et tout ce qu'il a raté.

Reuben peigne sa barbe pointue, la peau dessous qui le démange. Il a dormi. Emporté par sa rêverie. Est-ce qu'il a de nouveau laissé passer vingt-quatre heures ? Il est dix heures trente du matin. Un enfant a été enlevé à sa mère.

Dans le temps, on faisait un gosse pour coincer un amant. Peut-être que ça marche. Peut-être pas. On ne perd rien à essayer l'ancienne méthode.

Reuben se redresse sur sa chaise et repousse le fouillis sur le côté, dégageant un espace de travail au milieu du bureau.

O Thot, Puissant Créateur du rayon de lune, protecteur des scribes et des scribouillards. Toi qui harmonises mon tic-tac, ne m'abandonne pas ce matin. Toi et tous ceux qui veulent m'aider. Faites au mieux. Éclairez-moi dans cette affaire de gosse. La montre de Reuben palpite dans sa poche de veste. Indiquant l'heure et le travail qui attend.

Les pieds de Reuben ne touchent pas terre quand il est

assis à la table de jeu qui lui sert de bureau. Si sa chaise était plus basse, ses clients le prendraient pour une demi-tête à Toto, deux yeux ronds rivés sur leur nombril. Reuben est un petit homme. Il y a des compensations à cela. Et c'est quelque chose qu'il faut compenser. Un bottin sous ses fesses pour certains visiteurs. Une boîte sous son bureau pour reposer ses pieds quand un client s'éternise à déballer ses galères. Il glisse sa boîte fourre-tout sous ses pieds dès que ses jambes lui font mal. Autrefois plat et solide, le carton est devenu mou et creux au milieu, épousant la forme de ses chevilles. Une boîte comme un pot de fleurs où il plante ses pieds, sentant les racines fatiguées s'allonger, se détendre comme les cheveux d'une femme dans l'eau. Peu à peu les nerfs et les muscles de ses mollets se dénouent et le picotent. Ses hanches craquent. Tout à coup, il retrouve l'usage de la parole, son regard s'affine et ses oreilles se tendent. Sa boîte fourre-tout est à la fois un arrache-cœur et un piédestal. Dessus, il sent le vent sur son visage. L'œil vif, la queue en panache, trépignant avant le départ.

D'autres fois, la boîte est pleine de sable mouvant. Il y pose le pied et s'enlise... Il envoie valser la boîte d'un coup de pied, ouvre les quatre rabats et plonge à la recherche d'une bande de tissu.

Reuben s'étonne toujours de voir ce qu'il accumule. Il se demande où il récupère tout ça. Combien de vies il a passées à constituer son magot. Du fouillis, c'est tout. Différent chaque fois qu'il regarde. Des bricoles qui s'entassent plus vite qu'il ne s'en sert ou ne s'en débarrasse. Quand a-t-il commencé à accumuler ? Un foulard, un os, une mèche de cheveux. De vieux grains de riz, des plumes, des cailloux, un petit sac de terre funéraire, des clochettes sur un fil, des feuilles et des insectes séchés, des billes en verre de couleur, des coquillages, des bouts de miroir brisé, des aiguilles et du fil, encore des cailloux. Passant en revue le contenu de la boîte, il découvre toujours quelque chose de nouveau. Comme si, tout au fond de la boîte, un brouet mijotait, les ingrédients se malaxent, se mêlent, se transforment. Il fait attention en remuant le mélange à la main. Il s'est déjà piqué plus d'une fois.

Il aperçoit le bout de tissu bleu et blanc qu'il pensait trouver au fond. Trente centimètres de long sur une dizaine de large. Ça ira. Il l'étalera comme un drapeau sur le coin dégagé de son bureau, lissera les plis, se penchera sur le rythme des imprimés en zigzag de la bande de coton.

Ensuite, une pelote de corde. Les dents pointues de Reuben l'entaillent en divers endroits pour qu'elle se coupe facilement en segments de la longueur voulue. Puis il attrape quelques bricoles dans la boîte et enveloppe délicatement chaque objet dans un petit carré de tissu. Il chantonne négligemment en travaillant, sans s'occuper de la mélodie, sans s'étonner de la virtuosité avec laquelle ses doigts plient et nouent.

Reuben s'arrête un instant pour contempler son ouvrage. Il s'écoute chanter et sourit en pensant aux paroles de cette chanson :

Mon bien-aimé repose par-delà les mers
Mon bien-aimé repose en un pays lointain
Mon bien-aimé repose par-delà les mers
Oh mon amour perdu ! Rendez-le-moi enfin
Rendez-le-moi, rendez-le-moi
Oh rendez-le-moi...

Il les récite en silence pendant qu'il met la touche finale à son paquet.

Rendez-le-moi, rendez-le-moi... le marin sur les vagues... et l'amour au parfum d'un foulard.

Il paraît que tu peux forcer l'amour de quelqu'un en te servant d'un foulard. En le cousant sur ton sein. Méfie-toi des aiguilles, mon pote. Ne lui transperce pas la poitrine. Ne fais pas couler son sang.

Le fils de Kwansa Parker est enveloppé dans les plis du foulard. Kwansa aussi, avec sa gorge brune et ferme, ses seins et ses fesses. Ses grands yeux tristes. Ses cheveux défrisés à chaud. Son fils, tel que Reuben l'imagine, ne tient pas en place. Il frétille comme un poisson à travers les ombres d'indigo et de blanc. Timide, toujours à la recherche d'un abri. Reuben les réunit, parent et enfant. Mère et fils ensemble, avec tout ce qu'il leur faut pour survivre, serré dans ce poing de tissu. Vent, Mer, Terre, Étoiles. Protégez-les. Sauvez-les.

Mon Dieu. Que suis-je devenu ? Reuben dit ce qui lui passe par la tête. Honteux, apeuré.

De quoi je me mêle ? Je me prends pour qui ?

Il laisse échapper le paquet de tissu bleu foncé. Il lui brûlait la main comme un charbon ardent. Il aurait dû le tenir serré jusqu'à ce que sa chair grésille. Jusqu'aux os noirs et cassants. Jusqu'à la folie tapie dans la soupe blanche de la moelle de ses os.

Tu es ce que tu es. Arnaqueur. Charlatan. Idiot. Sorcier. Tous le répètent une fois de plus. Reuben les entend. Il contemple la caravane vide, détaillant chaque centimètre carré de ce terrain familier. Tu es ce que tu es. Leurs voix le ridiculisent. Et une fois de plus, tout Philadelphie ricane jusqu'à ce qu'il sombre dans l'inexistence.

5

FLORA

Le tramway de la Société des Transports de Philadelphie bringuebale le long de Woodland Avenue, peinant sur la côte raide, là où les rails longent les grilles noires d'un cimetière. Reuben crève de chaud dans son costume de lin. Son canotier draine la sueur en rigoles vers ses sourcils. Je fonds, pense-t-il, assis sur le siège dur du tramway. Le rotin imprime la marque d'un échiquier sur mon cul. Sueur dans tous mes plis et replis. Un gros rat de cimetière hésite au milieu de l'avenue, atteint le point magique de non-retour et décide de foncer à travers les rails au lieu de glisser dans les ombres vertes qu'il vient de déserter. Dominant le vacarme du tramway, Reuben entend la cervelle empotée du rat qui calcule, puis ses maigres pattes de rat le propulsent sur les pavés. Ventre à terre jusqu'à ce qu'il disparaisse sous la rame du côté de Reuben. D'après ce qu'il en sait, le rat ne resurgit pas. Le tramway halète jusqu'en haut de Woodland. Reuben descend à la prochaine.

Pourquoi Schubert en fond sonore? Cordes. *Notturno.* Pizzicato. Un clavier qu'on tapote, un piano qui prend les accents d'une harpe. Dors. Dors. *Schlafe, mein Liebster.* Mon petit potiron chéri. Flora avait des yeux d'or. Dans un rêve, le seul, l'unique rêve qu'il s'est jamais permis de faire, elle l'avait appelé *Beastie.* Son petit chien plaintif, qui la renifle de son museau humide. A quatre pattes devant elle. Prêt à grimper les hauteurs de sa croupe olivâtre. A plonger dans la vallée. La vallée si profonde.

Le pianiste de la maison de plaisirs de Flora, qui joue surtout du ragtime et du honky-tonk, connaît toutes les musiques. Quand Reuben s'assoit au salon pour attendre les garçons de l'Alpha Oméga, le vieux Dudley Armstrong le divertit avec des bribes de classique — Chopin, Bach, Schubert. Jamais une œuvre complète. Dudley dit que ça lui fait trop mal d'interpréter un morceau du début à la fin. Ça lui rappelle ses dons, ce qu'il a rêvé d'accomplir et ce qu'il aurait dû faire au lieu de fournir un accompagnement musical aux couillis-frottas de l'étage au-dessus, dans les trois chambres en haut des marches étroites, à quelques mètres du coin où il fait salon avec Reuben, où Reuben écoute s'éteindre les derniers accords d'une sonate interrompue, l'adagio plus riche, plus dense, parce qu'il pleure des notes qui ne viendront pas.

Deux fois par mois, le samedi soir, les garçons de l'Alpha Oméga viennent prendre du plaisir. Au cours de ces visites, Reuben, la mascotte et l'éclaireur de la bande, s'est peu à peu familiarisé avec les épisodes pénibles de l'histoire de Dudley Armstrong. Le pianiste n'est pas un bavard. Il ne parle jamais aux garçons à moins qu'ils ne l'y invitent et, même dans ce cas, sa réponse va rarement plus loin qu'un grognement, un hochement de tête, une pique, son sourcil menaçant faisant bien comprendre que chaque parole qu'on lui adresse porte dangereusement atteinte à sa dignité. Armstrong est un alcoolique renfrogné, sombre, qui s'apitoie sur son sort jusqu'à l'écœurement. Quand le bourbon lubrifie la langue du pianiste et qu'il balbutie, bafouille des choses de sa vie, l'information coule à flots, mais chaotique, pêle-mêle, aussi irritante et perverse que ses improvisations au piano. Tu ne sais jamais ce qui va suivre. Quand tu t'embarques avec dans un morceau, tu cours le risque qu'il soit brutalement raccourci, escamoté par un air banal, insipide. Tu restes suspendu, floué, et la musique se modifie encore. Elle te soulève de terre, t'entraîne à sa suite, te possède, te fait croire qu'elle peut se conclure, parvenir à son terme, avant que le fou au piano ne s'égare à nouveau.

Für Élise. Puis *Eine Kleine...* puis *Au clair de la lune.* C'est comme la vie, marmonne Reuben à voix basse pour se consoler alors qu'une œuvre inachevée fait irruption au beau milieu d'une autre.

Formé au Conservatoire. Bon, dis-moi la vérité, mon pote, tu connais combien de nègres qui ont mis les pieds dans un conservatoire, sans parler d'y étudier ? Et j'étais le meilleur... aucun doute là-dessus... *Bop de bop dee dum,* sacrément plus à ma place qu'eux tous.

Pour sûr que j'aime Flora. Il faudrait que je sois fou pour pas l'aimer. C'est ce qui m'est arrivé de plus beau. Elle a ses façons de faire. Ça, tu peux le dire. Mais, Reuben, qui n'a pas les siennes ? Regarde, tu t'es vu, toi, maquereauter pour ces jeunes Blancs. Et moi. Ma tasse comme une verrue sur ce superbe instrument. Une bouteille de whisky planquée entre mes pieds. Tu sais que je ne devrais pas être ici. Pas moi. Pas Dudley Armstrong. J'avais une carrière, un avenir.

Ainsi va la vie, Reuben. Pas toujours facile. T'es un homme. T'as vu du pays toi aussi. *Capisci* de quoi je parle. Te vexe pas. Mais pourquoi est-ce que Dieu t'a fait petit et tordu. Il avait le choix. Je veux dire, si c'est Lui le patron, Il aurait pu t'arranger un peu mieux. Quitte à faire des hommes qui aiment baiser et que cette baise produise des bébés, autant qu'ils soient tous beaux et bien portants, pas vrai ? Te vexe pas, Reuben. T'es un mec aussi bien que moi. Sans doute meilleur. Tu vois, la vie traite les gens d'une drôle de façon. Les bons et les mauvais. Et Flora, mon amour chéri, elle a ses façons. Tu crois que j'en crève pas un peu chaque fois qu'elle monte avec un de ces blancs-becs. C'est moche. *Very* moche. Tu crois que ça me retourne pas, que ça me remue pas les tripes. Mais c'est elle, ça, Reuben. Sa manière. Elle a toujours été comme ça. Alors si je veux Flora, faut la prendre comme elle est.

Te goure pas. Je n' me plains pas. Elle me fait du bien. Ce piano est super bon. Le plus grand et le meilleur. T'aurais dû voir ces p'tits Blancs se débattre pour le faire entrer ici. J'ai de belles sapes. J'ai un toit au-dessus de ma tête. Je mange bien, je bois trop, et j'ai pas travaillé un seul jour en cinq ans. Bon, c'est plutôt pas mal. Alors, tu vois, je me plains pas. La garce se conduirait pas comme ça avec moi si elle m'aimait pas.

La première fois que je l'ai vue, je jouais pour une fête chez des Blancs riches. Je savais pourquoi j'étais là. Je voyais pas ce qu'elle y foutait. Qui elle était vraiment. Quelque chose de différent mais je voyais pas vraiment quoi. Indienne, Mexicaine ? Une Grecque, une Gitane ? Une belle femme avec des traces de couleur sur son visage et sa peau. Je me suis dit tout du long qu'elle pouvait être une sœur. J'avais pas vu d'autre nègre que moi, mais les gens qui donnaient cette fête, ils étaient de ceux qui font ce qui leur plaît. Tout l'argent du monde. Pas de comptes à rendre. Des flics en uniforme garent les voitures, un flic à la porte écarte la racaille. Du fric, des fantasmes, et rien à foutre de personne, donc ça pouvait être une négresse que quelqu'un avait invitée sur un coup de tête. Beaucoup de belles femmes, de tous les genres. Celles qui vendent leur minou, celles qui te laisseraient pas les toucher avec des pincettes. Flora avait l'air dédaigneux et restait à l'écart. Je l'avais à l'œil. Le tabouret de piano, une bonne planque pour épier les gens. Au bout d'un moment, ils oublient que t'es là. Ils pensent que la musique joue toute seule. Voilà ce qu'ils veulent que tu sois de toute façon. Un meuble. Un putain de meuble. Mais je suis pas aveugle, ni infirme ni con. Ça non Reuben. Te vexe pas Reuben.

Finalement c'est elle qui vient vers moi. Oui môssieur. Elle vient tout près et me demande si je connais « C. C. Rider ».

Oui madame. Comme je connais mon nom.

Et puis, gentille comme tout, elle balance : vous voulez le jouer pour moi ?

Et je dis, Tout le plaisir est pour moi. Le tout prochain morceau.

Ensuite elle secoue la tête. Et me décroche le sourire le

plus bandant, le plus ravageur que j'aie jamais vu. Elle mâchait des diamants, mon pote. Elle mâchait des diamants et crachait des étincelles.

Pas maintenant. Pas pour ces cons. Rien que pour moi. Rien que pour nous deux.

Je pense à mon smoking de location et à mon caleçon blanc tout propre. J'espère que j'ai pas fait de saletés dedans. Je sais pas s'il faut rester, partir, me mettre à jouer les bons nègres façon Dixie. Tu vois, je sais toujours pas qui elle est vraiment. Puis je pense, ça ne regarde personne. Je me fous qu'elle soit italienne ou chinoise ou la reine d'Angleterre ou même de Saba. Après je pense que c'est peut-être une de ces tapineuses. Et les mots sortent de ma bouche avant que je comprenne vraiment ce que je dis.

Bébé, j'ai pas un centime.

T'en auras jamais besoin avec moi.

Et c'est vrai jusqu'à maintenant. Elle me soigne bien. M'a acheté le plus beau piano que l'argent puisse payer. Me disant simplement de jouer de mieux en mieux jusqu'à ce que je sois le meilleur. C'est tout ce qu'elle m'a jamais demandé. Et j'essaie, Reuben. J'essaie, mais je crois pas que je vais y arriver.

Reuben se donne du mal pour apprendre parce que toute information peut se transformer en arme et ce qu'il néglige sera toujours utilisé contre lui. Le moment venu, il partage avec ses patrons en chaleur les informations qu'il a glanées sur Chez Flora. Les étudiants de la confrérie insistent pour qu'il les escorte. Et c'est devenu un rite. On compte sur lui. Une visite chez Flora a besoin de la complicité de Reuben pour lui conférer cette indispensable allure de mystère, de danger, de flambe. Reuben sert à boire dans les locaux de l'association, se charge du taxi, serre la main au pianiste qui pique du nez, salue les Dames par leurs prénoms. Les garçons de l'Alpha Oméga le prennent pour un habitué alors qu'en vérité sa première visite chez Flora, c'est pour chaperonner une bande d'étudiants éméchés partis pour la maison d'Osage Street. Lors de ce premier raid, Reuben, comme à son habitude, réussit à maîtriser la situation plus qu'il n'est nécessaire. Il a toujours l'air d'en savoir long parce qu'il récolte des indices qui manquent aux autres. Son aisance dans tout nouvel environnement se paie au prix d'une extrême vigilance. Il ne connaît pas toujours la suite mais il travaille dur pour se tenir prêt... quoi qu'il arrive.

Elle dit que baiser avec eux n'est qu'un job. Facile en général. On tire un coup-merci-au revoir. Elle donne rien. Ne perd rien. Ne change pas. Elle dit qu'elle est toujours Flora. Qu'elle m'aime toujours. Son boulot remplit nos assiettes et met un toit sur nos têtes. Ils viennent à elle. Elle n'a pas à s'aplatir ni à faire de courbettes. Elle s'occupe du bizness. Toujours propre. Propre, dit-elle. Drôle de mot, propre. Compte tenu des circonstances. Avant j'étais un maniaque des mains propres. Le piano, j'y touchais pas avant d'avoir récuré mes mains comme un chirurgien. C'est sans doute ce que j'aurais dû faire. J'avais commencé l'école pour devenir docteur. Un sacré boucher d'humains. Je pense que ça m'aurait plu. Les éventrer comme des lapins. Parmi ceux qui viennent ici, ça me déplairait pas d'en dépecer et d'en découper certains. J'aurais dû rester à l'école. J'avais les mains pour ça. Apte, comme ils avaient dit.

Propre. Elle garde ses distances, voilà ce qu'elle dit. Reste propre à sa manière. Obligeant ces bons Blancs à se laver devant elle pour avoir le droit de la toucher. Dis-moi dans quel bizness t'accommodes tes clients comme ça ? Tu les obliges à montrer patte blanche ? Elle rit quand elle parle comme ça. Elle trouve que ces trucs-là sont marrants. Parce qu'elle les hait. Pour certains motifs que je connais. Mais elle tait les plus graves. Elle dit : Tu t'énerves parce qu'ils me sautent. Tu sortirais de tes gonds si je te disais le pire.

Reuben a du mal à franchir la haute marche du tramway. Il reste aussi longtemps qu'il peut suspendu à la barre argentée au bout du couloir avant de lancer le poids de son corps à la suite de son pied qui pendouille dans le vide. Il craint pour ses genoux et ses chevilles. Le choc inévitable quand il touche terre, un atterrissage raté est toujours possible, quelque chose d'inégal ou de branlant qui le fasse trébucher. Il chasse de son esprit le pitoyable maestro avec sa musique et son histoire décousues. Se laisse glisser sur les pavés de Woodland Avenue, dernier arrêt avant le tunnel. Impact minime. Un petit bond et il est fermement rétabli. Il secoue son bras, tout échauffé à force de s'agripper, suspendu, en attendant que le tramway s'arrête. Le soleil est implacable. Il a l'impression d'être plongé dans du beurre.

Les garçons de Reuben firent une collecte. Une spéciale fin de semestre, Noël, anniversaire, Pâques et divers jours fériés qu'ils avaient laissés passer, au profit de leur infatigable commissionnaire, confident et rabatteur.

Flora pour l'après-midi, Reuben. Tout est arrangé. Et c'était vrai, en ce jour lointain à Philadelphie.

Un dimanche. Un après-midi de congé pour Flora et ses filles. Reuben s'arrête au salon comme à son habitude. Dudley Armstrong l'accueille, plein comme une outre.

Seul pour changer.

Oui.

Bizness.

Si l'on veut. Je dois parler à Flora.

Tu veux Flora, hein ? Je peux te dire tout net qu'elle ne fait ni les nègres ni les pédés. Même le dimanche.

Pas de cette manière. C'est compliqué. Ils m'ont acheté Flora en cadeau. Je pouvais pas refuser. Ils vont vérifier. J'ai pas le choix.

Flora.

Ils ont dit que ce devait être Flora.

Flora ne va pas avec les siens. Ce serait pas propre, qu'elle dit.

Je n'attends vraiment rien d'elle. Je veux m'expliquer, c'est tout. Je veux qu'elle comprenne que je n'ai pas demandé ça. Je resterai un moment là-haut et ils prendront leur pied et c'est tout.

Les salauds l'ont achetée, hein. Ils l'ont achetée et s'en débarrassent comme d'un... meuble.

Je pouvais pas dire non. J'ai besoin de garder mon boulot. Les garçons se trouvent très drôles et très généreux. Ils sont très contents d'eux.

Et te voilà. Petit Monsieur Tout-Propre.

Je peux monter ?

Vaut mieux que tu boives un coup avant. Plusieurs. Flora pourrait bien t'arracher la tête pour avoir marché dans leur combine. Je me sens d'attaque pour une petite goutte... prends la tasse... vas-y. Je boirai au goulot, si ça te fait rien.

Si c'est...

Bois, mon pote. Il n'y a qu'un seul *si* dans tout ça. S'ils ont payé tu montes.

Ils viendront ici vérifier. Je les connais. Voilà pourquoi j'ai pensé qu'il valait mieux monter. Je parlerai à Flora. J'expliquerai...

Pas besoin d'expliquer. Rien à expliquer. Bizness is bizness. T'as apporté pas mal de bizness ici. Il est temps que tu t'occupes du tien. T'apprécieras Flora. Flora a le minou qui parle, mon pote. J'y fus, mon frère. Je parle d'expérience. Elle est...

Elle est quoi ?

Les deux hommes se retournent vers le bas de l'escalier et découvrent Flora, une main sur la hanche, l'autre sur la boule ciselée de la rampe en chêne. Elle est descendue en flottant au-dessus des marches, silencieuse dans le tapage incessant de la musique d'Armstrong. Depuis combien de temps écoute-t-elle ?

Au cours de ses nombreuses visites, Reuben ne s'était jamais permis de regarder cette femme de trop près. Il comprend maintenant pourquoi. Ses cheveux noirs ondulent en lourdes torsades sur ses épaules. Ses yeux peuvent te changer en pierre. Ses épaules sont nues sous les fines bretelles d'un frou-frou en soie et dentelle. Pêche, la couleur de ce court vêtement. Il masque sa nudité, une précaution tardive parce qu'elle n'a rien à cacher. Reuben a la bouche sèche, il fixe les pointes jumelles de ses seins, la zone d'ombre de son entrejambe. Il ne l'a jamais regardée de près, parce qu'il savait ce qui arriverait. Cette impuissance, cette noyade.

Reuben ne peut s'empêcher de la fixer, mais sa grossièreté passe inaperçue parce qu'elle ne fait pas attention à lui. Ses yeux mitraillent l'homme assis sur le tabouret de piano. Armstrong arrête de titiller les touches. Est-ce que le maestro tremble, ou est-ce que la tête vacillante de Reuben sur ses épaules bancales secoue toute la pièce ?

Elle est quoi, monsieur Armstrong ? Vas-y. Dis à cet homme ce que tu sais de Flora. Est-ce que je suis un bon coup ? Parle-lui de mes jolis lolos et de mon cul de velours. Est-ce que ça sent bon la girofle et la cannelle entre mes cuisses ? Vas-y. Parle-lui de moi. Du grain de beauté sur ma cuisse. Dis-lui que je ronronne, que j'aime quand tu susurres des trucs cochon à mon oreille. Et que je suis souple. Souple comme une Japonaise. Je te chatouille les oreilles avec mes doigts de pieds quand tu m'embrasses. C'est ce que t'allais lui dire ? Avant de le faire monter goûter un peu de cette bonne chatte. Hé bé ! Est-ce que tu te souviens seulement si elle est bonne ?

Elle rit maintenant, découvrant toutes ses dents, et Armstrong se détourne d'elle, détaille un mur, éclaboussé d'une ribambelle de chérubins, d'arcs et de flèches, de lyres en forme de cœur, lilas, rose et blanc.

Baratin de mec. Baratin de petit mec aux bourses pleines avant de faire monter le client. J'aurais dû écouter. J'aurais peut-être appris quelque chose. T'arrives peut-être à parler comme un homme, monsieur Armstrong, même si t'as plus rien d'un homme.

Ça va, femme. Personne pense à mal.

Bien sûr que non, bébé. T'as pas de méchanceté. T'as plus rien du tout. C'est justement pour ça que je laisse ton cul de nègre goudronné collé sur mon tabouret de piano et que j'emmène ce joli petit monsieur avec moi là-haut.

Flora.

Reste ici à te parler de moi. Ça finira peut-être par t'exciter. Tu t'en souviendras peut-être assez bien et tu seras désolé au fond de ton cœur de bon à rien.

Elle secoue la tête de dégoût et invite Reuben. Ses anglaises sombres frissonnent, carillonnent autour de son visage comme les clochettes encadrant une fenêtre.

Pauvre con. Elle parle la première. Reuben espère qu'elle ne pense pas à lui. Il n'en est pas sûr. Il croit entendre Armstrong faire grincer l'escalier à leur suite.

Qu'est-ce que c'est ?

Ne sois pas nerveux, trésor. C'est seulement ce foutu piano. Il peut pas taper dessus et monter les marches en même temps. Calme-toi. Dudley Armstrong est inoffensif. Il ne peut plus rien faire, ni bien ni mal. Et ce bâtard a les balloches de te parler de moi. Comme s'il savait... Bâtard. Alors que puis-je pour vous, monsieur ?

Ils ont dit qu'ils arrangeraient... vous payeraient.

Ils l'ont fait.

Ils ont dit que vous seriez prête...

Oh, j'étais prête. Avant qu'ils en parlent et qu'ils s'amènent ici avec le prix du sang. Tôt ou tard. D'une manière ou d'une autre, tu serais venu. Comme disait l'homme. Tu peux courir mais pas te cacher. Oui, je t'attends depuis longtemps. Le ton de sa voix s'adoucit, ses yeux ne crépitent plus.

Pour eux, c'est juste une farce. Les garçons pensent que vous allez me rejeter, m'humilier de quelque façon. M'accoupler moi, une moitié d'homme, avec une femme aussi parfaite que vous. Une farce sur notre dos à tous les deux, c'est ce qu'ils espèrent. Pourtant c'est curieux. A leur manière, ils m'aiment bien. J'en suis sûr. Ce n'est peut-être rien de plus que l'affection que l'on porte à un animal. C'est déjà quelque chose. Une faille dans l'édifice. Quand ils viennent me voir seuls. Avec un problème. Ou juste pour passer un moment à bavarder. J'oublie le plaisir qu'ils ont à me faire marner.

J'oublie jamais. Je les fais ramper. Pleurer et supplier et insulter leurs mères avant de tordre le cou à cette larve pitoyable entre leurs jambes.

Ils me disent tout. Se confient à moi.

Et je suis ta récompense pour les avoir bien écoutés.

Ce cadeau, c'est ce qui arrive quand ils essaient de gamberger à plusieurs. C'est comme ça qu'ils agissent quand ils sont en bande. Ce cadeau, c'est un moyen de se moquer de moi, de donner d'une main en reprenant de l'autre.

C'est toi qui as amené ces sales gosses ici. Ils te retournent peut-être le compliment.

Je ne vous connaissais pas à l'époque. Sauf par ouï-dire.

Et maintenant ?

J'apprends trop, trop vite. Pour dire la vérité, ça me tourne un peu la tête, Miss Flora. Puis-je avoir un verre d'eau ?

Les verres au-dessus du lavabo sont propres. Il y a du vin glacé dans le placard. Sers-toi. C'est le cadeau de la maison.

Seulement si vous m'accompagnez.

Tu es bizarre. Avec tes costumes bien coupés et tes manières. Quand tu t'assieds au fond d'une chaise, tes pieds ne touchent pas terre. Je l'ai remarqué la première fois que tu as amené ici cette fournée d'imbéciles. Ces chaussures miniatures que tu portes, adorables et parfaites. Qui ne touchent pas terre.

Ne vous moquez pas, s'il vous plaît.

Oh ! Je suis loin de me moquer. J'avoue tout. Tu as dit que tu savais écouter. Écoute mes aveux.

Je ne comprends pas.

Depuis le premier soir, je savais que tu finirais par venir.

Reuben se retourne et jette un œil par-dessus son épaule, dans le miroir finement encastré dans le meuble en bois qui encadre le lavabo. Et pendant qu'il rassemble les verres, débouche la carafe et sert le vin, il détaille la femme étendue sur son lit à baldaquin. Dans le miroir ovale, elle est tenue à distance, minimisée, neutralisée. Puis il marque un temps et laisse ses yeux apprécier les contours de son corps, jambes et épaules nues, ses hanches, sa gorge et les os délicats comme des ailes qui retiennent le poids de ses seins, et elle devient plus grande que nature, une île surgissant soudain du lac enveloppé de brume.

J'avais envie de toi. T'étais mignon. Mignon, au début c'est ce que je pensais. Un petit garçon habillé en homme. Les manières douces d'un homme, la voix d'un homme, dans un corps d'enfant. T'étais mignon et au début je voulais sans doute être ta maman. Te prendre sur mes genoux. Te caresser la tête. Te câliner. Te chanter une berceuse, et tout ça. Tu m'écoutes ?

Continuez.

Ensuite. Bon. Un bébé. Au cours de mes rêveries, ta tête s'est posée sur ma poitrine. Une chose en entraînant une autre, mon corps se souvient que tu n'es pas un bébé. Ma poitrine est nue et ta bouche la suce et c'est bon. Et tes mains. Tes doigts d'homme et tes orteils. Des singes qui me grimpent dessus, partout. Sans m'en rendre compte, je déboutonne ton pantalon. Et c'est fait. On ne joue plus à la maman et au petit garçon. J'ai envie de toi. Et tu es mûr pour mon désir. Voilà, je savais que ça devait arriver, tôt ou tard. Depuis la première fois que je t'ai vu, je le sais.

Alors ça ne vous ennuie pas qu'ils m'aient envoyé ?

Seulement si je me suis trompée sur toi. Seulement si tu es venu par peur.

Peur ? Non, je n'ai pas peur d'eux. Pendant encore quelque temps, j'ai besoin d'eux. J'en dépends. Pas tellement de l'argent, mais du boulot. De la position qu'il me procure. L'accès à l'université qu'il permet. Vous voyez, je veux être avocat. Les gosses de riches de la confrérie, leur papa, leur oncle et leur grand-papa sont tous avocats et la plupart d'entre eux s'apprêtent à faire leur droit. C'est une tradition. Voilà pourquoi je suis l'esclave de l'Alpha Oméga. J'apprends par les trous de serrure. Quand ils ne sont pas là, je pille leurs livres, leurs notes, et cetera. Je connais la loi mieux que dix d'entre eux réunis. Ma vie secrète. Vous êtes la première à qui j'en parle.

Votre vin, madame... Il s'approche d'elle.

Merci.

Elle parvient à rester grande dame dans ce semblant de chemise transparente couleur pêche, tandis qu'elle se redresse pour saisir le verre que Reuben lui tend. Pudiquement elle arrange son vêtement, module sa pose, ses yeux, sa voix, de telle façon qu'elle n'est plus une pute à demi nue allongée sur son lit, mais Mlle Flora prenant le thé au salon avec un prétendant.

Non, je n'ai pas peur d'eux.

Je pensais bien que non. Tu travailles pour toi. Je vois tout de suite si quelqu'un tire les ficelles ou se les fait tirer. Lui, en bas. Peux-tu imaginer qu'il fut un temps où il n'avait pas peur. Dudley Armstrong avait des projets. Personne n'aurait pu l'arrêter, je voulais qu'il réussisse. J'ai tout fait pour l'aider. Mais maintenant, c'est fini. Pfut. Quelque chose, quelqu'un a glissé ses doigts dans sa poitrine et mouché la flamme. C'était mon amant. Mais ça aussi, c'est fini. Cela fait des années qu'il ne termine rien. Même pas l'amour.

Reuben rougit. Vous avez raison. J'ai des projets. Des rêves. Plein la tête. Il y a des jours où je pense y arriver. Et des jours où...

Ces jours-là... Tu me laisseras peut-être t'aider à les passer ?

Vous êtes très gentille.

Non, au contraire. Ni parole ni pensée gentilles pour personne. Je suis amère. Blessée. Ce que je fais le mieux, c'est me servir des gens. Rendre les coups. Je sais ce que je suis depuis très très longtemps. C'est ma force. Mon pouvoir.

Je sais ce que je suis. Ce corps m'a été prêté et je le loue. J'en ai assez de lui. Je ne l'habite plus.

Vous êtes belle. Je suis désolé. Je ne peux détacher mon regard. Vos yeux. Votre peau. J'ai envie de vous caresser. Bon Dieu... Pas un seul Blanc au monde ne me fait peur, mais vous... vous me faites trembler, Miss Flora.

Elle boit une gorgée. Garde le verre en l'air, sa lèvre inférieure ourle le bord fin de la longue flûte, comme une fleur qu'elle a ramassée et dont elle goûte le parfum. Faible sourire. Elle l'écoute mais elle est loin, ailleurs, et Reuben se demande ce qui est réel, la femme qui lui sourit ou celle irréelle qui folâtre dans un monde invisible.

Dans un instant, tu vas me toucher. Je vais ronronner et me tortiller, plus heureuse que je ne l'ai été depuis longtemps.

Reuben sait qu'elle dit vrai. Il se rappelle que c'est déjà arrivé. Oui. Oui. Elle cueille du bout de la langue les gouttes de vin qui perlent sur le bord du verre. Le nettoie. L'astique. Comme s'il faisait partie d'elle. Comme une chatte lèche ses poils.

Elle est une crête sinueuse de collines qui cadencent l'horizon. Et il pense à la terre, à ce qui vit et meurt à l'intérieur de ses formes. Combien de fois est-ce déjà arrivé ? Avec cette femme. Dans des villes côtières, sur de hauts plateaux venteux, Memphis, Tombouctou, La Nouvelle-Orléans, Thèbes, dunes de sable, prairies, champs de joncs, les saisons tourbillonnent et tout se mêle, leurs plus belles images — soleil brûlant et couleurs d'automne, senteurs de printemps, la neige scintille et tombe doucement — et ses lèvres effleurent les pommettes de cette femme pour une autre première fois.

S'il te plaît. Maintenant.

Il n'est pas dans une chambre de Philadelphie Ouest. Il n'est pas ailleurs non plus. Ils sont en dehors du temps. Il l'entend poser son verre sur la table de nuit. Ses pieds nus font murmurer la soie quand elle ramène ses genoux sur sa poitrine, faisant un paquet de son corps, un délicieux ballot, de la tête aux pieds, tout entière à sa portée.

Quand il dépose son verre près du sien, il entend que la musique s'est arrêtée. Le piano dans le salon en bas s'est tu. Reuben n'a pas entendu la musique avant qu'elle ne cesse. Et tout à coup, il se souvient du patchwork de sons qui accompagnait chaque parole, chaque geste, dans la chambre de Flora. Est-ce le prix à payer ? Perdre quelque chose. La musique a disparu, maintenant il l'entend, elle lui manque. Faut-il perdre pour apprendre ? La retrouve-t-il ou la perd-il, cette femme au teint d'olive, cette épaule où tout doucement il fait glisser une fine bretelle claire ? Quand il dégage la deuxième bretelle et que la dentelle pêche tombe le long de ses seins, la musique reprend au rez-de-chaussée.

Dis-moi que tu les hais. Que tu feras quelque chose pour les blesser. Quand tu seras fort. Quand j'aurai déversé tout mon être en toi et que j'aurai disparu, promets-moi de leur faire du mal.

Reuben enfouit son visage dans cette poitrine. Il croit deviner ce qu'elle dit, il acquiesce et grogne tandis qu'il s'enracine dans sa douceur. Elle lui dit oui et, alors qu'il creuse et s'enfonce au plus profond d'elle, qu'il n'est plus que toucher, odorat, regard aveugle, il répond oui à tout ce qu'elle demande, mendie. En bas, on joue *Il pleut bergère.* Reuben reconnaît les premiers accords bien qu'ils soient faux, dissonants, il entend leurs échos dans les dee-dum/ dee-dum/ dum-dum-dum que le pianiste plaque pour finir la chanson.

Quand il sent les doigts de Flora déboutonner son pantalon, Reuben s'aperçoit qu'il est encore tout habillé. Quand le silence bastringue à nouveau en haut de l'escalier, il se rend compte que la musique s'est arrêtée et que Dudley Armstrong a joué un morceau, aussi médiocre et court fût-il, du début à la fin.

De la sueur sur les lèvres. Du vin. A lui. A elle. Il libère sa bouche une seconde pour dire, je crois qu'il a joué une chanson en entier.

La terre se dérobe sous Reuben. Il est presque jeté au sol. Il s'accroche d'une main, suspendu comme il l'était hors de la gueule du tramway. Une porte s'ouvre brutalement et il valdingue, projeté dans les airs. Son pantalon de lin glisse le long de ses pattes d'araignée. La pièce déborde de monde. Flora se tord, se cambre, se débat comme un poisson sur la terre ferme, mais ils tiennent ses pieds, ses poignets, arriment son corps nu aux quatre coins du lit.

Tourtereaux. Vilains tourtereaux pas sages.

Flora hurle, *Dudley*. Reuben parvient presque à se délivrer quand un homme en cagoule fend la mâchoire de Flora. Du sang perle sur les lèvres qu'il vient d'embrasser. Comme un coup de bâton, le coup assené au visage de Flora ramène la musique à l'étage. Des sons violents, saccadés, tonnant comme si le maestro se cognait la tête sur les touches.

Garde ta salive, salope. Il sait qu'on est là. Il nous a donné la clé. Verrouillé la porte d'entrée derrière nous pour qu'on ne soit pas dérangés.

On voulait juste s'amuser. T'asticoter un peu, Reuben, c'est tout. Que tu sois bien allumé et tout gêné par cette connasse de Miss Flora. Puis surgir. Te surprendre culotte baissée. Rigoler un peu. En te menaçant de t'arracher les parties, et cetera. Une blague, c'est tout. Que tu renifles un bon coup Miss Bouffeuse de Couilles avant qu'on te vire. On t'aurait grassement payé pour ta peine. Tu ne crois quand même pas qu'on allait te laisser baiser où on baise, petit macaque vicieux ? C'est chasse gardée, et tu voulais laisser ton odeur de nègre ? De toute façon, Miss Flora ne baise pas avec les nègres. Tu ne connais pas le règlement ?

C'est peut-être pas un nègre, Schultzie. C'est peut-être un Chinetoque ou un Peau-Rouge.

Ou un babouin à cul rose.

T'es quoi, petit homme ? Et pourquoi t'as gâché notre farce ?

Il nous hait, Collins.

L'arête du poing de l'homme cogne Reuben entre les yeux. La douleur est cuisante et profonde.

Pourquoi fallait-il que tu nous insultes comme ça ? Tu blesses nos sentiments. Maintenant c'est à notre tour de vous blesser. Tous les deux.

Beaucoup.

Avocat, hein ? Qui apprend par les trous de serrure, hein ? Eh bien, nous aussi, on en apprend de belles par les trous de serrure.

Reuben en compte huit. Deux derrière lui qui l'ont attrapé et cloué dans le rocking-chair, six agglutinés autour du lit de Flora. Il serre les dents de douleur. Ils lui écrasent les bras. Flora est inerte sur le lit, écartelée, ses membres ficelés aux quatre colonnes du lit, son visage caché sous le vêtement pêche qu'un des hommes a jeté sur sa tête, après qu'un autre l'a bâillonnée avec son slip de soie.

Les hommes puent le whisky. Un effluve rance qui couvre le bouquet fruité du vin fraîchement versé dans les verres brisés au sol.

Apporte la bouteille ici. Voyons si elle peut lui tordre le cou à elle aussi.

Attends. Attends. Je veux me la faire avant. Abîme pas les bonnes choses.

Larves. Elle nous a traités de larves, pas vrai ?

Et notre copain Reuben. C'est pire. Et dire qu'on lui faisait confiance, qu'on lui a organisé une petite fête.

Raconte-nous tes projets, petit homme. Et pourquoi tu ne dis plus rien ? Le poing est dans le visage de Reuben. Des poils bleus couvrent les doigts courtauds. Duvet. Toison. Le poil de la bête. Beastic. Elle l'a appelé Beastie dans le rêve.

Quatre fois, le poing serré le bénit. Son front, ses deux joues, et un coup violent sur la bouche qui lui explose les lèvres. La main retombe le long du corps de l'homme, mais des ondes cuisantes persistent, un masque, un tatouage de douleur.

T'as rien à dire, Reuben. Sa chatte a avalé ta langue ?

Fouinant partout. Mentant. Chapardant. Un espion dans

la maison. Faisant semblant d'obéir, de nous aimer. Riant sous cape. Forçant notre affection avec ses minauderies quand au fond il voulait...

Tout, il voulait tout.

Nos livres, nos diplômes en droit. Et notre pute en plus.

Il était chaud, non ? A crapahuter sur elle comme une araignée.

Quel gâchis. Un lot de premier choix, mais une fois qu'on aura terminé avec elle, et avec toi, personne n'en voudra. Elle sera toute à moi.

Allez, baisons-la bien avant de la massacrer. Après on frottera le nez de ce nègre dedans. Admire le savoir-faire des hommes, Reuben. Une nouvelle leçon par le trou de serrure.

Le mal que font les hommes à leur prochain. Des atrocités sans nom. Ce n'est pas la peine que je continue, n'est-ce pas ?

Je porte encore les cicatrices en travers du dos. Pour se mettre en train avant de s'occuper de Flora, ils m'ont fouetté. Tanné le cuir. Tatoué de rayures. Déchiqueté ce cul de nègre. Ils m'avaient bâillonné aussi, je ne pouvais pas crier. Après les premiers coups, je n'avais plus envie de hurler. Je ne voulais pas leur faire ce plaisir. Cinq, six coups, et ils viennent à bout de ma résistance. Mon corps accepte les coups, les supporte, participe. En boule sur lui-même et sourd à la peur, à la révolte, réduit à l'espoir que la douleur cesse.

Ils commencent à s'amuser avec Flora, ces grands gosses sortis pour faire la fête, ces futurs avocats, juges et présidents de banque, ces futurs pères de famille, ils sont en train d'ouvrir leurs ceintures, leurs braguettes, et de baisser leurs caleçons quand des tourbillons de fumée s'engouffrent par la porte ouverte, le vacarme en bas ne vient plus du maestro massacrant son quart de queue, mais des sifflements, des craquements et des rugissements du feu.

Les flammes bondissent dans l'escalier. Armstrong a dû les asperger avec le pétrole de la vieille lampe du salon. Nos tortionnaires se désintéressent immédiatement de nous. Trop tard pour fuir par l'escalier. A demi nus, leurs yeux écarquillés plus grands que toute la haine du Texas, la bande de lyncheurs se disperse par la seule issue possible. Des crabes qui se grimpent les uns sur les autres pour sauter par la fenêtre de Flora. Je croyais que le gros plein de soupe ne passerait pas. Il devait être plus près de la fenêtre que ses frères en cagoule et s'y est coincé. Tous les autres ont dû le pousser par-derrière pour enfourner sa graisse dans l'encadrement. Sauve qui peut, c'est le mot d'ordre. Et malgré mes yeux qui hurlent tendus vers le corps de Flora inerte sur le lit, malgré mes bras une fois déliés qui se raccrochent aux montants de la fenêtre, malgré mon cœur qui crève ma poitrine pour la rejoindre près du lit, une âme compatissante m'arrache au rocking-chair et je me retrouve à nouveau dans les airs, toute ma vie défilant dans ma tête jusqu'à ce que j'atterrisse sur le trottoir, et je ne me suis réveillé, à ce qu'on m'a dit, qu'au bout d'une semaine.

Flora.

Calcinée, carbonisée. Armstrong aussi. Mêlés tous deux en un tas de cendres, tout ce qui restait de la maison de Flora. Au commencement était la fin. Le maestro comprenait peut-être. Oui, tu es poussière, à la poussière tu retourneras.

Voilà que tu parles comme si c'était arrivé à un autre, il y a un siècle. Comme si t'avais pas été dans la maison. Que les meurtriers et les morts t'étaient inconnus.

Ça fait longtemps, Wally. Plus d'un siècle. Je n'ai pas entendu parler de Philadelphie récemment. Est-ce toujours près de la rivière ? Les hangars à bateaux. Le musée. La mairie en pain d'épices. La faculté de droit.

Ils l'ont laissée cramer sur le lit.

Ils craignaient pour leurs vies. L'un d'eux a dû tenter de détacher les cordes. Sa cheville était libre. Son sauveur s'est arrêté là. Les nœuds étaient trop serrés. Avec un couteau, ils auraient pu trancher les nœuds. Mais valait peut-être mieux qu'ils n'aient pas eu de couteau. Pas la tentation de s'en servir. Parce qu'ils étaient en bande. Capables du pire.

Comme toutes les bandes. Sa cheville était libre et elle se débattait avec cette jambe admirable pour tenter de fuir. Ma dernière image d'elle. Une cuisse couleur olive grimpant, se tordant.

Si t'étais assommé, comment tu sais qu'elle n'a pas pu se libérer ?

C'était dans le journal. Toute cette histoire sordide. Un maquereau jaloux assassine sa julie. Le pyromane fou pris à son propre piège, parti en fumée avec sa victime. Dans les pages intérieures parce que les deux morts étaient noirs. A la une de l'hebdomadaire noir. Le *Black Dispatch* imprima une photo des ruines calcinées, en inventant un luxe de détails lubriques.

Et toi dans tout ça ?

Oh. Je suppose qu'un bon citoyen est passé par là et m'a ramassé sur le pavé. J'étais mentionné dans certains articles comme un visiteur non identifié. Hospitalisé à la suite de blessures occasionnées par une chute du deuxième étage. C'est bien plus tard que j'ai lu les journaux. J'ai été lire les journaux blancs à la bibliothèque municipale parce que j'avais lu la version noire par hasard chez le barbier. J'ai commencé à me souvenir. J'avais développé une amnésie temporaire. Fabriqué une carapace d'oubli pour me protéger de l'horreur. Je suppose. En attendant que mon corps récupère, que je retrouve la force d'affronter les bruits qui couraient. Au début je n'avais pas conscience d'avoir perdu un dimanche après-midi. Aucun souvenir ni rien. Ça m'est revenu petit à petit. Le jour, les sensations. Tout cela attendait patiemment d'être ravivé. J'avais délaissé ma mémoire, mais elle est de nouveau mienne. Entièrement, éternellement mienne, je le crains.

Wally ne sait pas s'il doit croire Reuben ou non. C'est une raison simple qui l'amène à la caravane. De l'argent manque dans le budget du département sportif. Wally risque d'avoir besoin d'une dizaine d'avocats quand les comptables auront calculé les sommes qui disparaissaient chaque jour. Fausses notes de frais, remboursement de billets d'avion non utilisés. Une caisse noire dans laquelle ils piochent tous pour les extras. Argent transmis illégalement aux recrues, notes de restaurants bidon, factures de vêtements. Le directeur du département, les entraîneurs, les assistants, l'économe, les moniteurs, tout le monde est mouillé. Des magouilles complexes où trempent tous ceux qui en profitent. Bien sûr, ceux du bas ne touchent pas lourd une fois que leurs supérieurs se sont taillé la part du lion. Pour Wally : quelques billets de matches à vendre. Il peut aussi gonfler son kilométrage, sa chambre, ses notes de repas. De temps en temps il se fait rembourser un billet d'avion pour un déplacement n'existant que sur la facture. Les combines habituelles pour qui veut faire gagner son équipe et satisfaire ses employés. Jouer dans les règles est trop contraignant, et personne ne le fait. Mais quand t'es pris, les autres tricheurs tournent tous autour de toi comme des requins et s'affolent dès qu'un des leurs perd une goutte de sang. Quand une merde pareille arrive, c'est les petits qui casquent. Au sommet, conspiration du silence. Rien que des petits saints blancs comme neige qui te montrent du doigt. En sacrifice... Un bouc émissaire désigné pour calmer la foule, pour prouver l'intégrité de ceux qui n'ont pas été pris.

Wally est en bas de l'échelle, ça fait de lui une cible probable et il veut savoir comment se protéger. Reuben a peut-être une idée. De toute façon, son avis est gratuit. Il aidera sans doute Wally à réfléchir. Wally vient pour discuter de toute l'affaire avec Reuben, c'est tout, et, sans qu'il sache pourquoi, le vieil homme a divagué sur Philadelphie. Il a mélangé Philly à toute l'affaire. Incendies et prostituées. Les jeunes Blancs et leurs conneries habituelles. Wally ne sait pas s'il doit croire l'histoire de Reuben ou pas. Si Reuben dit une chose pour parler d'une autre ou si c'est un de ces jours brumeux où t'arrives pas à joindre Reuben. Reuben ne peut que ressasser obstinément sa propre vie, quoi que tu fasses pour lui raconter la tienne. Wally ne sait pas si le petit homme a entendu un seul mot de ce qu'il lui a raconté. Si Reuben a écouté ou s'il s'en fout.

Et puis il s'est laissé prendre par l'histoire de Reuben de toute façon. Le vieux est barjot mais il raconte de bons bobards. Comme s'il entassait dix ou vingt vies en une seule. Où il est allé, ce qu'il a fait, tout ça ressort dans ses histoires. Juste ce qu'il faut de faits et de détails pour que tu y croies, enfin presque.

Je suppose que les jeunes blancs s'en sont bien tirés.

Tu supposes juste. Mais, d'un autre côté, s'ils avaient été pris et traînés en justice, de quoi les aurait-on accusés ? Ce n'est pas eux qui ont allumé le feu ? En fait, cet enfer a failli les piéger. Ils se seraient amenés au tribunal en exhibant leurs bandages comme des vétérans de la guerre de Sécession, se lamentant sur les blessures reçues au cours de leur fuite hors du bordel. C'était Armstrong l'incendiaire, pas vrai ? Pourquoi ajouter des insultes aux plaies de ces pauvres Blancs ? Disons que les Alpha Oméga y étaient allés un peu fort avec une pute et un employé renégat, mais la plupart des jurés ne voulaient pas entendre cet aspect de l'histoire, pas vrai ? Quel juge décent aurait pollué sa cour avec ce genre de conte ? Alors oui. Ils s'en sont bien tirés. Mais beaucoup de braves gens te diraient que les garçons ont eu ce qu'ils méritaient, ni plus ni moins. La liberté. Des réputations intactes. Ils s'étaient vengés d'un traître. Contre une légère punition. Un avertissement de ne pas fréquenter les nègres de trop près. Un aperçu des malheurs et des dangers du mélange des races. Des leçons inestimables pour ceux qui hériteront des rênes de la société. Une expérience de prix pour des avocats de Philadelphie.

T'as eu de la chance de ne pas te faire tuer aussi.

Oui et non. Toujours oui et non, Wally. J'ai gagné un peu de temps sur la croix, pour ainsi dire. Mais je suppose que j'en suis reconnaissant. Sûr. Vivant, ici, aujourd'hui, je peux te raconter l'histoire. Ça vaut quelque chose.

Tu n'y es jamais retourné ?

Où ?

Tu sais. Dans les locaux de l'association.

Non. Aucune raison d'y retourner. Ma vie là-bas était finie.

Mais je suis allé chez Flora. Souvent. Disons que j'ai même hanté les ruines. Aujourd'hui. Aujourd'hui, je sens encore l'odeur des cendres, la fumée. Une petite maison toute seule au bout de la rue. Un terrain abandonné entre elle et la rangée de maisons basses, grises et ternes, grâce auquel le feu ne s'est pas propagé. Seul le palais de plaisir de Flora, d'allure proprette avec son auvent jaune et ses volets blancs, complètement cramé. Pour les voisins, c'était la volonté de Dieu, une intervention divine, le mal attire le mal, et cetera. Girofle et cannelle. Tu ne le croirais pas si tu savais combien de temps ça a senti le brûlé. Et à quel point un homme adulte peut devenir idiot. Pour enfouir son visage dans les cendres.

Tu la pleurais.

Je me barbouillais en noir comme les nègres d'opérette.

Tu ne voulais pas te venger ? Comment t'as pu les laisser la tuer et manquer te tuer, sans rien faire ?

Nous avons tous nos Philadelphie. Le mien tient autant de l'amour que de la haine. Et, dans ce sens, j'ai de la chance. L'amour complique les affaires de vengeance. L'amour exige son dû, après c'est trop tard. Le temps de la haine est passé.

Déconne pas Reuben. La femme est morte. Ils l'avaient attachée au lit. C'est un meurtre. Tu lui dois quelque chose. Amour ou pas. A peine debout, je serais allé à l'association une torche à la main. Minuit... à l'heure où les salauds dorment.

La maison de l'association était en pierre. Pas une boîte d'allumettes comme celle de Flora.

Tu sais de quoi je parle. Pierre, os, acier... ça ne change rien. Je te dis qu'ils auraient payé. Œil pour œil. D'une manière ou d'une autre.

Ils ont payé. Je sais qu'ils ont payé. Je l'ai vu. Leur maison a brûlé, des années plus tard. Un soir de Noël. Un court-circuit. L'étincelle est partie du sapin. Beaucoup sont morts. Des types de l'association avec leurs petites amies. L'histoire fut relatée par la compagnie électrique et reprise par les télés. Elle est venue jusqu'à moi. Quatre ou cinq ans plus tard, pas plus.

Bon, si c'est ça ton idée de vengeance, de remettre les pendules à l'heure, je reconnais ta patience. Moi, je ne les aurais pas lâchés, Reuben. A peine sur pied.

Si les choses s'étaient passées autrement. Si je n'étais pas miraculeusement tombé dans les pommes, me réveillant sans aucun souvenir, avec le sentiment de commencer une nouvelle vie... si ce coussin de temps n'était pas venu comme un don, j'aurais sans doute été sur leur dos. Mais crois-tu que ça m'aurait rendu Flora ? Tous ces jours et toutes ces nuits à hanter sa rue et à passer les cendres au crible ne l'ont pas ramenée. Avec le temps... un grand vide s'est creusé à la place qu'elle aurait dû occuper. Comme la maison qui s'écroule sur sa charpente carbonisée. Le bois se fend, se ride et s'écaille. Luisant au soleil comme un boulet de charbon. Certaines poutres étaient mâchées, mordillées, comme d'énormes bouchées arrachées à la charpente. Aucune trace d'elle. Rien que je puisse reconnaître. La ville avait dû trier les débris. Le feu n'avait pas tout consumé. Le lit à baldaquin en cuivre. Après la pluie, l'odeur de fumée était plus forte.

Certains meurtriers sont peut-être toujours en vie. Si tu l'es, pourquoi pas eux. Je t'ai peut-être rendu un service, Reuben, sans le savoir. Pour que tu sois à égalité. L'un d'eux. Un de leurs fils.

Je n'ai pas dû bien raconter. Sinon, tu aurais compris. Perdre Flora, sa disparition, je n'éprouvais rien d'autre. Par qui, comment je l'avais perdue, c'était plutôt abstrait. Elle m'a manqué chaque seconde alors. Elle me manque aujourd'hui. C'est tout ce qui compte. Le temps pendant lequel je l'ai aimée. La vitesse avec laquelle elle a disparu.

Ouais, bon... t'as raison. Tu dis des trucs que je comprends pas. Mais tant pis.

Tout homme noir a son Philadelphie. Même si tu en réchappes, tu laisses quelque chose derrière toi. Une part de toi. Un frère emprisonné là-bas pour toujours. Tu vois ce que je veux dire, Wally. Mon Philadelphie est bizarre parce que, en dépit de toute l'horreur, il est surtout question d'amour. Et le tien, tu l'as déjà connu ?

Je suis allé à l'école à Philly. Je peux te raconter des trucs refroidissants sur Philly. Philadelphie... Chicago. Toutes les mêmes.

Chi-ca-go, trois syllabes lentes, toutes accentuées, étirées pour que toute l'histoire de Wally s'y inscrive sous les yeux de Reuben. Accrochant de la chair sur les os de la cité venteuse, si Reuben fait les rapprochements, comble les vides entre les particules de sens, *Chi - ca - go,* le lac, le vent, les nuages, des chiottes assez grandes pour la caravane de Reuben et toutes les maisons que Wally a habitées dans son enfance, et où tu as encore la place de te perdre, de te faire agresser par la lumière, les sanitaires clinquants, l'éclat des miroirs.

Vieille histoire, pas vrai ? Je parie que tu n'es pas venu entendre une vieille histoire ? Alors que puis-je pour toi, mon garçon ?

Je risque d'avoir bientôt besoin d'un avocat. Un scandale est sur le point d'éclater à l'université. Quelqu'un a tiré la sonnette d'alarme. Je ne sais pas jusqu'où ça va aller. Jusqu'où ils veulent aller. Tu vois, ça pue l'arnaque du haut en bas de l'échelle. Ça coûte du fric de mener un programme de basket. Pour être compétitif au niveau national, ça coûte des paquets de fric ; de l'argent qui n'est pas dans le budget officiel. Du fric qu'on ne devrait pas dépenser comme on le fait, même si on trouve des moyens légaux pour sortir le liquide. De toute façon, c'est une suite d'irrégularités et je suis mouillé, Reuben, comme les copains. Mais dans ce genre d'affaires, c'est toujours les troufions qui trinquent. Les généraux ont les moyens de se couvrir. Voilà ce que je cherche, un moyen de me couvrir.

Les charges ont-elles été prononcées ?

Pas encore. Tout est encore couvert. L'université préfère ne pas ébruiter l'affaire. Faire son ménage elle-même. Tu vois, comme ça les autres facs du groupe ne peuvent pas s'en servir contre nous. Si l'affaire est étouffée, tout le monde y trouve son compte. Sauf les quelques-uns dont la tête tombe. Tu vois. L'enquête interne a prouvé les malversations et les coupables ont été démis de leurs fonctions. Demi-excuses, semi-publiques, puis black-out. Les rangs se resserrent. Tout le monde se tait, les rapports sont scellés et rangés au fond d'un tiroir. Il ne s'est rien passé, pas vrai ? Un peu de jaune d'œuf a coulé sur ton menton, mais t'as bien essuyé tout ça. Tout est arrangé sauf pour les quelques abrutis qui se retrouvent en Sibérie. Ces cons ont sûrement touché un petit dédommagement, le prix du silence, une broutille, un boulot-placard dans une ville lointaine pour qu'ils la bouclent. J'ai pas l'intention de m'écraser, Reuben. Je vais faire un tel foin qu'ils devront y regarder à deux fois. Je déballe tout s'ils essaient de me faire plonger. Donc, je risque d'avoir besoin de tes services.

Je ferai ce que je peux. Mais j'ai peur que les enjeux ne soient loin de mon champ d'action. On est à des kilomètres de l'université, ici. Il faut que je fasse des recherches plus poussées en ce domaine. Surtout tiens-moi au courant de tous les développements. On ne peut pas commencer maintenant. J'ai du travail pour un autre client aujourd'hui. Tu peux repasser ?

Demain ou après-demain ou après-après-demain. On n'est pas pressé. Le couvercle est encore fermé.

Parfait.

Au fait... T'as passé combien de temps à Philly ? Je veux dire après l'incendie... combien de temps t'y es resté ?

Je pourrais dire — et tous ces mots seraient justes — que j'y suis encore. Mes cendres sont mêlées aux siennes. Éparpillées au vent. Tu croiras sans doute à une folie de vieillard, mais je te le répète, je l'ai aimée. Aimée. Oui. Je suis tombé amoureux et je le suis encore, même si nous ne sommes restés seuls ensemble que quelques minutes. Et comme tu sais, ces quelques instants n'étaient pas de la plus grande intimité. Mais c'était suffisant. Flora et moi offerts l'un à l'autre, de manière extraordinaire. Sans retour possible. Sans pouvoir reprendre ce qui a été donné. J'aurais voulu me coucher près d'elle. Je l'aurais serrée dans mes bras, heureux, comblé, jusqu'à ce que les flammes nous consument entièrement tous les deux. Mais je ne réponds pas à ta question. Et j'ai du travail pour Mlle Parker. Je suis resté à Philadelphie jusqu'à ce que je termine mon droit. Je suis resté jusqu'à ce que je sois prêt à tenir ma promesse.

Promesse ?

J'espère que cette partie de l'histoire ne t'a pas échappé. Je lui ai promis de leur faire mal.

C'est ce que je disais. Une vengeance. Donc tu as essayé de te rebiffer contre eux.

A ma façon. Avec de l'amour et de la haine... oui... c'est compliqué, Wally. Te cogne pas la tête en sortant. Je ne sais pas si mon bureau rétrécit ou si c'est toi qui grossis.

Sûrement les deux, l'ami. Sûrement les deux.

Reuben sort son travail, le dossier au coin du bureau qu'il avait rangé pour faire de la place à Wally, le paquet qu'il avait posé sur sa boîte fourre-tout quand son visiteur a frappé.

Kwansa le regarde respirer, ce long corps sombre et nu, étendu à ses côtés. Peu d'appas. Un fin serpent noir. Toodles enlacée autour de toi, une corde soyeuse qui bouge sans cesse, ondule, chaude contre ta peau. Les os de Toodles accrochent un peu. Ses cuisses, ses chevilles sont comme des mains. Kwansa est allongée sur le côté, elle regarde par-dessus son épaule : sous la voûte des couvertures, la chair de Toodles dessine l'ombre la plus noire, ses poils plus sombres encore au milieu de son corps. Elle dort sur le dos, les jambes écartées, le bras opposé à Kwansa sorti des draps, tendu vers la tête du lit. Étalée ainsi, elle est plate comme une crêpe, comme si le monde lui appartenait ou qu'elle attendait que le ciel lui tombe sur la tête.

Kwansa s'était dit qu'une fois couchée elle resterait immobile, absolument immobile, et laisserait arriver ce qui arrive quand on est au lit avec une femme. Elle serait calme et silencieuse, attentive à tout pour savoir ce qui lui plaisait ou pas. Prête à tout arrêter si ça dérapait. Cette fois-ci, elle contrôlerait tout. Rester Kwansa jusqu'au bout, et pas une autre, pas celle que les gens l'accuseraient d'être s'ils savaient ce qu'elle avait fait avec une femme. Elle s'était dit qu'elle garderait ses mains contre son corps. Laisserait Toodles agir à sa guise. Toodles n'avait rien de plus que Kwansa. Les mains de Kwansa n'avaient rien à découvrir, rien à apprendre. Des hanches étroites de garçon, une poitrine toute plate. Kwansa ne bougerait pas plus que du café dans une tasse. Que Toodles le remue si ça lui chante.

Puis Kwansa s'est emmêlée dans cet écheveau. C'était serré et chaud. Plus ça s'emmêlait, plus ça serrait, plus c'était doux et soyeux. Elle a happé tout ce qui passait à sa portée. Bouche, bras, doigts de pieds, tétons. Les miches fermes sous les doigts de Kwansa tremblant le long de l'échine de Toodles. Un corps comme le sien mais différent, embelli d'être ainsi redoublé, et Kwansa a senti leurs deux corps s'épouser et sortir du miroir. Elle a oublié ce qu'elle s'était promis. Elle avait besoin de pleurer, l'épaule osseuse de Toodles était proche et c'est là qu'elle a posé sa tête, sans réfléchir. Et puis sa main s'est posée sur Toodles, les mains de Toodles sur elle. Elle a raconté ses malheurs à cette femme. Et les baisers de cette femme ont séché ses larmes tandis que Kwansa parlait de Cudjoe, de devenir meilleure. La femme a hoché la tête, écouté, l'a déshabillée avec douceur, comme on déshabille un enfant, non pour lui prendre quelque chose, mais pour lui donner ce qu'il attend sans doute. Ses mains ont déboutonné, détaché, dégrafé parce que c'était le moment. Le plus drôle c'est que finalement c'est Toodles qui regardait, qui écoutait, qui attendait, les mains le long du corps. Toodles laissait faire, même si rien ou presque ne devait se passer. C'est Kwansa qui s'est lovée contre ce corps de liane, lui a mordu les doigts de pieds et l'a empêché de se dégager d'un coup de reins.

Kwansa essaie de ne pas réveiller Toodles en se glissant hors du lit. Elle ramasse ses vêtements éparpillés par terre. Encore imprégnés d'humidité. La nuit a été courte et moite.

Toodles ronfle. Comme un léger sifflement flûté. Par à-coups. Doux puis fort, puis plus rien. Un signe non pas que Toodles est dans la pièce, endormie derrière son dos, mais bien plutôt qu'elle est très loin, perdue dans un lieu où il n'est pas question d'enfiler un slip, un soutien-gorge, une chemise. Kwansa renifle ses aisselles et son entrejambe. Ce matin cette odeur familière a quelque chose de plus, de meilleur. Le ronflement de Toodles, son odeur une fois déshabillée. Deux souvenirs pour Kwansa à emporter ce matin, alors qu'elle referme la porte derrière elle et affronte la rue.

Dans le miroir de la salle de bains, les verres de gin se voient sur son visage, les traces de larmes aussi. Une vieille chanson qui s'arrête avant d'avoir commencé... où est ce vieux Smokey Robinson ce matin. Si elle souffle dans le ballon, il va virer au vert. Pendant longtemps elle entendait Waddell dans la voix aiguë de Smokey. Puis elle a vu les yeux de Waddell sur le visage de son fils et la chanson de Smokey flotte comme une auréole de douceur quand elle embrasse le front brun de Cudjoe. En passant le peigne de Toodles dans ses cheveux emmêlés et cassants, elle repense au crâne chauve de la vieille miss Clara sur un oreiller de satin, dans son cercueil. Chauve, c'est peut-être pas si mal au fond. Pas un cheveu sur le caillou pour t'emmerder. Le peigne de Toodles est plus fin que le sien. Kwansa a failli arracher ses boucles serrées à la racine. Ses lèvres remuent dans le miroir. Elle ne chante pas, elle s'insulte. Marmonne, fulmine contre tout et rien. Puis elle forme en silence le nom de Cudjoe. C'est tout ce qu'elle peut faire ce matin, c'est un vœu qu'elle a peur de prononcer tout haut.

On va le retrouver. Dans la matinée. Je t'aiderai... T'inquiète pas, ma puce. Il ne peut pas être bien loin. On va le trouver.

Elle ne veut pas réveiller Toodles. Son odeur sur sa peau lui suffit. Que son souffle se perde dans le lointain, en lieu sûr. Tant que Toodles dort, Kwansa peut croire que, loin de cette chambre, loin de cet immeuble et des rues de Homewood, c'est différent. Elle a eu besoin de Toodles la nuit dernière parce que le ciel s'effondrait, que le trottoir s'ouvrait et que les eaux montaient autour de ses chevilles. La nuit dernière elle se noyait et elle s'est accrochée à Toodles. Elle avait besoin que Toodles la retienne. Mais maintenant, c'est le matin. Maintenant elle doit retrouver Cudjoe. Que Toodles continue de rêver en lieu sûr. Puisse-t-il rester sûr.

6

LE SÉLECTIONNEUR

Par moments, certains jours, Wally considère ce qui lui arrive comme un souvenir. Il est ailleurs et regarde se dérouler des événements auxquels il ne peut rien. Il n'est pas concerné. Sa vie est loin comme les tournois du lycée, des matches qu'il a disputés et dont il ne se rappelle rien, bien que son nom figure sur les statistiques de résultats, les coupures de journaux rangées dans une boîte rayée qui contenait une eau de toilette et un déodorant assortis, le cadeau de Noël habituel de sa grand-mère. Sa vie évanouie depuis longtemps ou au contraire désespérément proche, juste hors de portée, et il se sent inutile comme pendant les matches, lorsqu'il avait trop fait la fête la veille. Au cours de ces matches de zombies, une passe arrivait sur lui et il rêvait qu'il la bloquait puis s'élançait vers le panier pour un smash. Facile. Une action qu'il aurait pu conclure en dormant. Le ballon quitte les mains de son équipier et Wally savoure déjà le goût du panier à venir. Son corps se ramasse. Puis se détend. Mais la passe file entre ses doigts confiants pour s'envoler hors jeu. Il n'en revient pas. Et secoue la tête tandis que l'arbitre annonce le changement. A l'autre équipe de remettre en jeu. Pourquoi n'a-t-il pas bloqué le ballon ? Pourquoi ne l'a-t-il pas mené de force jusqu'au panier ?

Sa vie peut passer si près. Défiler en Technicolor sur l'écran de son imagination, lui faire croire qu'il participe à son déroulement, qu'il peut toujours agir sur les événements. Puis le coup de sifflet de l'arbitre le laisse les mains vides. Toujours un temps de retard ou une passe d'avance. Quoi qu'il fasse, il se plante toujours. Quand la cible vacille, les tirs droits ou liftés ont tous le même effet.

Wally s'est entraîné à tirer profit du détachement. Son boulot de sélectionneur l'aide car il le conduit dans des lieux où il n'est pas encore né et d'autres où il est déjà oublié et enterré. Des gymnases des plaines de l'Ohio, du Wisconsin, de l'Illinois, de Pennsylvanie, de l'Iowa. De vastes zones plates et mornes que le temps ignore.

Wally assiste aux matches depuis le deuxième balcon. C'est la meilleure place pour ce qu'il cherche dans ces gymnases. Vu d'en haut, le terrain rétrécit, les joueurs sont des pions qui dansent les figures classiques du jeu. On peut enseigner une méthode à un gamin, lui enfoncer des règles à coups de marteau dans le crâne et le rendre plus fort, plus rapide, avec de l'exercice et un bon régime. Mais le basket a une essence. Tu dois estimer la vitesse à laquelle le joueur court d'une ligne de fond à l'autre, sa rage d'avaler l'espace, sa fierté, sa haine, sa peur, son enthousiasme à bondir, bondir, bondir même quand il a peu ou pas de chance de marquer au rebond. Comment le joueur réagit-il à un contre rapide ? Est-ce qu'il bouffe le terrain et décolle pour s'envoler au finish, est-ce qu'il sait patiner sur la glace fine de l'air, manœuvrer à ce niveau invisible, à un mètre du sol où les meilleurs cantonnent le jeu ? Wally calcule tout ça, avec la discrétion d'une araignée, perché en haut des gradins, au balcon, à l'ombre des chevrons, s'il peut s'élever aussi haut.

Le regard plongé dans ce tunnel de temps, Wally se revoit en star du lycée. La douce inconscience du « rien ne compte », sauf le prochain match de basket. Va-t-il *enfoncer* le panier, *l'enfoncer* pendant que les pom-pom girls sautillent au pied des tribunes, de jolies filles presque aussi dénudées que lui. S'il marque le lancer franc, quelle paire de cuisses rondelettes acceptera de s'enrouler autour de sa taille ? Les mini-minijupes des pom-pom girls virevoltent sur leurs cuisses nues qui tremblotent. *L'enfoncer. L'enfon-*

cer. Déjà dix ans, et aujourd'hui encore il est happé par ce moment. De fond en comble. Un mort, un fantôme, un cinglé comme Reuben avec des vies à revendre.

Dans ces villes de province, les Noirs, quand il y en a, restent à l'écart. Les gens disent du bien d'eux ou n'en parle pas. Tout le monde sait où vivent les gens de couleur. Chacun peut montrer du doigt les deux trois rues pauvres et crasseuses derrière la voie ferrée, où ils élèvent leurs enfants. Les ruelles de terre, les allées sans trottoirs, le tas de masures derrière la Fédération Agricole, le magasin chaulé qui leur sert d'église. Les gosses noirs muets comme leurs parents. De petits campagnards aux biceps solides et aux cuisses épaisses. Oui m'dame et Non m'dame, et qui te regardent jamais en face. Ils restent à leur place. Gardent leurs coups de pied au cul pour les terrains de foot ou de basket. Là, ils peuvent battre un escadron entier de jeunes Blancs. Ils sauraient mener seuls leur équipe à travers les éliminatoires jusqu'au championnat, si toutefois les arbitres de cambrousse laissaient gagner une équipe avec un nègre en vedette. S'ils ne commençaient pas à siffler des fautes dès sa descente du bus lors des déplacements. Des dynasties de frères noirs — Allen, Crumby, Slaughter, McCoy — auraient dominé les championnats régionaux d'un État des années durant. Les anciens auraient craché en l'honneur du bon vieux temps, en contant l'arrivée en ville du père du clan, ses années à la fabrique. Et comment ils ont toujours été loyaux et travailleurs, des gens de couleur plutôt tranquilles.

Wally essaie toujours d'accrocher le regard des gosses. De faire comprendre à la recrue que Wally Carter n'est pas dupe des conneries qu'il entend. Hé, mon pote, tout le monde a déjà bu un coup en douce et essayé de culbuter dans le foin la fille du fermier aux gros nénés les soirs de pleine lune. Il essaie de dire au môme qu'il méprise ces entraîneurs de petites villes. Souriant aux yeux bleu délavé fixés sur lui, puis haussant les épaules avec dégoût dès que le tocard se retourne vers son poulain pour vanter la marchandise, estimant la valeur du gosse, attribut par attribut — du ressort dans les jambes, des bras longs et vigoureux comme son père, un balèze qui terrorise ses coéquipiers à l'entraînement. Et bûcheur avec ça. Il foncerait dans un mur de brique, si je lui demandais. Alors, l'affaire est entendue ? J'adjuge ? Tout ce boniment de maquignon, de négrier, en pleine gueule du gosse, et Wally veut que le môme comprenne qu'il sait à quel point c'est moche. Que ce fumier est dingue de bavarder avec Wally comme si Wally était blanc et que le gosse, grand, noir et bien réel entre eux, n'entendait pas, n'existait pas, Wally tente de faire piger au gosse la distance qu'il doit mettre entre lui et cette petite ville. Je suis de ton côté, mon vieux. Nous savons tous les deux que ce type est un bouffon. Il nous rend fumasses, mais il a de quoi nous faire rire aussi, non ? Pantalon trop large, rapiécé, chemise et chaussures de Prisunic. Wally guette un signe, un clin d'œil, un hochement de tête, une étincelle d'intelligence et de malice dans les yeux sombres qui sont les miroirs des siens. Mais s'il y a finesse, raillerie, rage et douleur, tout cela est enfoui si profond que les efforts de Wally ne font rien resurgir. Il est seul. Détaché. Regardant de haut la mascarade dans le bureau de l'entraîneur, assis au fond d'un immense gymnase au plafond voûté.

Acceptez-vous de prendre ce garçon pour recrue légale et sous contrat ?

Oui.

En dépit de la noirceur, de l'ignorance, et de la douleur si profonde qu'il ne sait toujours pas ce qui l'a frappé ?

Oui.

Et la longue souffrance des générations ? Le marteau qui, depuis des temps immémoriaux, tombe d'un coup monotone sur le crâne du bétail tandis qu'ils passent par le chas de l'aiguille pour finir en hamburger ?

Oui.

Pour l'aimer et le chérir.

Jusqu'à ce que la mort me l'arrache, oui.

Bien, tu l'emballes et tu l'emportes, mon frère.

Mon frère.

Bien joué.

Wally est toujours étonné par les Blancs qui lui vendent des recrues. Souvent vils, des athlètes ratés, des rien du tout que t'aurais pas remarqués dans une foule, sauf pour en souligner le caractère : anonyme, quelconque, la médiocrité même. Pourtant ces intermédiaires blancs ont leurs pistons. Ils peuvent faire ou défaire la carrière de leur champion. Tout le monde a sûrement ses entrées, un bouton sur lequel appuyer pour devenir un homme de fer, un super-héros. Ces hommes lui font penser à des requins, des tigres, des lions, des bêtes féroces assoiffées de sang qui semblent inoffensives quand tu les regardes au zoo tourner en rond dans leur enclos. De gentils animaux comme dans les livres d'images et les comptines. Ça peut te coûter la vie de sous-estimer le pouvoir et la cruauté de ces entraîneurs de bas étage, conseillers d'orientation et censeurs. Ils ont l'air si doux quand Wally et sa jeune recrue les retrouvent dans le couloir étroit des vestiaires, la bouche pleine d'un bla-bla tout sucre et miel sur le match qui les a amenés à se rencontrer, qui les a placés dans cet équilibre précaire où l'un détient ce que l'autre convoite et réciproquement.

Wally envisage sa vie comme un souvenir et, de fait, rien ne le concerne de ce qui lui arrive. Puisque la galère est passée et qu'elle a suivi son cours, que ça plaise ou non, il regarde sa vie comme celle d'un autre et garde ses distances. Tant pis pour ce con. Il s'en moque. Ça sert à rien de s'en faire. Trop tard. Et si la vie est un souvenir, il n'aura qu'à en changer la prochaine fois. Tout mensonge est bon pour s'en sortir. Tout est dans la tête. Un rêve qui se construit au fur et à mesure que tu avances.

Pourtant si tu es pas planté au beau milieu de ta vie, tu es où ? De temps à autre, la question pique Wally au vif. Si ta vie n'est pas un souvenir ni un conte que tu élabores à ton gré, ni une vidéo que tu peux passer en accéléré ou à l'envers, arrêtant et reprenant au milieu ou à la fin ; si ta vie est plus vaste que ce mélange de oui, non, peut-être, de dérobades, de pertes, et que tu as pas les cartes en main, dans ce cas, qui es-tu ? Une mouche qui traverse à toute blinde le plafond voûté du gymnase, une araignée recroquevillée à l'ombre d'un chevron ?

Un jour, en se voyant dans les yeux bruns d'une recrue, Wally se demanda si le disque était rayé, les mêmes hoquets débiles se répétaient à l'infini.

Si tu es une recrue, la vie est simple. Tu fermes les yeux et tu fais ce qu'on te dit. Tu appartiens à quelqu'un. Tu te fais enculer ou tu encules quelqu'un sur ordre. Si tu es le fermier qui a élevé le champion, tu tires profit des lois de l'offre et de la demande et tu vois tout, et tout le monde, sous cet angle-là. Et si tu es Wally, le sélectionneur, tu as déjà tout vu, joué tous les rôles de la transaction, assuré les enchères, la signature, exécuté le contrat, paraphé, scellé, livré la marchandise. Si tu es Wally, tu considères toute l'affaire comme si elle n'avait jamais eu lieu, comme une vaste blague, parce que rien n'a le moindre sens.

Wally. Où êtes-vous, Wally ? Es-tu là ? La Terre appelle Wally. La Terre appelle Wally. M'entendez-vous ?

Felisha trouvait ça mignon. Un de ses jeux préférés quand le silence tombait entre eux. Felisha l'asticotant dans sa coquille. C'était une fille intelligente qui avait un corps à vous couper le souffle, comme Wally a toujours rêvé de s'envoyer. Le problème de Felisha, c'est qu'elle ne supportait pas le silence. Il fallait qu'elle parle ou que Wally lui parle. Chevaucher ce corps parfait, voilà le seul moyen de lui clouer le bec. Là, elle était calme comme une église un lundi. Plus un bruit. Elle n'haletait pas, ne soupirait pas, ne grognait pas, ne gémissait pas. Des hanches étroites, des seins bien rembourrés, chaque poil du sexe bien à sa place, un corps comme il n'en a plus jamais vu, et tout ça parfaitement immobile. La garce la plus calme et silencieuse qu'il ait tirée. Tu vois, pendant tout le temps où je la baise, mon pote, la môme est couchée sans broncher, comme si elle écoutait le téléphone sonner à Cleveland. Tu sais. Un coup de fil vraiment important à huit cents bornes d'ici, et elle fait gaffe, mon pote. Pas question de rater ce coup de fil.

Aussi calme que ça. J'ai souvent eu envie de lui faire mal à cette pute. Tu sais. Lui pincer les fesses ou lui arracher un poil de chatte pour voir si elle allait crier. J'ai parfois eu la trouille que cette salope soit morte. Pourtant je faisais de mon mieux. Je plantais dur. Suffisait que je regarde ce petit lot et ma tige était prête. Embarquement immédiat. Je l'avais en l'air et je marquais midi, mais la garce était morte au monde sous mon corps. A peine débranché, son moulin à paroles reprenait. Bla-bla-bli, bla-bla-bla. Posant une question. Me prenant la tête avec des trucs à coucher dehors que j'étais pas d'humeur à entendre. Non, mon pote, je te raconte pas de bobards. Cette nana était vraiment comme ça. Pourquoi tu me parles jamais, Wally ? Le seul moyen de clouer le bec à Felisha était d'y fourrer la queue.

La Terre appelle Wally...

J'en ai eu marre. Que la garce me laisse en plan comme ça. Belle comme elle était, au bout d'un moment, avec sa manie de rester calme et muette, je pouvais aussi bien me baiser tout seul. Felisha, une fille pour la galerie, pas pour le lit.

Pourquoi tu m'ignores, Wally ?

Un tour de passe-passe. Felisha et sa manie de « tu me vois, tu me vois pas ». Elle lui cédait son corps superbe pour qu'il s'amuse, mais sans personne dedans. C'était pas marrant de s'y promener tout seul. L'idylle n'a pas duré. Wally s'étonne encore d'avoir pu quitter une femme aussi belle. Il la revoit, debout au pied de son lit, superbement nue depuis le nombril, enfilant un pull-over par la tête, sans cesser de parler tandis que le pull recouvre son visage. Des mots étouffés et ses bras magnifiques qui battent l'air.

La Terre appelle Felisha.

Crois-tu qu'on comprenne jamais ? Les vies, comment elles commencent, comment elles finissent ? C'est marrant quand on y pense, pas vrai ? Les deux événements les plus importants, la naissance et la mort, et, au bout du compte, tu n'es pas là. Parce que tu n'en gardes pas de souvenirs.

Chaque fois. Aucun souvenir, mais tu dois avoir la sensation de te défaire, de te défaire, puis de te reconstituer. Simultanément partir, revenir... un rêve qui prend forme à l'intérieur d'un autre rêve...

Tandis que Reuben continue de parler, exprimant tout ce qu'il a dans la tête, Wally pense à ces drôles de lancers qui hésitent à tomber dans le panier ou à vriller en dehors. Le ballon fait un nombre incalculable de tours autour du cercle métallique. Tu t'envoles pour le rebond et tu retombes tandis que le ballon reste suspendu par un fil invisible, sans se décider à plonger ou à ressortir. Se moquant de celui qui s'efforce d'ajuster son prochain saut, tourbillonnant en vivant sa vie de ballon, et rond et rond autour d'un rond.

Au milieu de la chasse Wally perd la trace du gosse qu'il poursuit. Dans son carnet de feuilles volantes, des intercalaires de couleurs séparent chaque fiche, des feuilles blanches soigneusement dactylographiées, portant des informations personnelles, numéros de téléphone et photos d'identité agrafées en haut à droite de chaque fiche, mais les mômes dans le carnet de Wally ont tous la même gueule. A l'aéroport de Cincinnati, au volant d'une voiture de location, embarqué pour le 2410 Maple Street, Wally se fige et se demande : De qui s'agit-il cette fois ? Quel est le nom de celui-ci ? Quel visage apparaîtra dans l'embrasure de la porte ? Peu importe combien de fois il répétera son nom ce jour-là, il ne le retient pas. Le visage de la recrue sera le sien, recommençant tout.

Durant le trajet en avion, Wally s'astreint à étudier chaque cas, à construire des êtres de chair et de sang à partir des données à sa disposition. Il imagine une mère, un père, le salon minuscule encombré de trophées, le fouillis domestique, les meubles dépareillés, les longues jambes d'un môme gêné, contraint de rester dans cette pièce étouffante assis près de ses parents polis et effarouchés, jusqu'à ce que Wally ait fini de lui raconter des salades. Les sélectionneurs doivent simuler l'humilité, exprimer leur admiration pour les exploits du petit, même si des gosses dégingandés comme lui en font autant dans des centaines de villes à travers le pays. Même si tu connais la chanson, tu l'embobines pour qu'il croie que tu penses qu'il emmènera sans faillir le basket universitaire au sommet de la gloire, jusqu'à ce qu'une équipe professionnelle vienne enlever le champion dans un joli chariot d'or. Une fois qu'un premier sélectionneur a approché le gosse avec le premier mensonge, les autres représentants de ces vénérables institutions universitaires, pour s'assurer les services de la recrue, doivent enjoliver le baratin de départ. Prends-le et tire-toi. Parce que c'est ce que le gosse veut. Et les parents froncent les sourcils, te foutent dehors comme un malpropre, si tu t'amènes avec une vision moins glorieuse de l'avenir du gosse que le dernier sélectionneur qui s'est assis dans le fauteuil recouvert de plastique où tu es assis, fixant le tapis élimé, les fissures dans le plâtre, l'usure et la crasse indélébile qui ternissent les surfaces, alourdissent l'air, des signes familiers qui ne t'apprennent rien sur ceux qui occupent la maison et te disent tout sur ceux qui les confinent aussi bas.

Wally de retour chez lui. Dans la cuisine de sa grand-mère. Des odeurs de bouillon, de graisse cramée sur les brûleurs noircis de la cuisinière. Et dominant les vapeurs de cuisine, s'y mêlant, les parfumant, l'odeur de sa grand-mère, sa présence embaumant autant la petite cuisine que sa chambre ou la salle de bains. Une vieille femme. Et son odeur est faite de ce qu'il ne veut pas nommer et qu'une vieille femme porte près de son corps, et de son corps même, peu importe ce qu'il devient, à quoi il ressemble quand une femme boite, craque et siffle dans toute la maison comme sa grand-mère. Sa vieille respiration. Ses vieilles jambes qui frottent l'une contre l'autre, transpirent. Ça ne pue pas. Ça ne sent rien de fétide quand il entre dans la cuisine où elle est assise en sirotant un bol fumant d'Ovomaltine. L'odeur de sa grand-mère ne l'incommode pas plus que la puanteur de son propre corps, cette enveloppe qui entoure la pensée de Wally. Non, sa maison ne pue pas. C'est comme si elle avait soulevé le couvercle sous lequel elle dort depuis des années, une couverture plus vieille que Wally qu'elle étend sur le toit, les portes et les fenêtres, pour protéger leur trois-pièces des rues empoisonnées. La couverture est invisible, plus fine que la peau, mais tient bien en place, conservant la chaleur, l'affection que sa grand-mère lui prodigue, son amour inséparable de l'odeur de son vieux corps, imprégnant chaque fibre de la couverture.

Dans ces villes reculées aux noms bizarres — Waukegan, Massillon, Des Moines —, dans ces petites maisons et ces petites pièces encombrées de trophées, de photos, de souvenirs, avec des adultes qu'il a enfin coincés pour leur raconter sa version du baratin, il se souvient que l'odeur d'amour de cette couverture le piégeait, l'embarrassait. Est-ce qu'elle le suivait dans la rue ? Est-ce que tout le monde la sentait ? Chaque maison qu'il visitait avait sa couverture à elle, un parfum insipide pour Wally parce qu'il naissait des allées et venues, des conversations, de la cuisine, des attouchements et des mouvements de parfaits inconnus ; la puanteur accumulée de leurs vies inconnues les trahissait, comme lui-même était trahi par sa propre caverne pleine d'ombres.

Ce sont les tiens, Wally. Ce qui reste des vertes collines d'Afrique. Espérant le meilleur jusqu'à ce que le pire arrive. Ce gosse dégingandé, boutonneux, des échasses en guise de jambes et une détente d'enfer est leur fils préféré. Leur joie et leur fierté. Leur billet de loterie gagnant. Un sélectionneur quelconque va leur voler leur petit homme et l'emmener loin. Autant que ce soit toi. Autant que tu récupères les trente pièces d'argent. Que ce soit avec toi ou pas, il va rencontrer des Felisha à la chevelure de feu et au visage couvert de taches de rousseur, apprendre une autre langue, enfiler une autre peau.

Wally devrait tirer l'épée. Leur montrer l'éclat froid du métal. Les laisser toucher la pointe du rasoir. Et peut-être faire couler une goutte de son sang pour qu'ils voient que c'est une vraie lame. C'est ce qu'il apporte comme nouvelles. Il est le coupeur de cordon. Il va fendre le gosse en deux, du zob au gosier. En laissera un brin ici, en rapportera un brin à l'université. Disséquer ce garçon pour en faire un zombie qui passera ses jours à aller et venir d'un endroit à l'autre, d'un corps à l'autre, à jamais incapable d'être chez lui nulle part.

Reuben. Reuben. Tu écoutes ce que je te dis ? C'est ça qu'ils m'ont fait. Et maintenant, je le fais aux autres. Je me découpe en morceaux de plus en plus petits.

Il était une fois. Reuben raconte l'histoire d'une femme dont le fils fut découpé en mille morceaux, les fragments de chair exposés aux vents. Les vents éparpillèrent son corps aux quatre coins de la terre. Effondrée de douleur, la femme s'assit au bord du fleuve pour pleurer. Ses larmes devinrent des lys noirs, fleurissant les berges immobiles. Puis, après avoir pleuré sept fois sept ans, elle revêtit un manteau noir et se mit en quête de rassembler les restes de son fils perdu. D'un bout à l'autre du pays. Et un à un, elle a retrouvé les morceaux palpitants. Les a malaxés ensemble, les pétrissant avec ses doigts, comme l'argile humide des berges du fleuve. Toutes ces larmes et tant de recherches et d'humiliations en errant sur cette terre blanche, dure et froide, qu'un jour son fils fut réassemblé ; elle insuffla en ses poumons la fumée de la vie et ils dansèrent tous les deux. Le courroux de l'hiver quitta la surface de la terre. Et le sourire du printemps naquit. La roue des saisons commença sa ronde éternelle.

Pourquoi Reuben a-t-il raconté ce mensonge ? Pourquoi l'a-t-il écouté ? Une histoire de gosse, quand tu y penses. Une fin heureuse. Ça ne ressemble pas à Reuben. En général, les fables de Reuben se terminent sur tous les chevaux du roi, tous les soldats du roi n'ont pas trouvé moyen de recoller les morceaux. Elles s'achèvent sur une dégringolade ou ne finissent pas. Tu restes suspendu. Sur le bord, comme cet idiot d'Humpty-Dumpty prêt à dégringoler encore.

Tu peux raconter des âneries avec Reuben. Comptines, affaires sérieuses, histoires de cul, bobards, flambe et blues, toutes les bêtises qui te passent par la tête et te sortent par la bouche, pas de problème pour Reuben. Et tu ne sais jamais ce qu'il va balancer ensuite. Ses dents pointues, sa barbe pointue et ses histoires pointues. C'est vrai, devant Dieu, par moments il ressemble vraiment à un rat. Des os de rat soutiennent son visage allongé. Des os fins comme des coquilles d'œufs. Tu peux lui écraser sa grosse tête avec un doigt, comme un œuf. Faire parler son crâne comme les corn flakes quand tu verses le lait.

Tu peux tout dire à Reuben parce qu'il va te répondre n'importe quoi. Des contes de fées, par exemple. Comme pour endormir un enfant. Comme s'il ne t'avait pas entendu lui demander, sérieux comme le pognon, Comment faire pour que le Blanc ne me fasse pas la peau ? Il me tombe dessus. Son haleine fétide est dans mon cou, j'ai besoin d'aide Reuben, sans ça ils vont me lyncher à l'université. Tu penses que le vieux nègre est tout ouïe et il te sort un truc à dormir debout. En Égypte, quand l'Égypte était l'Égypte et Pharaon le roi soleil, les prêtres pouvaient te vider la cervelle par les narines sans laisser de traces. Une aiguille incurvée, c'est tout ce qu'il leur fallait. Leur doigté était si précis. Délicat, délicat comme le meilleur barbier italien ou le meilleur cuisinier de La Nouvelle-Orléans, et ils savaient exactement ce qu'il y avait là-dedans, à quoi ils avaient affaire. Ils te démêlaient la matière grise, à la manière d'un spaghetti ou d'une pelote de fil. La déroulaient comme neuve près de ta tête. Intacte. Et tu semblais paisible, autant que si tu dormais. J'ai entendu dire que les prêtres pouvaient réutiliser la cervelle. Lui redonner corps. Chanter pour réapprendre aux nerfs à danser, et la cervelle était comme neuve. Ils pouvaient la reloger dans un corps jeune et sain. L'enfiler dans un babouin, un faucon ou un léopard. Puis ils s'adressaient à la part de Dieu présente dans ces animaux et, de fait, les animaux répondaient.

Oui, Wally. Quelquefois, c'est là-bas que je suis, avec ces Égyptiens crédules. En intrus bien sûr. Toujours en intrus. Un nain volé au Monde des Esprits, à la terre noire. Je sais précisément ce qu'il a ressenti, l'impression d'être un jouet, une curiosité, un esclave. Le pauvre petit bonhomme ne parle pas leur langue et eux ne risquent pas de parler la sienne. J'entends la reine Hatshepsout qui rit en l'entendant chanter sa chanson triste, triste. Tous les imbéciles qui la courtisent ricanent parce qu'elle peut pas s'en empêcher.

Reuben dérape de plus en plus, tu en peux plus et tu as envie de hurler. Il déblatère cent mots à la seconde et tu vas pisser dans ton froc à force d'attendre qu'il revienne au problème que tu lui as soumis en arrivant.

Excuse-moi, Reuben... s'il te plaît, tu peux...

Peut-être que ce qui compte ce n'est pas la réponse. Peut-être que ce qui compte c'est d'avoir quelqu'un à qui demander. Et voilà peut-être pourquoi Reuben lui manquait avant qu'il le rencontre. Tu as besoin de savoir qu'il y a quelqu'un à qui demander, même si tu ne demandes pas, tu as besoin de savoir que si tu voulais...

Quand il est parti pour l'université, Wally n'avait confiance en personne. Sa grand-mère était morte l'été d'avant et, pendant ces sept dernières années, c'était elle l'enfant et Wally le tuteur. Il serait injuste de dire qu'il haïssait tout le monde à la fac. Ce qu'il détestait profondément, c'était de se retrouver au milieu de tous ces Blancs qu'il ne connaissait pas. Quand il traversait le campus, il se voyait comme une de ces affreuses pustules qui lui poussaient régulièrement sur le visage. Qui font mal quand tu y touches et te supplient de les percer. Tous ses secrets intimes palpitant à découvert au milieu de son front. Quiconque le croisait voyait tout de suite qu'il regorgeait de pus blanc dégueulasse.

A cette époque, il priait pour qu'arrive une embrouille. Il rêvait qu'un de ces garçons ternes à la peau de bébé dise le mot déclic et donne une excuse à Wally pour le tabasser. Il avait fait chaud lors de son premier automne à Philadelphie. Le temps n'avait pas changé jusqu'à la fin novembre. Personne ne lui avait dit d'emporter aussi des vêtements d'été. Chez lui, dans les grands magasins, les mannequins des vitrines de rentrée scolaire étaient habillés de laine et de velours côtelé, de gros pulls à col châle, de chemises à carreaux en flanelle. Et c'est ce qu'il avait dans sa malle pour se protéger de la grosse chaleur. Personne ne lui avait dit que c'était inutile de prévoir une heure de battement entre chaque cours, que c'était stupide en fait, parce que tu te retrouvais à te faire chier à la cafétéria, ou alors ta journée se résumait à une suite d'aller-retour entre la fournaise de ta chambre et ta classe. Comme Wally ne s'était lié avec personne, il gaspillait ses heures à traîner, maussade, dans le chaudron des rues de Philadelphie, contre lesquelles personne ne l'avait mis en garde non plus. Il yoyotait du haut en bas de Spruce, partant de la grille des dortoirs la plus proche de sa chambre sur la 37e Rue pour rejoindre le complexe de bâtiments universitaires, derrière College Hall. Il aurait pu rester derrière les quatre étages de dortoirs qui séparaient la fac de la ville, l'étudiant de base en marche vers le savoir à travers le campus. Mais il préférait les crissements de pneus, les klaxons, les carrefours où on doit s'arrêter le temps que le feu change de couleur, se frayer péniblement un chemin dans la foule qui va et vient aux abords de l'hôpital universitaire aux heures de changement d'équipes, les inconnus au regard absent, les taches de soleil sur le trottoir. Mieux valait respirer les gaz puants des bus municipaux bourrés de Noirs retournant vers South Street que traverser les rangs de corps blancs dénudés, étalés comme des morts, bronzant ou faisant voler leurs frisbees au-dessus de sa tête, des étudiants assez avisés pour regrouper leurs cours et profiter du temps libre, assez malins pour pouvoir changer de couleur, si ça leur chantait.

Il ne parlait à personne. Il lui tardait de commencer l'entraînement de basket et de passer trois heures par jour à éliminer les tensions accumulées qui hurlaient en lui comme une foule aux abois. Toutes les figures de Homewood Avenue à califourchon sur ses épaules se chamaillant, s'agitant, essayant de prendre le dessus. Ça l'épuisait de les avoir sur le dos du haut en bas de Spruce, mais c'était sa seule compagnie, comme une chanson qu'il n'aimait pas et qui lui trottait toujours dans la tête. Un jingle, une publicité, le tatapoum d'un tube que t'entends malgré toi cinquante fois par jour sur les ondes, du haut en bas des dortoirs.

Wally aurait eu besoin de Reuben cette première année à l'université. Tant de questions qu'il aurait voulu poser à quelqu'un comme Reuben. Quelqu'un qui soit passé par là et qui, comme Reuben, ait survécu à tout ça, un témoin, quelqu'un qui lui ressemble un peu.

Il avait décidé d'abandonner la fac. De courir à la maison la queue entre les pattes. Dans la gare routière souterraine, des noms de villes inscrits au-dessus des larges panneaux vitrés entre lesquels les autobus se garent. Qu'il choisisse une ville ou l'autre ne changerait rien. Aucun bus ne pourrait le ramener chez lui, taratata.

Quelle différence cela ferait-il ? Que Wally reste ou qu'il parte, qu'il hante les gares routières ou les rues de Homewood, ou même qu'il passe par l'université comme un fantôme. Il se souvient d'une jolie fille aux yeux endormis dans le snack-bar qui ne fermait pas, au niveau le plus bas de la gare routière, elle enfilait des hot dogs sur les pics de la rôtissoire électrique. Quelqu'un les achèterait, les mangerait, la rôtissoire se viderait et se remplirait. S'il fuyait Philadelphie, il savait qu'il aurait vite besoin de ces étendues vertes, des jambes minces et bronzées, de s'imaginer à nouveau comme un guerrier armé contre tous les dangers, leur foutant sur la gueule au milieu de Spruce.

Il a tiré ses quatre ans et se préparait à en faire quatre de plus. Il avait appris à considérer ce qui arrivait comme un souvenir, un film qu'il regardait défiler sur un écran. Mais si c'est comme ça qu'il se voyait, si la seule vie qu'il connaissait n'était pas à lui, à qui était-elle ?

Reuben aurait été d'une aide précieuse pendant ces années de fac. Parler à Reuben aurait été comme se parler à lui-même en cette première année où un type le prit à part pour lui dire, Ah... au fait, Wally... pourquoi noues-tu ta cravate comme ça ? Elle t'arrive en dessous de la ceinture. C'est pas comme ça qu'on noue une cravate.

La première chose qu'il aurait demandée à Reuben ou

quelqu'un comme lui, c'est pourquoi il y a des gens qui veulent changer les habitudes des autres, décider de la longueur du chiffon qu'ils attachent à leur cou, surtout si de tels changements sont sans incidence. C'est une des questions qu'il aurait posées à Reuben si Reuben avait été sur le campus la première année de Wally à l'université. Et pourquoi les petites choses s'imbriquaient-elles aux grandes de façon si malhonnête. Si les règles du jeu font que tu ne gagnes jamais — quelle que soit la longueur de ton chiffon, que t'en aies un ou dix — et que tu ne peux jamais être un des leurs, à quoi bon jouer ?

Si les petites fêtes financées par le bureau des étudiants sont des lieux d'échange, il s'y échange quoi ? La goutte de noirceur de Wally dans un océan de blancheur. La couleur de qui doit changer ?

Tu vois, Reuben, ce qui me gênait le plus à l'époque, ce qui me bouffait mon temps et qui me minait le plus, c'étaient tous ces petits détails à la con qui me faisaient passer pour un abruti. Comme cette histoire de cravate. Ouais, cette satanée cravate. Merde. Quand j'ai passé mon diplôme les gens avec qui je traînais ne portaient pas de cravate. Nulle part. Jamais. Mais en première année, j'ai enduré la cravate. M'appliquant à faire comme eux devant ma glace, faisant pareil pour être pareil. Et depuis, chaque fois que je remonte mon col pour glisser une cravate autour de mon cou, j'entends la voix de ce mec. Ils en avaient sûrement parlé entre eux. Tu sais. Mes coéquipiers. Faut faire quelque chose pour Wally et sa façon de nouer sa cravate comme un péquenot de nègre ? Puis un mec s'est dévoué pour le sale boulot. Les autres en rang derrière lui. Hochant la tête, souriant. Faut pas le prendre mal, Wall. De toute ma vie, personne m'avait jamais appelé Wall avant que ces jeunes Blancs mettent la main sur mon blaze. Wall. Salut, Wall. C'est mieux comme ça, Wall. Comme ça c'est cool, mon pote.

Tu ne sais pas vraiment ce qui est en jeu quand tu mets de l'eau dans ton vin pour t'entendre avec ces salauds. Tu ne sais jamais s'ils font exprès de te faire aussi mal ou s'ils sont simplement idiots. Des idiots, qui traitent les leurs aussi mal qu'ils te traitent. Il y a une chose qu'ils ont sûrement réussie. J'ai appris à haïr mon visage dans le miroir. Mon propre visage. Je le haïssais parce qu'il cédait, parce que c'était pas le bon, parce qu'il se haïssait lui-même.

On peut dire que c'était vraiment du temps perdu, se dit Wally en traversant le campus. C'est à ça que Reuben pensait en affirmant que tous les hommes noirs ont leur Philadelphie ? Philadelphie est-elle la Philadelphie de Wally ? Chaleur étouffante, folles promenades en bus à la recherche d'un coin comme le carrefour de Homewood Avenue et de Frankstown. Son cœur pleurant comme un bébé quand il se planque pendant des heures dans la gare du Greyhound à lire et relire le même panneau. HARRISBURG, PITTSBURGH, LIGNE DE L'OUEST. Reuben dit que tous les hommes noirs ont leur Philadelphie. Et les Blancs ? Et les femmes ? Est-ce que Philadelphie est le bâton de limbo sous lequel tous les danseurs doivent passer en rampant ? Pourquoi l'ont-il laissée... laissé Flora attachée au lit ?

Wally jette un œil aux étudiantes qui se prélassent au soleil. Les mêmes que celles qui lui crispaient les mâchoires en première année. Sauf que celles-ci sont un peu plus délurées. Dos nus et bikinis. Shorts courts et larges aux cuisses qui montrent tout quand elles s'assoient sur l'herbe en croisant haut les genoux. Autrefois les femmes se souciaient de savoir certaines choses qu'elles semblent ignorer aujourd'hui ou dont elles se moquent. A cette époque, les femmes voyaient tout de suite si tu baisais régulièrement. Au premier coup d'œil, elles savaient. Si tu faisais ça fréquemment, elles ne tardaient pas à faire tomber la petite culotte. Si ça faisait longtemps et que ta queue était dure comme une antenne de télé, autant abandonner. Les femmes sentaient que t'en pouvais plus. Elles s'éloignaient de toi comme d'un pestiféré. Je sais pas comment elles savaient, mais elles ne se trompaient jamais. Aujourd'hui les filles se foutent complètement que tu baises ou pas. Il n'y a plus de perle rare. De la chatte en soldes, emballez c'est pesé. Plus besoin d'être un maître-coqueur pour que ça tombe comme la pluie. Pas de quoi se vanter. Des petits foutriquets, mon pote, des loquedus se dégottent un cul en moins d'une minute. Tu balances un air dans le juke-box, un des tubes chauds et sexy de Bimbo et le tour est joué. Tu paies quelques verres à cette garce et à toi la petite culotte, si elle en a une. Maintenant, ce sont les nanas qui te ramassent, mon pote. Qu'essaient de te ramener dans leur plumard. Blanc, Noir, Jaune, Rouge. Elles sont pas regardantes ces jours-ci. Mais comme on dit dans la chanson, 'Y a plus d'émotions.

La raison qui l'a poussé à demander à Reuben combien de temps il était resté à Philly, c'est qu'aujourd'hui, par moments, quand il y repense, certains souvenirs d'université de Wally n'ont aucun sens sans Reuben près de lui. Reuben ou quelqu'un comme Reuben parlant avec Wally. C'était peut-être parce que Reuben lui manquait comme l'eau du puits te manque quand il est à sec. Mais il faut d'abord avoir connu l'eau, pas vrai ? Comme il fallait qu'il ait connu Reuben *avant,* pour que Reuben lui manque. Seul ce que tu connais peut te manquer, n'est-ce pas ? Ainsi il a demandé au vieux, Combien de temps es-tu resté à Philly ? Question idiote, Wally le savait en la posant, parce que Wally avait quitté l'université depuis quatre ans, donc il avait débarqué à Philly huit ans plus tôt, et est-ce qu'il n'avait pas vu ou entendu parler de Reuben dans Homewood bien avant ça ? La caravane de Reuben est plus vieille que Wally et Dieu seul sait depuis combien de temps cette carcasse usée est garée là-bas, derrière Hamilton. Quand il abandonna Homewood pour l'université et toute cette culture, Wally laissa Reuben derrière lui, alors comment le vieux type avait-il pu se trouver dans les deux villes ? Impossible. Question idiote. Wally n'avait jamais parlé à Reuben avant son retour de l'université, il n'avait donc pas pu emporter avec lui les conversations avec Reuben à Philadelphie. Il ne pouvait pas lui avoir manqué parce que Wally ne le connaissait pas encore. Il avait posé une question idiote. Même si certains souvenirs de fac, comme Wally le ressentait, avaient besoin de Reuben pour leur donner un sens. Ou peut-être fallait-il au contraire que Reuben ne soit pas là, qu'il lui manque... douloureusement, ainsi son absence faisait partie du souvenir. Partie de Philadelphie. La pluie. Le vide de l'immense ciel gris.

Philadelphie est-elle le Philadelphie de Wally ? Est-ce qu'il a abandonné quelque chose de précieux à Philadelphie ? Est-ce à ça que Reuben pensait ? Ou est-ce qu'il parlait de la souffrance. La souffrance qui te change, qui te conditionne pour ta prochaine ville, pour la suivante et pour le reste de ta vie.

Ou peut-être qu'il écoute Reuben déblatérer depuis trop longtemps ? Est-ce qu'il se remémore l'histoire de Reuben et s'y noie à nouveau ? Wally imagine Philadelphie telle qu'elle apparaît dans les vieux albums de photos, irréelle, impalpable sous une pellicule sépia. Tu peux passer ton doigt à travers les rangées de vieilles maisons en bois. Les abattre. Elles n'existent que sur la photo. Des rues où il n'a jamais marché, mais dont il se souvient dès qu'il tourne la page.

Wally repense au type de Chicago. Est-ce que Wally l'a invité dans sa Philadelphie ? Combien de temps fallait-il continuer le traitement ? Des années ? Est-ce possible d'entrer en première année, de sortir diplômé trois ans après, de jouer le jeu et de travailler encore trois ans dans une autre ville, et qu'après tout ce temps, il te reste encore du chemin à faire ? Est-ce que tu dois survivre à ta Philadelphie ? Est-ce comme une peine de prison que tu purges ? Une galère. Un état d'esprit. Est-ce possible que tu sois au milieu de ta Philadelphie, avec la souffrance à perte de vue derrière et devant toi, et que tu ne reconnaisses pas ta ville fatale, ta croix ?

Reuben aura peut-être un mot à dire sur ce qui s'est passé à Chicago. Tôt ou tard Wally en parlera. Il n'avouera pas clairement, mais racontera à Reuben comme si c'était arrivé à quelqu'un d'autre. Du genre, j'ai rencontré un dingue un jour, Reuben. Dans un avion entre Chicago et Pittsburgh. Le boulot, tu sais. J'avais déjà vu ce type une fois ou deux sur la route. Un Noir. Cinq ou six ans de plus que moi. Un ancien joueur lui aussi. Dans le même bins que moi. Tu sais. Ramenez-les vivants. Il recrute pour une université de Nouvelle-Angleterre, je crois. Ou une des facs cotées. Aucune importance. Ce qui compte c'est qu'on bosse sur le même terrain. Il surgit de temps en temps dans la même ville que moi. Tu vois, il y a un circuit habituel. Certains joueurs après qui tout le monde court. Ça t'arrive de prendre un café ou un verre avec un sélectionneur adverse entrant ou sortant de la maison où tu viens de passer. Quelquefois c'est sympa. Quelquefois t'évites le mec, parce que t'as raconté trop de sales bobards sur son université, son programme de basket, et même sur le sélectionneur que tu retrouves au guichet de l'aéroport. Enfin, bref, ce type n'est pas un inconnu. On a déjà parlé. Hé, salut-ça-va ? Laisse-m'en quelques-uns, chef. Des trucs comme ça. L'heure qu'il est, le temps qu'il fait et tout ça, pour finir par s'asseoir à côté dans l'avion.

Nos ceintures sont à peine bouclées qu'il commence cette histoire bizarre. Il est aussi fatigué que moi. Il a cet air usé de ceux qui vivent sur la route. Tu bois trop, Tu te couches trop tard. C'est dur de s'endormir dans des chambres de motel à la con. De se lever tôt pour attraper l'avion. On était tous les deux claqués. Je pensais dormir un peu entre Chicago et Pittsburgh, mais ce frère-là me balance cent mots à la seconde. J'incline mon siège et je me cale bien au fond, la tête sur un de leurs oreillers rikiki. Il n'a pas besoin que j'ouvre la bouche. Maintenant qu'il est lancé, tout va sortir. Aucun doute là-dessus. Et dès que j'ai pigé de quoi il parlait, tu peux croire que j'ai fait gaffe.

Il avait cette théorie, tu piges. Pour tuer les gens. Les tuer et s'en tirer sans se salir. Mais il n'a pas commencé comme ça. Sa théorie est venue après. D'abord il m'a raconté que le Ku Klux Klan avait lynché son père. Puis ils avaient violé sa mère qui est devenue cinglée. Un matin elle s'est levée et elle a assassiné son fils et ses deux filles. Elle les a poignardés pendant qu'ils dormaient. Elle aurait tué mon type aussi, mais il s'est réveillé. Il a tout juste réussi à s'échapper. La maman est à l'asile maintenant. Cela fait vingt ans qu'elle n'a pas adressé une parole ni un regard à quelqu'un. C'est comme parler à une pierre, qu'il dit. Il raconte calmement cette partie-là et je me dis que ce type a vraiment connu l'enfer. Au fond de moi, je pense la vie est une pute. Regarde ce frère, plutôt beau mec, bien sapé, travaillant pour l'université, assis comme un roi sur ce tapis volant, tout comme moi. Tu vois ce que je veux dire. Puis il commence à parler. Et c'est un gouffre qui s'ouvre. Un putain de film d'horreur. Il a vécu des trucs comme j'en ai lu dans les livres d'histoire. Des trucs qui, à ce que je croyais, n'arrivaient plus. Du moins pas comme ça. Des bandes de lyncheurs et tout. Et la mère qui assassine ses propres gosses. Nom de Dieu. Je me demande comment ce type a survécu. Si j'en aurais été capable. Qui peut survivre à ça et avoir l'air normal de tous les jours.

Le sélectionneur allume une cigarette. On est assis en non-fumeurs, mais il le fait quand même et personne n'inquiète les deux nègres costauds dans les sièges 12C et 12D qui ne doivent pas savoir lire. De toute façon l'avion est presque vide. Ce n'est pas un de ces vols de fin de nuit glauques, mais les quelques passagers ont tous l'air glauque et les yeux rouges. C'est un avion de laissés-pour-compte, trop tard pour un vol du matin et trop tôt pour un vol du soir. Qui gâche une bonne journée de travail devant soi. Cela fait dix ou quinze minutes que l'avion a décollé de O'Hare et le sélectionneur commence la deuxième partie de l'histoire. Théorique.

Aucun doute sur le début. Les Blancs ont eu toute sa famille. Maman, Papa. Autant dire qu'ils tenaient aussi le couteau qui a tué ses frères et sœurs. Rien de surprenant qu'il déteste les Blancs. C'est ce qu'il appelle la haine abstraite. Ça m'a frappé parce que c'est un mot que tu aurais pu dire. A vrai dire, je pensais à toi, Reuben, pendant qu'il s'expliquait. La haine abstraite, ça veut dire que tu n'as rien contre personne en particulier. Tu peux même aimer ou respecter tel ou tel individu, pourtant il y aura toujours quelque chose, quelque chose de blanc, que tu ne pardonneras pas, jamais, que tu n'oublieras jamais. Et, au fond de toi, tu n'as pas conscience de te braquer contre eux. Il t'arrive même de penser que tu es de leur bord. Jusqu'à ce qu'ils tombent. Et là, tu éclates de rire en silence, tu comprends que, pendant tout ce temps où tu croyais les aimer, en faisant le clown pour eux à tes dépens, tu attendais la chute. C'est une haine profonde qui ne te lâche pas comme ça, quoi qu'il arrive. Tu vis parmi eux et tu t'en accommodes, tu peux même arriver à en aimer un ou deux, mais la haine reste en toi. Elle est dans tes tripes et pour de bonnes raisons, donc tu as la haine comme une maladie, un cancer. Sauf si tu l'arraches à la racine.

Et voilà le plus dur. Presque impossible, d'après le credo de mon pote le sélectionneur. Mais la haine c'est mauvais pour toi. Ça te dévore. Ça te fout les tripes en l'air. Bousille tout ce que tu fais et tout ce que tu ressens. Peu importe que tu aies affaire à un Noir, à un Blanc, ou à ton reflet dans le miroir. Le type m'a dit qu'il y réfléchissait depuis des années. Les Blancs qui ont lynché son père sont sans doute morts, mais il les laisse continuer à le blesser. Abandonne sa mère parce qu'il les voit encore dans ses yeux vides, la laisse pourrir au fond d'un asile parce qu'il ne peut supporter de ressentir ce qu'il ressent. Il sait que son seul choix est de se soigner, s'il ne veut pas être victime d'un crime commis alors qu'il n'était qu'un bébé.

Guérir. Il a lu, discuté, et prié tout ce qu'un mec comme lui peut bien prier. Il s'est trituré le cerveau pendant des années pour mettre au point un traitement. Le simple fait d'y réfléchir l'aidait un peu. Disons que ça lui occupait l'esprit. Il a quitté l'Indiana, où avait eu lieu le massacre, pour partir à l'Est chez son oncle et sa tante, qui se sont bien occupés de lui. Il est allé dans de bonnes écoles, s'est mis sérieusement au basket et a gagné une bourse pour l'université. Ça démarrait plutôt bien. Disons que, de l'extérieur, on le voit grimper l'échelle sociale. Dedans, la haine le dévore toujours. Abstraite. Il ne peut pas mettre le doigt dessus. Comme un gaz. Invisible, mais assez dense pour vous asphyxier.

Finalement il élabore cette théorie. En l'expliquant, il te ressemblait encore, Reuben. Si la haine, la rage est abstraite et que c'est une question de principe, tu dois la combattre dans les mêmes termes. Prendre ta revanche dans l'abstrait, sur le principe. Ton boulot de sélectionneur te conduit d'une ville à l'autre. Tu débarques et tu rembarques, après avoir passé quelques heures à terre, un jour ou deux maximum, avant de reprendre ta route sans fin. Ce qui premièrement fait de toi quelqu'un d'un peu abstrait, si tu suis mon raisonnement. Deuxièmement, tu n'as aucune attache. Étranger au monde dans lequel tu débarques et étranger à celui que tu as quitté. Tu flottes. Tu es un flotteur. Les gens commencent à te voir comme ça. C'est-à-dire qu'ils ne te voient pas vraiment. Tu es invisible. Le roi des airs. Tu n'es pas supposé rester. Et troisièmement, quand tu es toujours seul sur la route, sans contact aucun, si ce n'est quelques instants avec des inconnus, tu as tout le temps de réfléchir. Tu parles tout seul et tu es le seul à pouvoir te répondre. Voilà à quel point tu peux être abstrait. En reprenant tous ces éléments tu construis une situation où tu veux choisir un personnage différent pour chaque lieu. Comme tu es irréel, tes sentiments le sont aussi. Et tu peux libérer cette haine abstraite par un crime abstrait. Liquider un de ces salopards parce que tu en crèves d'envie depuis qu'ils ont anéanti une partie de toi. Ça n'a rien de personnel, tu piges. C'est ainsi que tu lâches la pression. Tu te libères du poids de ce qu'ils t'ont fait. Et tu libères l'un d'entre eux par la même occasion. Au fond tu t'attaques au plus gros problème : la haine abstraite. C'est elle que tu assassines.

Ouais. Je buvais ses paroles. Le ton de sa voix me disait que c'était plus qu'une théorie pour s'écouter parler. Que ce n'était pas de l'abstrait pour de l'abstrait. Y avait de la viande sur ces os, moi je vous le dis. Je la sentais, je la goûtais, Reuben. Le mec suivait son idée. J'étais sur sa trace et il me conduisait dans un curieux pays.

A ce moment-là de l'histoire, tu observes le vieux pour guetter sa réaction. Tu es tellement malin, que tu es partout à la fois. Tu regardes Reuben. Tu écoutes le baratin du sélectionneur. Tu inventes toute cette histoire à mesure que tu la racontes. Tes yeux et ta bouche occupent leur place habituelle, sur ton visage. En réserve derrière tes os, tous tes sens sont prêts à entrer en jeu, à t'aider à parler, regarder, écouter, cacher. De combien de visages disposes-tu pour imaginer une conversation imaginaire avec toi-même ? Qui occupait le siège 12D à côté de toi ? Que faire pour qu'il existe aux yeux de Reuben ?

Le sélectionneur me touche le bras. Pèse de tout son poids sur moi. Ce putain d'avion penche. Il appuie plus fort mais je n'enlève pas mon bras. Comme s'il voulait me clouer à l'accoudoir de peur que je ne me sauve avant qu'il ait fini. Ou peut-être qu'il a peur de s'envoler de son siège, et s'accroche où il le peut. Comme s'il se levait en s'appuyant sur l'accoudoir où mon bras est posé, il m'écrase et renverse presque ce putain d'avion en essayant de s'accrocher, de terminer ce qu'il a commencé. C'est-à-dire d'entamer la troisième partie. Celle que j'espérais depuis le début, même si je ne savais pas à quoi m'attendre. Le ton de sa voix le trahissait. Le frère courait derrière son histoire, il tenait le tigre par la queue. Il ne pouvait ni le lâcher ni le ramener à l'intérieur. Depuis le début je décelais de la peur dans sa voix et maintenant il allait la nommer. Lâcher le morceau.

Le type prétend qu'il a tué un homme. Qu'il l'a liquidé dans des chiottes publiques. Schlag. Comme on écrase une punaise. Zigouillant un complet inconnu, pour liquider la haine abstraite qui l'empoisonne.

Est-ce que je devais croire ce type ? Est-ce que tu l'aurais cru, Reuben ? Un type dans un joli costume trois-pièces, la vraie classe. Tu sais. Un sélectionneur comme moi. Diplômé de l'université. Qui s'en sort dans le monde des Blancs. Un basketteur. Un individu sensé, intelligent, qui parle bas et qui jure qu'il a assassiné un Blanc dans des chiottes. Par principe. Parce qu'il a une théorie. Et qu'on lui a fait tellement mal qu'il se sent en droit de tout essayer pour soulager un peu sa peine.

Qu'en penses-tu, vieux ? Tu l'aurais cru ? Quel sens aurais-tu donné à tout ça ? Aurais-tu changé de siège, appelé les flics, ou serré la main du nègre ?

C'est pas fini. Le type ne m'a pas lâché, je ne te lâcherai pas non plus. Voici la dernière partie : il croyait avoir prouvé sa foutue théorie. Il était content de lui. Il avait l'intention de recommencer encore et encore. Tant que ça lui ferait du bien. Dans la ville suivante et la suivante, jusqu'à ce que la haine disparaisse. D'après ce que j'en sais, le type est quelque part en train de mettre son plan à exécution. Un fantôme s'attaquant à l'abstrait sur une pauvre âme quelconque.

Wally renonce à l'accoudoir. Son compagnon est calme. Wally laisse retomber sa main sur sa cuisse. L'avion survole le lac Érié. Si c'est le capitaine qui le dit, c'est forcément vrai. Les esclaves traversaient le lac magique en s'enfuyant au Canada. Sur la carte de la compagnie aérienne, les Grands Lacs ressemblent à un épais glaçage versé sur la frontière bossue des États-Unis d'Amérique. Sur le lac Michigan, Chicago comme une crête de digues. Retenant les vents, les nuages, des millions de tonnes d'eau. Si Chicago n'était pas là, le lac, le sang, se répandrait sur l'ensemble du pays. Les États-Unis dressés sur leurs pattes courtaudes : un animal de BD qui freine dans un crissement de sabots, une bestiole au long cou qui a la même bosse sur le dos que Reuben. Des monceaux de glaçage ou de sang ou de grosses larmes bleues en équilibre sur son dos. Une large brèche l'ouvre en deux. Old Man River. L'Est et l'Ouest séparés par le fleuve qui relie le Nord au Sud. Les bateaux chargés d'esclaves et de coton comme des points de suture qui referment la plaie, recousent le pays, puis le redécoupent et le soignent ou le transpercent à nouveau, le redéchirent encore. Après la carte, Wally a appris les dates, les lois du

Congrès, les débats et les grandes questions, les personnages qui décidaient de son nom et de son destin. Avait-il habité l'Amérique avant d'apprendre la forme de son pays ? Existait-il avant de prendre conscience de la logique torturée de son histoire sur cette terre, des Compromis, des Conventions et des verdicts de la Cour suprême qui lui attribuent un nom, déterminent la valeur de sa vie, désignent l'endroit où il vit et va à l'école, et combien de ses frères doivent s'entasser sur une tête d'épingle pour égaler un homme blanc ?

Hummmmmm. Ce sélectionneur dans l'avion... Reuben caresse sa barbe pointue.

Fais gaffe, mon vieux. Ne roule pas tes yeux ronds dans ma direction. Je vois ce que tu veux dire, La Grenouille. Mais tu as tiré la mauvaise conclusion. Ce sélectionneur, c'est vrai qu'il me ressemble et que c'est un peu moi, mais ne confonds pas. Ne te laisse pas abuser par les ressemblances. Il a cinq ou six ans de plus que moi. Peut-être même plus. Ce sélectionneur commence à avancer en âge, il est entre deux rives et fait assez jeune pour un type qui vit sur la route. Il a encore de belles années devant lui. De près, tu vois qu'il n'est plus si jeune, mais qu'il pourra faire illusion pendant une dizaine d'années, s'il se maintient comme ça. Si les côtes de porc et le reste ne le font pas grossir. Ce n'est pas moi, Reuben. Il y a quelques ressemblances entre nous mais les différences sont grandes. Grandes comme tes yeux ronds. Ce n'est pas la peine de me balancer que tous les nègres se ressemblent. Tu vois ce que je veux dire. Première différence : c'est lui qui raconte cette histoire bizarre. Moi, je suis calé au fond de mon fauteuil, à trois mille pieds d'altitude, et je l'écoute.

Des différences, Reuben. De nombreuses différences. A commencer par les cheveux. Les siens sont très crépus, mais soignés. Coupés court et bien net sur les côtés. Une bordure taillée au rasoir au-dessus des oreilles, les pattes un centimètre sous le lobe. En d'autres termes, le type va chez le coiffeur régulièrement. Il sent vaguement l'après-rasage quand il s'approche de moi en parlant. Tu sais. Les jolies bouteilles vertes et roses posées sur une étagère sous le miroir. Alignées comme les bouteilles de whisky derrière le bar. Sauf qu'elles ont des formes tarabiscotées et des couleurs vives. Rouge, violet, jaune. Le barbier en distille quelques gouttes dans sa paume et se frotte les mains, swish, swish. Il te l'étale sur la peau fraîchement rasée, ça pique un peu mais ça fait du bien. Un picotement sec et vif qui annonce que ta coupe est bientôt finie. Tu as meilleure allure en sortant. Le coiffeur fait pivoter ton fauteuil pour que tu puisses te regarder tout autour dans le miroir mural et te passe un miroir à main pour que tu voies ta nuque.

Voilà pour ses cheveux. Le brun de sa peau faisait penser aux Indiens. De la rouille dans le brun. Ou du sang. Seminole, Cherokee, Apache, Comanche, Sioux, tam-tam, feux, la Longue Marche et Wounded Knee, la mort dans la neige. Cette couleur-là.

Je dois reconnaître que ses yeux ressemblaient beaucoup aux miens. Beaucoup. Ça sous-entend qu'ils étaient différents. Des miens. Ils étaient presque pareils. Sauf qu'il y avait de la folie dans ses yeux. Sa théorie, le fait qu'il disait avoir tué un homme et promettait de tuer à nouveau. Ce qui me frappait le plus, c'est qu'il pouvait s'en tirer, s'il était prudent. Comme je l'ai déjà dit. Un sélectionneur est en quelque sorte invisible. On tire un coup-merci-au revoir. Tu arrives et tu repars à toute blinde. Tu n'es nulle part, tu ne restes nulle part sauf quelques heures passées avec un gamin qui se la joue ou un entraîneur qui t'emmerde. Quelques heures de bizness à la con et tu es de nouveau seul. Tu vois les gens une fois et tu disparais. Comme un lapin dans un chapeau. Cincinnati un jour, Detroit le lendemain. Si un Blanc est découvert mort dans une ville que tu viens de quitter, qu'est-ce que tu as à voir avec ça ? Qui établira un lien entre un meurtre à Columbus et un meurtre à San Diego ? A moins que tu ne deviennes gourmand et assez bête pour ne pas laisser assez de distance et de temps entre les cadavres. Qui compare les journaux de toutes les villes que je traverse ? Alors qui fera le rapprochement, si tu n'es pas assez idiot pour laisser des indices ou tuer toujours de la même façon ? Tu vois, je lis des polars, mon vieux. Et je regarde la télé. Pas de mobile, aucun lien entre les victimes, rien qu'un corps qu'on découvre ici ou là. Les flics ne résolvent jamais ce genre d'affaires. A moins qu'un dingue n'avoue. Qui peut découvrir un plan, un motif, là où il n'y en a pas. Rien qu'une pile de cadavres, de meurtres non élucidés, comme il y en a plein leurs archives.

Une lueur de folie dans les yeux du sélectionneur, et tu sais que c'est vrai. Parce que le type sait de quoi il parle. Cette haine abstraite. Dis-moi que tu n'as jamais ressenti cela. Pour ce qui est de l'histoire atroce de sa famille, tu en fais ce que tu veux. Ça vaut bien la moitié de tes mensonges, mon vieux. Que cette histoire te paraisse vraisemblable ou pas, il y croit. Et une porte s'ouvre. Une fois qu'il te prend la main pour t'entraîner avec lui, tu ne peux plus douter de ce qu'il y a de l'autre côté. Parce que tu y es. Tu as franchi le pas. C'est réel. Il décrit un monde où nous vivons tous les deux, et merde, où nous vivons tous. Si tu passes la porte, tout risque de se produire comme il l'a dit. Et ses yeux brillent du pouvoir de convaincre. Marron comme les miens, mais plus profonds, plus profonds du fait de sa conviction, de l'étincelle de folie, et, au fond de ses orbites, un miroir qu'il était le seul à voir. Je sais qu'il y avait un miroir parce que je l'avais surpris en train de s'y regarder pendant qu'il parlait. Hé, comment ça va... Saluant son reflet dans le miroir. Ses yeux regardaient en l'air, mais son regard ne dépassait pas les limites de son crâne, s'arrêtant sur ces sombres miroirs sans tain scotchés derrière ses globes oculaires.

Le nez... eh bien, ressemble à un nez. Un bon nez africain qui tient sa place dans le visage. Qu'est-ce que je peux en dire ? Une colline, une pyramide, entre ses joues. Qui se développe en largeur et en hauteur à partir des yeux. S'évasant comme une jupe de femme. Des tunnels de respiration. Débouchant sur une moustache plus fournie et plus foncée que ses cheveux, un autre buisson épais de poils frisés taillés avec la même tondeuse qui donne à ses cheveux l'air d'une coupe fraîche.

Et sa bouche. Très différente de la mienne. Tu vois, la mienne dit la vérité, Reuben, et tu le sais. Je ne sais pas encore ce qui sort de la sienne. C'est comme pour toi. Tu vois ce qu'il dit est plausible, possible. Tout son baratin se tient. Mais je doutais quand même de la réalité du meurtre. Est-ce qu'il l'avait vraiment commis ? Est-ce qu'il y a vraiment un vrai cadavre de Blanc dans de vraies chiottes ? Je n'en suis pas plus sûr aujourd'hui qu'hier. C'est sans doute la raison pour laquelle je t'en parle. Je veux savoir si le type m'a menti. C'est important que je le sache.

As-tu jamais éprouvé de la gêne en regardant une bouche, Reuben ? Tu sais. Ce trou que tout le monde a au milieu du visage avec la peau retournée tout autour. Comme si les bords du trou, tout plissés et d'une couleur différente, étaient l'envers de la peau. Comme si quelqu'un avait fendu le bas de ton visage, retroussé la peau, et qu'elle se soit desséchée, ratatinée comme un grain de raisin. Tu vois l'intérieur des gens quand ils ouvrent la bouche. C'est humide et rose dedans. Une bouche, c'est comme un trou du cul ou un con sur le visage. T'as déjà vu ça sous cet angle ? Personne n'oserait mettre son derrière sous le nez de quelqu'un en écartant les lèvres pour révéler l'intérieur rose et juteux. Le trou du cul, c'est intime, pas vrai ? Tu le caches sous tes fringues, dans ton slip. Mais tu te promènes toute la journée avec la bouche ouverte. Tu laisses les gens jeter un œil à tes entrailles. Fais pas cette tête-là, l'ami. Les bouches ne me font pas toujours cet effet-là. De temps en temps seulement, ça dépend de mon humeur. Merde. Suivant l'humeur, un trou de balle peut avoir ses charmes. Question d'intimité. Savoir à qui ça appartient et dans quel visage tu plonges.

L'avion bourdonne. Les vibrations font trembler les hublots. Wally n'entend ni le bruit ni le tremblement, à moins qu'il ne veuille y prêter attention. Pourtant les contours des triples fenêtres alignées sur le ventre de l'appareil vibrent sans cesse, mais, bercé par le vrombissement des moteurs, Wally oublie qu'il est dans un avion. Pour entendre le bourdonnement incessant, il doit se forcer à l'écouter. C'est comme dans le bus, tu es soit dehors, soit dedans. Et pour voir l'avion dans lequel il se trouve avec une poignée de survivants exténués, il doit être dehors, dans l'air glacé. S'il est dedans, il ne peut pas le voir en entier. Et s'il l'imagine, il se perd dans l'histoire que son voisin lui raconte.

Maintenant si tu réunis tous les éléments, tu as une identité en kit, mon frère. Assemble les cheveux, les yeux, le teint, le nez, la bouche que je t'ai décrits et tu obtiens son visage. Est-ce que tu as écouté, vieux ? Est-ce que ta face de rat s'est encore endormie au bureau ? Et ne prends pas ton air suffisant. Toi aussi, tu as besoin de moi pour exister. Si mon sélectionneur est bidon, que je l'éteins et que je le débranche, tu es où toi ? Nulle part, monsieur Reuben. Dans les bidonvilles du sommeil. A la recherche d'un rêve pour te réveiller. Alors, fais gaffe. Je t'ai parlé de ses cheveux, de sa peau, de ses yeux, de son nez, de sa bouche, de sa couleur, tout un visage si tu as écouté. Est-ce que tu crois mon histoire ? Est-ce que tu l'imagines ? Est-ce que tu es prêt pour la suite ?

Reuben est mort. Un Blanc étendu sur le carrelage blanc, baignant dans une lumière blanche fluorescente. De l'eau coule dans un des lavabos d'albâtre. De l'eau déborde de la cuvette. La tête de Reuben sur le marbre dur est tordue. S'il se réveille jamais, il aura le torticolis. Il gémirait s'il restait un souffle dans son corps. Mais la vie en lui est aussi immobile que dans les veines gris-bleu et jaune pâle qui strient le marbre.

La rira, la rirette
Ça sent la chair fraîche...

Hé vieux. T'as du feu, mon pote ? Le briquet de Wally cliquette pour le rasta assis dans le siège 12D. Le sélectionneur a encore changé de voix et de visage. Maintenant il rit. Un Asiatique impénétrable. Puis un vénérable Esquimau assis comme un Bouddha sur ses grosses fesses, mâchant de la viande de baleine, explorant la fente de la femme rondelette qui se tortille nue sur ses genoux. C'est ça que tu veux ? T'es un bon petit. Le rire du sélectionneur résonne plus fort que les moteurs du jet. Plus fort que l'étalon, Hi-hii, qui hennit en s'enfuyant au galop dans le crépuscule du poitrail de Wally. Dors, dors, *mein Liebster, Schlafe,* mon doux prince. La Terre appelle Wally, terminé. Dors... Dors...

7

REUBEN

Reuben gare sa vieille Buick devant un des parcmètres qui longent le Mayflower Hotel. Deux rues plus loin sur la Cinquième Avenue se profile le corps métallique d'un nouveau gratte-ciel, voulant s'imposer à Reuben. Reuben le traverse des yeux, l'écarte de sa pensée, pour se souvenir de la barre d'immeubles en brique délabrés qui occupaient ce carrefour avant l'arrivée de la tour. Un peu plus loin sur la gauche, les pierres décapées des bâtiments jumeaux du palais de justice et de la prison se prélassent dans la lumière caressante de ce milieu d'après-midi. Reuben préférait les pierres cramées, noircies comme si elles avaient survécu au feu. Le palais de justice et la prison s'étaient encrassés de fumée et de saletés, en subissant les pluies noires de suie des cheminées des usines qui longent la rivière. Il se souvient de midis brûlants, où les lampadaires des rues projetaient une lumière tremblante pour trouer la poussière de charbon qui plongeait prématurément la ville dans la nuit. Pendant des années, les pierres de la prison et du tribunal se sont souvenues avec lui. C'était du vol de les décaper. Si tous les témoins disparaissaient, qui se souviendrait ? Reuben ne se sentait jamais si seul qu'à l'idée d'être le dernier à se souvenir. Quand il disparaîtrait, que deviendraient ses archives personnelles ? Ces après-midi où l'on ne voyait pas l'autre côté de la Cinquième Avenue avaient-ils vraiment existé ? Avait-il existé cet homme nommé Reuben, nageant dans une mer de poussières noires ? Il espérait que les pierres noirâtres du palais de justice et de la prison témoigneraient de la vérité longtemps après qu'il aurait disparu. Maintenant, victimes de l'irrépressible frénésie de propreté qui dévorait la ville, elles rutilaient, jaunes tel un gâteau de tapioca, distraites et sans mémoire ainsi que le vieil homme qui clopine dans leur direction.

Des femmes en robes longues, des hommes en haut-de-forme, melons, canotiers, des tramways aux sièges de rotin, tirés par des chevaux avant d'être électriques — Reuben avait-il rêvé tout cela ? Avait-il vu ces images dans des livres ou était-il là, en personne, sur ce carrefour ou sur un autre, dans d'autres centres-villes, des rues affairées, vivantes, animées par le mouvement que Muybridge avait eu l'audace de capturer, ce mouvement que tout le monde voyait mais sans le comprendre avant que le photographe l'ait arrêté, figé, disséqué pour les sceptiques. « Vous ne pouvez aller nulle part », avait hurlé Muybridge, « à moins d'être passé par ici et ici et ici ». Des milliers d'ici, tous séparés, distincts, durables. Tellement fixes que les yeux ne peuvent ralentir suffisamment pour saisir l'immobilité. Ce qu'on voit n'est rien à côté de ce qu'on a. Est-ce Reuben, ce petit Noir bossu qui descend en boitillant la pente douce de la Cinquième Avenue vers la justice abstraite du tribunal de première instance ? Reuben, cette fourmi qu'on aperçoit de la fenêtre du cinquantième étage de la tour miroitante qu'il contourne ? Reuben, l'huile qui graisse la patte de Carmine, le gardien et gérant du parking, pour qu'il mette des pièces dans le parcmètre devant la Buick jusqu'à ce que Reuben ait fini son travail et le rembourse ? Reuben lui a évité une condamnation pour attentat à la pudeur et ivresse sur la voie publique, à l'époque où Carmine et sa famille habitaient encore Homewood, dans la rue des Ritals, trop pauvres et trop fiers pour déménager alors qu'une vague de Noirs venus du Sud encerclait leur Petite Italie. Est-ce que mouvement implique progression, l'illusion d'un Reuben marchant vers un point donné, au jour dit ? Ou le mouvement englobe-t-il tous les Reuben qui ont déjà existé ou qui existeront, lancés dans une danse à la vitesse de la lumière, comme les particules qui composent Reuben, le dissocient, le relient en un tout ? Cette image de Reuben fait le tour de son esprit, circule entre les rangs infinis d'appareils photo que Muybridge a installés le long des derniers trottoirs de la Cinquième Avenue, avant que le cœur de la ville surgisse comme un rot.

Peu importe le nombre d'appareils, Reuben est différent sur chaque image, une pose à peine modifiée, une réalité distincte. Étonnant, n'est-ce pas ? Le geste le plus simple, une infinité de métamorphoses. Et chaque pose réelle, définitive, si seulement nous avions les moyens de la capturer. Si on pouvait tout voir. Si on avait l'œil de Dieu au milieu du front. Paradoxe, ironie. Pour ralentir le mouvement, il faut accélérer la vitesse d'obturation. Vous voyez ce que je veux dire ? Moins de lumière. De plus en plus d'images, tandis que l'échelle du temps se rétrécit. L'obturateur déclenché un million de fois par seconde et ce n'est pas encore assez vite. Le mouvement le tient en échec. Le mouvement passe à travers le filet quelle que soit la finesse des mailles. Le mouvement est la somme de tous ces gestes infimes vers l'avant, mais il est plus encore, irréductible. Fantastique. Vous êtes d'accord, monsieur Reuben ?

La journée est trop avancée, trop de travail, pas le temps de savoir si on est d'accord. Juste derrière Reuben, en haut de la colline qu'il descend, les boutiques juives, presque toutes abandonnées — dans le temps, cette partie de la Cinquième Avenue leur appartenait. Les meilleures affaires de la ville pour qui savait marchander, insister, faire non de la tête en enfonçant ses mains dans les poches et se diriger vers la porte d'un pas juste assez lent ; la sonnerie de la porte tintait et le boutiquier quittait précipitamment son comptoir pour rattraper son client avec un meilleur prix. Reuben connaissait bien la Bible. Il appelait les commerçants de la Cinquième Avenue, Joseph et ses frères. Pas devant eux. Une petite plaisanterie privée les réunissant tous, sept tribus querelleuses de boutiquiers, de grossistes, de camelots, Joseph et ses frères. Le plus drôle de la blague, c'était son nom à lui, Reuben, mais rares étaient ceux qui le lui demandaient et il ne leur disait pas non plus *Voyez, voici un fils.* Reuben était son nom, son lien avec la famille. Il avait appris leurs manies, leurs ambitions, le langage secret qu'ils utilisaient entre eux, leur suspicion, leur crainte et leur mépris des étrangers, le cinéma qu'ils se faisaient, l'énergie et le temps qu'ils dépensaient pour maintenir la barrière qui les protégeait et les excluait. Un peu moins obnubilés par leur commerce, ils auraient pu reconnaître la tribu de Reuben comme les exilés entre tous, traînant leur Égypte sur leurs épaules aux quatre coins de la terre. Ils ne lui voulaient sans doute pas de mal quand ils l'appelaient *shvartz, meshuggen,* dans le yiddish que Reuben prétendait ne pas comprendre et qu'eux feignaient de croire toujours aussi obscur après vingt siècles de marchandage avec les fils de Cham. Peut-être que, dans leur bouche, ces mots l'approuvaient, soulevaient le voile pour qu'il puisse entrebâiller leur porte.

Les griots nomades des Sékou disaient que leur harpe, le Ngoni, n'oublie jamais. Rois, forgerons, esclaves, guerriers, tous peuvent oublier, mais le cœur du Ngoni se souvient de tout. Les griots des Sékou chantaient aussi cet air : « Toutes les choses sont liées, elles ont été jointes en un fragment du temps pour rendre visibles la Ville et le Royaume. » La ville en étant visible devient-elle réelle ? Combien de villes ont accordé leur chanson à ce pauvre vieux pincement de cœur ?

Au-dessous de lui un triangle d'acier, de béton et de verre, les plus hauts immeubles de la ville, dans l'ombre desquels, du côté de la rivière, il voyait sa destination, les bâtiments trapus, néogothiques, du tribunal et de la prison, reliés à hauteur du nombril par l'arche d'un pont des Soupirs. Reuben consulte sa montre, caresse le crâne pointu de son frère. Il est dix heures trente depuis des semaines. Quand il a regardé l'heure ce matin à son bureau : 10 : 30. Chaque fois, les aiguilles de sa montre marquent cette heure ambiguë et terriblement déprimante. Une journée à moitié commencée ou à moitié terminée. Dix coups. La mer balance le berceau. De la brume mouillée comme la pluie, lourde comme de la pâte, assourdit le bruit des cloches. Dix coups tintent du carillon, le vaisseau s'enfonce, se débat, remonte, semant des cris comme une tortue dépose ses œufs dans la mer sombre. C'est au fond de la cale que repose ton père... Ces perles que tu vis furent ses yeux naguère. Un poème écrit et réécrit sur le même parchemin écorché. Craquelé, noirci comme le cuir d'un corps d'esclave qui pourrit abandonné dans le désert. Une caravane passe, *Ah Salaam Aleikum... Ah Salaam Aleikum,* s'évanouit, dansant dans les vagues de chaleur, ondulant vers l'horizon, des clochettes de chameau, des crottes de chameau sèches comme les mains d'une momie marquent son sillage.

Cette ville bâtie sur les collines, son cœur, son *downtown* quadrillé par les fleuves. Le sang entre, le sang ressort, systole et diastole silencieuses, marquées par des trains de remorqueurs et de barges qui empruntent les canaux et leurs eaux brunes. Des ponts partout. Et toujours une colline à escalader ou un tunnel à traverser. Le delta formé au confluent des trois fleuves s'appelle Triangle d'Or, et Reuben, dans ses bons jours, le voyait comme un mont de Vénus nimbé d'une toison soyeuse et luisante. Il aimait cette image, pourtant elle convenait rarement à son *downtown.* *Dahn Tahn,* comme disaient les gens d'ici, dans leur accent caractéristique, qui les trahissait, les mettait à l'écart comme le yiddish des marchands du haut de la colline. *Dahn Tahn* était sombre et rouge, une vulgaire pompe aspirant les sécrétions de la ville et les recrachant, un muscle devenu puissant et brutal à force d'exercer son pouvoir.

Au pied du Kramer Building, depuis longtemps disparu, c'était là, au temps jadis, que Reuben installait sa boîte de cireur de chaussures, tous les matins. A l'aube, toujours le premier au carrefour, réservant sa place. Il aimait particulièrement l'intimité matinale du quartier, la fraîcheur de la rue vide et calme lui donnait des forces pour sa longue journée de travail. De son coin tranquille, il regardait *downtown* s'éveiller à la vie. Les premiers soubresauts, sa tribu sombre des gardiens, garçons d'ascenseur, cuisiniers, serveurs, portiers, femmes de ménage, tombant par grappes des tramways, des bus, ou descendant la Butte en clopinant sur leurs mauvaises jambes. Les premiers Blancs en costume-cravate trimballant leurs sandwiches dans leur porte-documents et un gros trousseau de clés dans une de leurs poches. Reuben aurait pu tout mettre en marche seul. Il connaissait la rengaine. Dans quelle serrure tourner la clé et à quel moment. Quelles grilles lever. Quelles lumières allumer d'un bout à l'autre du trottoir. Qui envoyer chercher le café, qui avait surtout besoin d'un petit verre au bar sous le Kramer Building, voisin de l'endroit où Reuben tenait boutique chaque matin. Facile d'animer le corps d'une ville. Il suffit d'y faire entrer suffisamment d'humains et ça part tout seul. C'est leur sang qui y coule, qui la nourrit, et leurs os que l'on broie pour faire son pain. C'est cela que tu vois en regardant les visages arriver le matin et repartir le soir, en dernières vagues vidant la place.

Combien de paires de chaussures a-t-il cirées à ce carrefour ? Combien de mensonges a-t-il écoutés et racontés ? Reuben cirait déjà des chaussures quand il n'y avait là qu'un fort en rondins et des Indiens hostiles cachés dans les bois alentours. Des bottes d'officiers, des sabots d'immigrants aphasiques, des mocassins perlés que les Peaux-Rouges échangeaient contre du tabac ou du whisky. Il avait tout fait. Astiqué les fers à cheval en argent d'un général anglais débarqué en caracolant avec sa troupe pour inspecter la garnison. Fait briller des canons en cuivre, des baïonnettes, des boucles de ceinturon. Les dames lui apportaient leurs pantoufles de verre dans des pochons en velours. Il avait poli des ongles de mains et des ongles de pieds. Il pouvait faire briller n'importe quoi au crachat. Il pouvait récurer et lustrer toute cette ville crasseuse avec ses chiffons intarissables jusqu'à ce qu'elle étincelle et flamboie comme un miroir.

Ici, à ce carrefour, il avait ciré des chaussures jusqu'à ce que les plaies de Philadelphie se referment. Il avait vu le visage de Flora se refléter encore et encore dans les miroirs qu'il faisait briller au crachat sur les souliers des hommes blancs. Le visage de Flora se noyait dans cette eau noire, puis le sien, et puis plus rien, juste une couche dure de salive et de cirage changeant le cuir en pierre.

De ce carrefour, il a vu un double arc-en-ciel, comme une paire de fers à cheval géants se croisant, frissonnant de couleur, tandis que le ciel s'apaisait et s'éclaircissait après un brusque orage d'été.

C'est ici qu'il avait prospéré. D'abord avec une boîte de cireur de sa fabrication pour la porter en bandoulière, trimballant son gagne-pain, sa baraque et son foyer sur son dos comme la tortue du conte, écumant la ville jusqu'à ce qu'il découvre l'escalier du Kramer Building avec son va-et-vient. Il avait compris que ce carrefour était une ouverture, qu'il pouvait coincer des milliers de types arrivant ou quittant *Dahn Tahn,* d'un simple sourire, d'un signe de tête, d'un claquement de son chiffon doux, ou par les refrains qu'il chantait pour ses clients, ou pour la brise quand personne ne s'asseyait sur le carré de tissu étalé sur les marches de pierre, le pied posé sur les semelles de chaussures clouées sur l'envers de sa boîte. Après avoir passé des années à cirer des chaussures et apporter le café, ils l'avaient autorisé à s'installer dans le hall du Kramer. Il emprunta trois chaises en bois qu'il fixa sur une estrade. Un meuble qui fit vite partie du décor, une institution dont personne ne put plus se passer, par pitié, au début, pour le petit nègre infirme, trempé comme un rat d'égout, frissonnant dans le vent glacé montant de la rivière. Quand il faisait mauvais, ils lui permirent de rester au sous-sol, dans la chambre de chauffe avec le vieux Bill. Une fois dans la place, sa présence autant que les services rendus devinrent indispensables. Dès que les gens du Kramer comprirent qu'ils avaient besoin de lui et qu'ils pouvaient s'en servir, ils lui confièrent leurs secrets. Et ils croyaient, comme il ne disait rien, connaître tous les siens. Ses clients vérifièrent ce qu'ils avaient toujours supposé : il n'avait aucun secret, sa tête et son cœur n'avaient d'autre désir que de combler les leurs et d'accomplir leur sale boulot. Dès qu'ils furent certains de sa nature accommodante, Reuben fut autorisé à prospérer, si tant est qu'on puisse prospérer avec les pennies et les rares pièces de cinq ou dix cents qui tombaient dans sa boîte.

Ainsi, l'hiver ou les jours de mauvais temps, il travaillait en intérieur, dans le hall de marbre du Kramer Building aujourd'hui disparu, à jamais disparu. Mais lui préférait rester dehors. Les petits matins calmes, le défilé de piétons où paradaient des créatures plus variées, plus exotiques qu'au Zoo de Highland Park. La tristesse le gagnait à mesure que l'année se terminait. Il sentait l'odeur des cendres dans l'air d'octobre. Plus loin sur le trottoir, les pierres cramées du tribunal et de la prison saignaient quand il pleuvait. La neige avait la couleur de l'os. Quand l'hiver s'installait pour de bon, il se terrait dans l'entrée du Kramer. La neige, couleur de l'os. Et la neige empilée le long des caniveaux devenait grise, de la couleur crasseuse des pierres du tribunal, tournait en boue, ou gelait à nouveau en plaques ternes et glissantes sur les rues et les trottoirs. Dans la chaleur sèche qui sifflait des radiateurs du hall du Kramer, Reuben faisait commerce, allait et venait, tournait et briquait, pleurant tout bas la disparition de Flora, sachant que jamais elle ne reviendrait et que jamais il ne cesserait de l'attendre. Le printemps lui remontait le moral : il reprenait dehors sa place attitrée. Au soleil, sous la voûte immense du grand air, au milieu du flux qui s'accélérait, il sentait à nouveau ce qui restait de Flora, des fragments libérés, éparpillés, palpitant dans cette immensité.

Il avait perdu sa Flora. Pourtant lentement il prospérait dans cette ville dure comme l'acier. Ses chances se dessinaient en dépit de la disparition de Flora, en dépit des journées qu'il passait pétri de pitié, de pitié pour lui-même, brûlant de s'abandonner à Dieu, Ô mon Dieu, Amour Dedieu. Descendre jusqu'à l'Allegheny, plonger et couler. En dépit de cette envie, il tenait bon, s'accrochait fort, et attendait que son moral revienne. Ensuite il s'est installé au bar et sa boîte de cireur était loin derrière lui. Complet veston et cravate chaque jour que Dieu faisait. Une chaîne aux maillons d'or sanglait sa panse. La présence rassurante d'un autre disparu, son frère, près de son cœur. Reuben avait perdu sa Flora. Elle vivait au ciel à présent.

Viens à ma rencontre, Jésus, viens à ma rencontre,
Viens à ma rencontre au milieu des airs,
Et si mes ailes ne me portent pas,
Donne-m'en une autre paire.

Il était allé au secours de la petite statuette et son jumeau l'avait sauvé. Passage, étrange passage. Cet amour pouvait être si facile. Il pouvait passer par le chas de l'aiguille de la douleur et renaître mille ans plus tard, à nouveau entier, à nouveau réel, sous une forme qu'il n'aurait jamais imaginée. L'amulette froide est suspendue à sa montre. Il y a Flora dedans. Et son cœur à lui, chaud, palpitant. Un beau matin, à nouveau entier.

Qui était Ruben, qu'était-il ? Quel travail faisait-il ? Quelques anciens se souviennent du petit moricaud bossu qui cirait des chaussures, autrefois, dans l'entrée du Kramer Building. Mais cela fait si longtemps. L'immeuble a disparu maintenant. Il doit être mort. Ou ne plus valoir tripette, comme moi. Ce petit bonhomme me rappelle le petit cireur de chaussures. Mais ils se ressemblent tous. Ce Reuben, ou ces Reuben, qui est tout le temps là, que tout le monde connaît, qui a toujours l'air affairé, mais qui fait quoi, qui traîne ici du matin au soir, de nouveau indispensable, trop infirme pour bouger, filant comme une mèche allumée qui fait la navette cent fois par jour entre le tribunal et le bar, messager, factotum, intermédiaire, crétin, espion, concierge, arnaqueur, vieux singe, cocu, baiseur, rien, tout, larbin, pauvre con, charlatan, magicien, conteur, muet. Ouais, c'est bien lui. Voilà qui il est. Tout le monde connaît

Reuben. Tu peux lui faire confiance, lui parler, ou l'ignorer pendant des années, il se pointera toujours en souriant si tu as besoin de lui. Ce foutu tribunal s'écroulerait si Reuben n'était pas là. Le petit singe. Il connaît tout le monde. Connaît la loi à l'endroit et à l'envers. Ne sait rien, ne voit rien et parle encore moins. C'est lui. Notre mascotte.

La pub de Reuben, c'est sa présence, tous les jours, toute la journée, quel que soit le moment où tu as besoin de lui. La méthode de Reuben, c'est d'être Reuben, de s'occuper des affaires qu'amène le fait d'être Reuben. Il a tout mis à plat. Son succès. Sa réussite. Il s'est contenté de grandir. Comme la Loi. Une affaire de précédents. Rien n'est établi au départ, rien n'a la sanction divine. Certains actes sont prononcés d'une certaine façon pour certaines raisons, puis ils sont enregistrés et ils acquièrent force de loi, font autorité. Ensuite cet acte décrit décide de l'issue d'autres affaires ; son autorité se renforce car il fait office de précédent, dans des cas à la fois semblables et différents de la première affaire. Parce que c'est mieux de partir d'un point précis. D'établir un début. Ainsi le déroulement et l'aboutissement viendront d'eux-mêmes. Des modèles, des lignes de conduite, un type de repères, arbitraire et même capricieux, c'est mieux que de reprendre de zéro chaque fois qu'une décision doit être rendue, une procédure entamée. Reuben a construit sa carrière, en la basant sur la même logique approximative que la loi, qui part d'un état de fait et remonte à ses origines. Il bâtit sur du sable, avec des fondations guère plus profondes que ses ongles.

Philadelphie lui a enseigné le droit. La ville blottie dans les bras de trois fleuves a prouvé la rigueur de la loi. Et Flora a prouvé...

Il attend toujours. Réfléchit encore à cette question sur les pierres décapées, menteuses, quand il traverse vers Grand Street.

Béni oui-oui. Témoins. Où sont-ils à présent ? La foule s'est dispersée. La solitude demeure et confirme : pas d'échos, personne pour se porter témoin. Où sont-ils ? Les êtres perdus qui avaient crié : Oh, oui. Nous étions là. Sur les rives du Jourdain, à côté des pyramides, des rivières de Babylone, chantant au pied des murs, nous lamentant devant la Cité du Refuge. Nous étions là aussi. Dis-lui. Dis la vérité, frère.

Quand ils ont démoli le Kramer, la foule de juristes s'installa au Bar & Grill de Stanley. Avec armes et bagages. Bien sûr Reuben émigra avec eux. Certains prétendent qu'il mena l'exode. Petit Moïse remorquant la multitude. Qui, sinon Reuben, pouvait connaître le meilleur endroit, après la fermeture du Kramer, où pouvaient se retrouver les juges, les avocats, les greffiers, les politiciens, les magistrats, les gratte-papier, les secrétaires, les petits employés, les flics et les juges d'application des peines ? Reuben figurait certainement parmi les premiers pèlerins quand la foule des juristes arriva chez Stanley, comme s'ils s'étaient donné le mot. Peut-être était-ce juste le point d'eau le plus proche puisque le bar du Kramer avait fermé ? Peut-être en avaient-ils tous longuement discuté, débattu, disputé, en appelant à témoins, remplissant des minutes, des déclarations, des dépositions, pour finir par rendre un jugement collégial ? Toujours est-il que Chez Stanley devint le quartier général et que Reuben arriva parmi les premiers, si ce n'est le premier, faisant partie des meubles dès qu'il eut passé la porte en clopinant, une légende immédiate, le type qui traîne toujours Chez Stanley, comme si c'était ici Chez Stanley que les gens de loi se réunissaient depuis des lustres.

Le paradis nous écrase.

Reuben avait dit ça récemment à quelqu'un. Ou quelqu'un le lui avait dit... Pourquoi, ciel ? A qui avait-il bien pu dire un truc pareil ? De toute façon qu'est-ce que cela voulait dire ? Et si tu crois qu'il le sait, qu'il se souvient de la personne, de l'occasion. Reuben retire son beau sabot ferré de l'entrée du tribunal. Le paradis écrase. Il se passe plus de choses Chez Stanley que dans les couloirs de la justice à cette heure-ci. Et sa chaussure cirée au crachat retourne sur le trottoir. Elle brille de façon impersonnelle. Aucun visage ne lui fait face dans sa profondeur. Si la chaussure te va... si tes pieds ne touchent pas terre quand tu te cales au fond de ton siège... alors, c'est que tu es Reuben. Tu mets la chaussure. Tu boitilles en direction du Bar & Grill de Stanley.

Le paradis nous écrase.

8

BIG MAMA

Nulle part où aller. Elle est sortie trop tôt. Pas âme qui vive dans les rues, aucune porte ouverte dans Homewood, à cette heure-ci. S'il y avait quelqu'un près d'elle, dans la rue à l'aube, il pourrait voir le ciel gris, le patchwork anarchique des toits de Homewood, les fenêtres tristes, les perrons déserts, le trottoir éventré se reflétant dans les yeux de Kwansa tandis qu'elle examine longuement l'immobilité lugubre qui ne lui renvoie aucun indice sur l'endroit où se cache son fils, Cudjoe. Elle ne se demande pas, qu'est-ce que je fais ici ? Elle ne regrette pas la couche chaude de Toodles. Elle fait ce qu'elle doit faire. Elle n'y renoncera pas ce matin. Même si l'air a un goût de métal et qu'elle a aussi mal à la tête que mauvaise mine, ce matin rien ne la détournera. Même si le soleil, planqué sous la grisaille humide, n'en sort pas avant un millier d'années, elle attendra encore quand il soulèvera doucement le couvercle de Homewood.

J'ai le temps. Du temps, c'est tout ce que j'ai. Je peux attendre. Elle répète ces mots à voix haute, elle s'adresse à tous ceux qui savent de quoi elle parle et à personne en particulier. Comme ce qu'elle a dit au monde sur Toodles la nuit dernière. Ne s'adressant à personne, et à tous ceux qui veulent entendre, parce que c'est la vérité. C'est elle qui sait. C'est à elle que ça arrive. Elle le raconte comme ça se passe. Tant pis si tu connais déjà la chanson. Sur un air différent. Elle aussi a déjà tout entendu. Mais l'entendre c'est une chose. Le vivre c'en est une autre. Aujourd'hui elle le vit, et le raconte comme ça se passe, alors si t'as des oreilles, tu ferais bien d'écouter. T'apprendras peut-être des trucs sur le lit de Toodles. Sur ce carrefour vide et sur le temps, le temps que je vais passer à écumer ces rues sordides pour retrouver mon fils.

La première heure, elle se rend dans tous les lieux où il pourrait être, ceux qu'elle a visités la veille sous l'orage, et où elle s'est rendue maintes et maintes fois mentalement, en allant d'un endroit à l'autre, en cherchant les indices, en se persuadant qu'elle verrait à travers les volets baissés, les portes fermées, les pièces noires, les briques, le bois et le plâtre, l'intérieur des repaires scellés qui l'empêchent de retrouver son fils, où qu'il soit. Elle crie son nom sans relâche. Écoute, flaire, inspecte les trottoirs à la recherche de ses empreintes. La deuxième heure, elle retourne dans chaque lieu, pose les mêmes questions en silence, parcourt le même chemin, montant une rue, descendant la suivante, s'arrêtant devant le moindre indice, rebroussant chemin parce qu'elle a cru entendre une voix, entrevoir un filet de lumière sous une croisée. La troisième heure, elle s'assoit sur un banc dans le parc de Homewood et écoute ses pieds qui la tourmentent et se plaignent : Sers-toi un peu de l'autre bout de ton corps. Trouve le meilleur endroit possible et on t'y portera. Mais assieds-toi et réfléchis avant.

Mais cela fait trop mal. Ses pieds ont beau la faire souffrir, elle ne peut rester assise, immobile dans le parc de Homewood. L'herbe est mouillée. Une trace noire comme du sang séché sur le bord de ses chaussures plates. L'humidité transperce à nouveau ses vêtements. La pneumonie galopante va la mettre par terre avant qu'elle ait terminé. Elle ne peut pas rester sur le banc plus longtemps parce que, tandis qu'elle est assise, les rues se vident des moindres traces de Cudjoe, quelqu'un ramasse les fragments, les rassemble et les lance au loin. Elle doit le retrouver. Le sauver. Le parc est d'une douceur trop amère. Elle regarde l'ombre de son fils se dessiner sur l'herbe, le voit monter et descendre la balançoire rouillée, retient son souffle pendant qu'il roule comme une bûche le long des pentes raides du vallon. Il est là sans y être, comme les cris des enfants qui jouent, qui résonnent dans le vallon même quand il est vide. Comme son cœur ce matin.

Le parc, c'est l'endroit préféré de Cudjoe. A force de l'y emmener, c'est aussi devenu le sien. Même si c'est dans le parc que Waddell lui a menti. Ce matin de printemps, quand il disait qu'il l'aimait et s'occuperait d'elle. Dans le parc, sur les bancs en bois et en ciment, près du terrain de basket, là où les junkies — Waddell riant au milieu d'eux — font leur bizness. Dans le parc, une nuit, un homme avait déchiré le devant de sa jupe, avant qu'elle lui balance son genou dans les roustons et l'abandonne au milieu de son vomi près du grand arbre qu'elle trouvait le plus beau du monde. Un arbre qui a toujours été là, dans Homewood, touchant presque le ciel, surtout le jour où Waddell lui a menti, promettant de l'aimer. Des bourgeons blancs qui s'ouvraient à peine, les feuilles, d'un vert tendre plus clair d'un côté en attendant le plein épanouissement de l'été. Des arbres, des pelouses et des allées tranquilles pour se promener. Des bancs pour s'asseoir, des carrés d'herbe pour étaler sa couverture, des zones ombragées, des zones ensoleillées pour sentir la chaleur toute neuve de ces premiers beaux jours de printemps. Et, d'un côté du parc, le vallon, un champ creusé assez profond pour rouler sur la pente ou courir à toute vitesse, le vent dans les oreilles, sous la robe. Les cloches. Le dimanche matin le parc est plus profond, plus calme que l'église. Ses souvenirs sont tristes comme ces grands arbres qui frémissent quand le vent les dénude, que leurs feuilles tombent en pluie, et que la fraîcheur pénètre jusqu'à l'os ; même si on porte un pull-over et si le soleil d'octobre est encore vif, le vent vous rattrape, secoue ces arbres géants, vous chasse. Des souvenirs comme ça et d'autres qui la mettent en colère. Les garçons se moquant de son gros ventre. Des camés piquant du nez, morts au monde et des petits gosses passant près d'eux pour aller aux balançoires. Les saloperies que les junkies laissent derrière eux. Cudjoe, une de leurs seringues en plastique à la main. Maman, c'est quoi ? Son sang ne fait qu'un tour. Sa colère étouffe le doux roulement des bongos et des congas, la cérémonie pour l'invocation et la danse des étoiles qu'on entend certaines nuits d'été dans le parc de Homewood.

Cudjoe adorait le parc. Et elle le redécouvrait complètement. Oubliant d'abord. Puis se rappelant quelqu'un qui tenait sa main toute frêle, et les rires qui montaient du vallon, ce matin-là. Aujourd'hui le vallon est vide. Comme sa main vide.

Cudjoe, dit-elle au silence.

Et c'est le silence qui répond. Et cette réponse la fait sauter sur ses pieds, qui retournent pour la troisième fois écumer les rues désertes de Homewood.

Maintenant le vide est troublé par les oiseaux du matin, les larves du matin. Il y a déjà des gens dehors, à l'arrêt du bus, pour aller au travail. Il y en a d'autres qui filent vite, comme si la nuit était un rocher sous lequel ils se glissent et qu'au matin quelqu'un déplace ce rocher, les obligeant à détaler, à se cacher jusqu'au coucher du soleil. Il arrive que le soleil tape dur et qu'un oiseau de nuit s'écroule dans une impasse, dans la crasse, jusqu'à ce qu'un gosse passant par le raccourci pour récupérer son ballon ou livrer les journaux du matin trébuche sur un tas de vieux manteaux de l'armée, de chaussettes et de suppléments couleurs enroulés autour d'un corps. Il y en a qui crèvent emmaillotés comme ça. Recroquevillés comme des mouches sur le rebord de la fenêtre après la première nuit froide. Pas plus tard que la semaine dernière, deux garçons ont découvert une femme dans une impasse. Un bout de pull-over, c'est tout ce qu'elle avait sur elle. Étendue, nue à la face du monde, derrière des poubelles, la bouche ouverte, les cuisses béantes, couchée dans la crasse et la crotte d'un cul-de-sac, morte comme un bout de bois. Une jeune, à ce qu'il paraît. Kwansa entendit l'histoire comme tout le monde et fit claquer sa langue en pensant aux gosses qui avaient découvert la morte, à la mère qui s'était battue (à quoi bon ?) pour mettre cette fille au monde, la portant, la berçant, la projetant toute sanguinolente dans la lumière du monde, qu'allait penser cette mère en voyant sa fille telle que ces garçons l'ont trouvée ? Dire qu'elle fut un bébé. Un tout petit bébé. Comme nous tous. Et elle se retrouvait nue, avec un pull-over mité entortillé autour du cou, ce bébé, mon enfant. Qui aurait cru que ça finirait ainsi ? Ces rues et ces impasses, ces cages à poules qui se referment sur toi comme un piège à rats.

Ils disent que c'était joli autrefois. Ici, tout autour. De grands arbres comme dans le parc de Homewood. Les Blancs se bousculaient pour acheter ces belles maisons et ces rues larges. Ils disent qu'il y avait ici un champ de courses très chic. C'est pourquoi la rue s'appelle Race Street aujourd'hui. Ils disent qu'il y avait ici un monde différent, même après que les Blancs étaient partis et que les Noirs avaient pris leur place. Le plus beau coin de la ville. C'est ce que racontent les vieux maintenant. Ils s'en souviennent. Kwansa les a entendus prononcer ces mots, *le plus beau coin,* mais sous ce ciel gris et lourd, avec des cadavres dans les impasses, des camés qui clignent des yeux en cherchant à se cacher et des gens qui enlèvent les enfants, elle trouve que c'est dur à avaler. Comme c'est dur d'imaginer que ces vieillards aujourd'hui à moitié morts et ruminant des mensonges ont dansé, chanté et baisé comme des truands. Comme c'est dur d'imaginer qu'elle fut un enfant comme Cudjoe, gambadant à travers le parc de Homewood. Comme c'est dur de savoir que son fils était en sécurité, près d'elle, à portée de main et de voix, et ça pas plus tard qu'hier, et, aujourd'hui, regardez-la, Cudjoe n'est nulle part. Elle peut hurler son nom jusqu'à ce que sa gorge éclate, il ne répondra pas, même si elle l'a embrassé et laissé chez miss Bracey pas plus tard qu'hier. Aujourd'hui les baisers ne comptent pas et toutes ces journées près de lui ne changent rien. Elle n'est pas plus avancée qu'il y a trois heures, tout ce qu'elle a fait, toutes ces nuits passées près de lui à regarder les ailes de sa poitrine se soulever et retomber, la pièce empestant si fort le Vaporub qu'elle avait la tête qui tournait, toutes ces journées à faire la queue à l'hôpital pendant des heures pour montrer Cudjoe une minute au médecin, tous ces instants de bonheur où Cudjoe se balance sur ses genoux, rit quand elle le chatouille, joue au cheval et au bateau sur la rivière, la part de Waddell en lui s'éveillant, brillant dans ses yeux de velours tout ensommeillés, toutes ces heures pénibles à faire ce qu'elle avait à faire pour mettre de la viande sur la table et garder un toit sur leurs têtes, tout cela ne change rien. Rien ne rapproche Cudjoe d'un pouce, maintenant qu'elle l'a laissé partir.

Kwansa entend le ciel. Une grosse voix éraillée disant ce qu'elle a de moche et qu'elle ne veut pas entendre. Dès qu'elle lève les yeux, ça s'arrête, comme Cudjoe quand il sait qu'il fait quelque chose de mal, elle le fixe, il la voit et s'arrête net, mais elle sait qu'il recommence dès qu'elle se retourne. Un ciel gris encore humide de la pluie d'hier soir. Rien n'est tout à fait sec. Les trottoirs, les bancs, l'herbe, tout est imbibé de pluie. A l'aube elle a vu cette humidité se lever comme de la vapeur, un léger brouillard glissant à nouveau dans le ciel. Mais presque toute l'eau de pluie s'est enfoncée dans la terre, creusant des rivières sous ses pieds, et elles s'étaient mises à parler tour à tour, à lui rappeler qu'elle avait toujours tout gâché. Et cette fois encore, avec ce gosse que tu dis adorer, tu gâches encore tout, tu perds tout.

Le plus difficile à croire, c'est le rêve d'une meilleure Kwansa qu'elle porte en elle. Cette Kwansa qu'elle rencontrerait un jour, et prendrait dans ses bras. Et elles auraient pleuré et ri comme des sœurs qui ne se sont pas vues depuis longtemps, comme des folles au milieu de Homewood Avenue, se foutant des badauds, de ce que les gens diraient. Regarde-toi, ma fille, t'as vu comme t'es belle. C'est bien toi, ça fait chaud au cœur de te voir. J'ai bien cru que je ne te reverrais jamais. Mon Dieu. Laisse-moi te regarder. Alors comment tu vas ? Où est-ce que tu te cachais ? Ne t'avise pas de disparaître à nouveau.

Bien qu'elle ait du mal à y croire, elle en retrouve encore parfois la sensation. Elle regarde dans une flaque et l'image qui se déplace, c'est elle. L'autre Kwansa, la bonne, qui vit dans cette nappe d'huile vert-noir, à la surface des rues sordides et *n'y est pas souillée.* Kwansa, qui est en route pour un truc sans doute pas très régulier, trébuche sur son ombre et s'abîme dans la flaque où se dessine un visage comme le sien, mais plus beau, dormant dans ce trou de la rue qui s'enfonce jusqu'au cœur de la terre. Kwansa est trop occupée. Pas le temps de s'arrêter. Sa sœur glisse comme le palet sur le plateau de Ouija. Pas besoin de le toucher. Les vieilles femmes en cercle l'animent par la force de leur esprit. Un jour elle surgira du sol. Embuée, luisante comme la lueur dans les yeux de Cudjoe. Les deux sœurs se retrouveront après toutes ces années d'éloignement, elles se rencontreront et pleureront comme des idiotes dans les bras l'une de l'autre. Kwansa retrouve la chaleur d'un tel instant. Son corps se réchauffe au contact de l'autre. Pourtant elle n'y croit pas. Sa chance a dû passer quand elle papillonnait d'une bêtise à l'autre. Débordée, laide. Elle récupère ce qu'elle peut. Perd tout.

D'abord elle l'entend siffler, puis c'est le balai qui gratte le trottoir. Le vrai travail de Clément, si on peut dire, est en bas de la rue, au Velvet Slipper. Personne ne sait pourquoi il balaie l'angle de Homewood et de Bruston, le grand tablier de trottoir qui encadre l'Église Américaine de Sion sur Homewood. Jamais à l'église le dimanche, pourtant Clément veille à ce que le trottoir soit nickel, si tant est que ce soit possible à Homewood, il balaie quatre ou cinq fois certains jours, et l'église est plus propre dehors que dedans, comme disait une grande gueule. C'est tellement propre que quelqu'un a demandé à Clément : Qu'est-ce que tu fais, petit ? T'essaies de décaper le noir de ce trottoir ? Personne ne sait pourquoi. Mais tout le monde compte là-dessus. Clément, décapant le trottoir comme la pluie, agitant si fort son balai que pour ceux qui voient Clément à l'œuvre, ce carré de trottoir brille comme une perle. La plupart des gens préfèrent traverser la rue pour ne pas marquer le sol de Clément. Pourtant Clément n'en saurait rien. Il décampe dès qu'il a fini. De nouveau happé par son travail au Velvet Slipper, peu importe ce qu'il fait dans ce bar toute la journée, quand il ne joue pas les coursiers ou ne balaie pas devant l'église.

Peut-être voulait-il le rendre assez propre, assez brillant pour que l'église s'y reflète. Clément comprend peut-être ce monde à l'envers, comme la montagne qui part des pieds de Kwansa et s'enfonce dans le sol, loin, tout au fond, parfaitement symétrique à celle qui l'écrase et qu'elle doit escalader tous les matins. Clément partage peut-être son secret. Le jour où ce sera trop dur de mettre un pied devant l'autre, trop dur de se battre pour ne jamais s'élever d'un pouce par rapport à la veille, le jour où monter ou descendre ne voudra plus rien dire, elle fermera les yeux et se laissera glisser, sombrer dans les ténèbres moelleuses qui s'ouvrent sous ses pieds. Deux églises à l'angle de Homewood et de Bennett Avenue. Jumelles. Une grande, en brique, avec des vitraux et un clocher, abandonnée par les Blancs quand ils ont fui Homewood, et l'autre, que Clément dégage en grattant tout autour. Les gens découvrent celle en brique rouge dès qu'ils dépassent le coin de la rue et l'autre vient à leur rencontre quand Kwansa et Clément dévoilent leur secret au grand jour.

Les cheveux de Clément commencent à blanchir. Des popcorn blancs, frisés comme les cheveux d'un vieil homme. Clément ne doit pas avoir plus de vingt ou trente ans. Sans doute moins. Personne ne l'a réclamé à sa naissance, alors personne ne le sait. Lui-même n'en sait rien. Il est simple d'esprit. Il vit dans la rue, de la rue, depuis toujours à ce qu'on dit. Le barbier, M. Comment-Déjà, qui est mort d'un cancer et qui a eu les plus belles funérailles qu'on ait vues à Homewood, des kilomètres et des kilomètres de voitures, une belle journée, tous bien sapés et tristes, ce grand type au teint clair que le cancer a emporté si vite, il laissait Clément dormir derrière sa boutique. Clément balayait le salon de coiffure, le Velvet Slipper, partout où les gens l'acceptaient, pour mettre quelques pièces dans ses poches. Il dort sûrement dans le bar maintenant, ou dans l'impasse, ou dans la cave de l'église, pour ce que Kwansa en sait. Dans Homewood, il y avait toujours un coin où poser son chapeau et reposer sa tête. Un porche où se caler, un garage où s'abriter de la pluie. L'hiver, l'Armée du Salut accueillait des gens pour la nuit. C'est mieux que de ramasser les corps le matin comme maintenant. Tous les hivers, des incendies ravagent ces baraques, des vieillards, des mères et leur ribambelle de bébés qui essaient de se réchauffer. L'été des vieillards disparaissent, on ne les voit pas pendant une semaine et, un beau jour, ils commencent à puer enfermés dans ces taudis qu'aucun cafard se respectant n'oserait appeler sa maison. Ça ne fait même plus la une de trouver un cadavre. On raconte que les éléphants ont un cimetière secret qu'ils rejoignent pour mourir. Ici, c'est sûrement le cimetière où les nègres sont supposés se rendre.

Clément devrait continuer. Qu'il frotte tout le long de Homewood Avenue. Qu'il la balaie. Vas-y, nettoie-la toute, Clément. Frotte, mon gars. Plus blanche que la neige. *Downtown,* jusqu'au fleuve. Balaie-la complètement pour que je retrouve mon Cudjoe. Pour qu'il puisse marcher dans ces rues en restant aussi propre que Dieu l'a craché.

Si elle s'allongeait nue dans la rue et que Clément donne des coups de balai d'avant en arrière sur son dos nu, est-ce qu'il pourrait la purifier ? Est-ce qu'il pourrait lui arracher la peau ? Retrouver les endroits propres ? Reste-t-il quelque chose de propre ? Une meilleure Kwansa enterrée sous sa peau sale ? Est-ce que Clément peut l'éplucher avec les crins de son balai ? Est-ce qu'elle aurait assez mal, est-ce qu'elle hurlerait assez fort pour être entendue par Cudjoe où qu'il soit ?

En approchant de l'église de Sion plus tôt dans la matinée, elle a traversé la rue comme beaucoup de gens, pour ne pas souiller le sol de Clément. Elle traverse cette fois encore, vers le trottoir de Homewood Avenue où il y avait les deux cinémas, séparés par deux boutiques. L'un coûtait vingt-cinq cents le samedi matin, l'autre quinze. Souvent elle y allait et souvent elle pleurait parce qu'elle n'arrivait pas à réunir assez de pièces pour voir le meilleur film, les gosses de riches allaient là où ça coûtait cher, elle ne les différencie plus maintenant. L'un s'appelait le Belmar, l'autre le Highland. L'un pour vingt-cinq cents, l'autre pour quinze. Elle va vers le trottoir vide où les gens faisaient la queue, où elle lisait et relisait comme elle pouvait les affiches géantes et les petites photos légendées qui montraient des scènes du film, quand celui-ci était en Technicolor. Faisant semblant d'hésiter. Comme si quelqu'un pouvait croire qu'elle choisissait un film plutôt que l'autre. Faisant semblant d'avoir assez. Comme si quelqu'un la regardait. Comme si ça intéressait les gens de savoir quel film allait voir cette gamine noire aux jambes poussiéreuses avec ses vilains cheveux. Comme si l'un de ces films pouvait changer quelque chose à sa laideur. Kwansa entend encore les gosses se crier dessus, comme sur l'écran. Le cinéma le moins cher était le plus bruyant. En général, on n'entendait pas le film. Les grands lançaient en l'air tout ce qu'ils trouvaient. Son oreille lui avait fait mal pendant une semaine, un caillou, un vieux bonbon, en tout cas quelque chose de dur avait atterri sur sa tête pendant que Woody Woodpecker poussait son cri stupide. Les murs ont disparu. L'obscurité bruyante qu'ils contenaient autrefois lui résonne encore dans les oreilles. Elle se demande si, de l'autre côté de Homewood Avenue, elle aurait vu son visage et le reflet de l'église dans les pavés rutilants de Clément ?

Tu vas l'user, Clément.

Tu vas l'user, ma fille. A remuer ton popotin comme ça.

Chez sa grand-mère, pas de musique en dehors des gospels à la radio. Kwansa ne savait pas danser quand elle a rencontré Waddell. C'est facile, lui dit-il. Le *slow*. Tout le monde sait danser le slow. Il fredonnait « Bad Girl » à son oreille avec la voix de Smokey Robinson. T'as rien à apprendre, ma douce, serre-moi bien fort. Passe tes bras autour de moi et accroche-toi. C'est moi, la musique. Tu écoutes, tu me tiens bien serré, et c'est ça le slow. Ouais. La meilleure danse. T'apprends vite, tu sais.

Si sa Big Mama dit vrai, on brûle en enfer. Dans un brasier permanent. Danser, boire, invoquer en vain le saint nom de Dieu. Ça mène tout droit en enfer, des flammes te dévorent pour l'éternité. Tu cries, tu pleures, tu mendies une autre chance. Le feu atteint ta gorge. Oh, pitié, pitié. Je ne le ferai plus. Mais trop tard. C'est quand t'avais une chance d'être bonne qu'il fallait t'acheter une conduite. Aujourd'hui c'est trop tard. T'étais heureuse comme un poisson dans l'eau, pas vrai ? T'as décroisé les pieds et écarté les jambes en un rien de temps. Tortillant du derrière. Je t'ai regardée faire. Tu t'imagines que je ne te voyais pas, miss ? Toute la nuit dehors. A boire et à fumer comme un homme. Offerte au premier pécheur qui passait. Waddell. Waddell. Ma Big Mama m'a maudite. M'a foutue dehors. J'ai dû lui dire la vérité. La vérité se verrait très vite. J'ai prié Dieu pour qu'elle comprenne. Je ne suis pas une traînée. Ni rien de tous ces noms dont elle m'a traitée. T'es le premier et le seul, tu le sais. Et puis, on va se marier. Je lui ai répété tout ça et aussi que tu cherchais du travail, mais elle s'est juste assise les yeux fermés, en brandissant le poing. En appelant la malédiction de Dieu sur moi. Qu'est-ce que je vais faire, Waddell ?

Ils étaient dans le parc. Un de ces premiers beaux jours de printemps, quand tu sens que le temps change. Une pastèque sous sa robe pour la fin de l'été, un bébé dans les bras au printemps prochain, comme les autres, des filles de sa classe qui promènent déjà deux ou trois petits dans les allées du parc, sur Homewood Avenue, quand elles font les courses. De tout petits gosses qui en surveillent de plus petits encore, tandis que maman porte le dernier sur ses épaules, ses yeux noirs brillant sous son joli chapeau de soleil. Tu ne vois pas la maman enfouie sous un amas de gosses, mais des bébés qui gigotent, qui grimpent, et qu'elle berce dans ses bras. Pas de papa dans les parages. Papa joue au basket, pique du nez sur un des bancs de touche, ou traîne dans les rues à la recherche d'un peu d'argent qu'il pourrait faire sonner quelques minutes avant de le flamber en se prenant pour Dieu. Les hommes ne sont pas tous comme ça. Les meilleurs sont tombés. Un jeune homme ou deux, dehors au premier chant des oiseaux. Bien propres et bien nets. Forts comme des étalons. La classe, quoi qu'ils portent. Ne serait-ce qu'un T-shirt et un survêtement. Des gosses encore, mais qui ont des gosses, alors ils se lèvent à l'aube pour aller au-devant du Blanc. Tu vois dans les yeux qu'ils sont sérieux comme la mort. Ils y arriveront. Debout et raides comme des soldats à côté de vieilles mamas avec leur cabas à provisions, de vieux qui prennent le bus du centre-ville en costume et se changent plus tard en salopette parce qu'ils font le ménage dans un de ces grands immeubles, avec leur déjeuner et leurs vêtements de rechange dans le porte-documents. Ces jeunes gars ne plaisantent pas sur le travail. Certains marchent des kilomètres pour économiser le prix du bus. Ce n'est pas les premiers que Kwansa voit bien débuter. Sérieux comme tout. Marchant une heure pour aller travailler et une heure au retour parce qu'il faut nourrir les oisillons, ces petits qui sortent dans Homewood au printemps, comme les bourgeons sur les branches. Le matin, Kwansa voyait passer ces jeunes, rasés et peignés de frais, en chemise d'uniforme bien repassée, et les regardait partir d'un air grave, descendre la colline d'un pas mécanique, à l'époque où elle vivait avec sa grand-mère sur Tokay, là où tout le monde passait pour attraper le bus du centre-ville, au pied de la colline, sur Bennett. Quand elle se levait deux heures avant l'école pour faire la cuisine, le ménage, et tout laisser impeccable à son départ, elle les observait traînant la patte sur les pavés. Pendant des mois, qu'il pleuve ou qu'il vente, elle pouvait régler sa montre sur leur passage devant la fenêtre de Big Mama, quand ils allaient au-devant du Blanc. Et puis ils chutaient. Commençant d'abord par sauter des jours. Ils trébuchaient et chutaient. Leurs yeux partaient les premiers. Leur regard tombait avant d'entraîner le reste. Ils regardaient autour d'eux. Qu'est-ce qu'ils foutaient dehors à attendre ce foutu bus quand tout le monde dormait ? Pourquoi eux, pourquoi se battaient-ils tous les matins comme s'ils allaient quelque part, alors qu'ils n'avançaient pas ? Et si personne n'avançait jamais, pourquoi se taper cette journée infernale ? Toujours la même merde, qu'ils bossent ou pas. Bébé, factures, impossible d'avancer. Ça leur retombait sur le nez à chaque pas. Laisse tomber, mon pote. Pas moi, mon pote. Pas question.

Waddell était trop fortiche por essayer. Elle savait qu'il ne serait jamais dehors à l'aube, propre et bien mis, qu'il pleuve ou qu'il neige, au milieu de bonniches et d'Oncles Tom. Jamais il ferait ça. Ce n'est pas ce qu'elle espérait. Qu'est-ce qu'elle espérait ? Et qu'est-ce qu'elle lui demandait toutes ces fois où il disait non ?

OK. Ça va. Calme-toi. T'as pas besoin de verser toutes ces larmes et tout, ma chérie. Waddell est là. Maintenant écoute-moi. C'est Waddell qui te le dit. T'es ma chérie. Il n'arrivera rien à ma toute douce, je suis là.

Kwansa essaie de se souvenir des mots précis. Pas de ceux qu'elle avait cru entendre, mais de ceux que Waddell avait dits. Kwansa avait entendu les écureuils jacter et jaser, les gosses gambader, les bruits du terrain de basket qui passaient les limites du parc pour plonger dans le lit de graviers de la voie ferrée, où les rails d'acier reprenaient le son qui devenait plus sourd, plus calme, quand il refluait vers le banc où Waddell l'avait fait asseoir.

Regarde-moi. T'es ma femme, pas vrai, femme ? Par ici. Essuie tes jolis yeux. Waddell n'est pas un minable. Pas comme ces ringards à la petite semaine que tu vois traîner au billard. Le monde est dur, mon chou. Mais Waddell va trouer le mur. Le percer jusqu'à ce qu'il saigne. J'en tirerai bien quelque chose. J'en tirerai peut-être ce que je veux. Tout. Comme ces jeunes Blancs futés qu'on voit tout fiers à la télé. Waddell va se charger de tout. Prendre soin de sa femme.

Elle savait qu'il mentait. Qu'il se contentait de le dire. Et qu'il filerait à la première occasion. Trop mignon pour travailler, trop mignon pour se coller avec Kwansa la moche, chaque jour plus grosse, une pastèque sous la robe, le nez qui coulait et les yeux rouges en plein jour dans le parc de Homewood. Tout le monde la voyait, tout le monde savait ce qui se passait. Elle s'était laissé prendre. Portait le bébé de Waddell dans son ventre. Il lui a raconté les mensonges qu'ils disent tous. Qu'ils croient tous.

Toi et moi, bébé.

Est-ce que c'étaient ces mots-là ? Si les grands arbres pouvaient parler et raconter les histoires qu'ils ont entendues, est-ce qu'ils diraient ces mots-là ? Toi et moi, bébé. Ou est-ce qu'entre reniflements et sanglots, dans ses bras qui l'enlaçaient, qui l'éloignaient du bord, elle avait entendu ce qu'elle avait envie d'entendre, les mensonges qu'elle avait besoin de se raconter, besoin de croire, que Waddell promette ou pas ?

Apporte-moi la ceinture. Apporte-la ici et amène aussi ton misérable derrière que je le mette en pièces.

Big Mama, j'ai rien fait.

Ne me réponds pas. J'ai dit, apporte-la-moi.

Quand je te dis d'apporter la ceinture, tu le fais et tu ne discutes pas.

Entre les mots, les coups tombaient sur les fesses nues de Kwansa. Sa petite culotte aux chevilles. Les sifflements de la vieille femme qui reprenait son souffle, qui mourait presque entre chaque coup, et ça cinglait plus fort que la ceinture. Comme un animal derrière son dos. Une bête terrible crachant son souffle terrible sur sa peau nue. La bête toussait et soufflait comme une locomotive, mourait et reprenait vie chaque fois qu'elle sifflait, qu'elle grognait et retrouvait la force de frapper Kwansa.

Kwansa n'avait pas d'yeux derrière la tête et elle ne voyait pas qui était cette bête. Elle ne pouvait pas croire que c'était sa Big Mama qui lui faisait si mal. Qui faisait ces bruits épouvantables. Sa Grand Mama, tout ce qu'elle avait. Big Mama l'avait élevée. Quand elle était petite, personne ne la voulait, et Big Mama l'avait recueillie, elle l'avait lavée et habillée pour l'école, avait peigné ses cheveux crépus, et lui avait tenu la main jusqu'à l'église sanctifiée de Tioga Street.

Trop vieille. J'ai passé l'âge d'élever des gosses. Big Mama ronchonnait, hochait la tête sous sa résille et criait quelquefois. Mais pas toujours. Et puis, la ceinture. Une fois, quand Kwansa était encore trop petite et trop bête pour savoir où était son intérêt, elle avait couru jusqu'à ce que Big Mama, qui n'était pas grosse et qui avait tout juste assez de forces pour tenir son anguille de petite fille, l'attrape et s'asseye à demi sur son dos, luttant pour maintenir ce ver de terre en faisant claquer la ceinture pour montrer que c'était du sérieux. Deux ou trois bons coups suffisaient en ce temps-là. Kwansa beuglait. Big Mama respirait fort, épuisée, la ceinture molle dans une main, le visage aussi brisé que celui de Kwansa. Big Mama prenait un air coupable et s'asseyait au bord du lit, son visage de singe tout retourné comme si c'était son tour de prendre une raclée.

Trop vieille. Trop vieille pour recommencer avec des gosses.

Maintenant elle est encore plus vieille, plus malade et plus essoufflée, et Kwansa n'est plus assez bête pour courir. Elle apporte la ceinture en cuir verni, baisse son pantalon et son slip aux chevilles, bande les muscles de ses fesses, se demandant pourquoi elle reste à prendre des coups et quelle bête féroce mord dans la chair tendre de ses cuisses de femme.

Elle m'a fait honte. Honte. Comme une gamine, cul nu, la petite culotte aux chevilles. Mais c'est aussi ça l'amour, se dit Kwansa. Un tout petit brin d'amour, ce qu'il reste d'amour dans Big Mama. C'est cette parcelle d'amour qui rend les coups aussi durs et qui l'oblige à les subir immobile. Le plus triste, ce qu'il y a de pire à rester les fesses à l'air pendant qu'un monstre qu'elle ne voit pas lui fouette le cul, c'est que si elle ne trouve pas d'amour là-dedans, s'il n'y a pas un brin, pas une goutte d'amour dans cette douleur, elle ne sait pas où chercher. Que cette vieille sorcière à l'article de la mort me mette en pièces. Qu'elle s'étouffe en me tabassant. C'est tout l'amour qu'une vilaine petite fille moche peut espérer connaître.

C'est curieux, le jour où Waddell lui a finalement mis la main dans la culotte pour la faire glisser le long de ses cuisses, il était tellement pressé qu'il ne l'a pas enlevée et, comme elle avait trop peur pour l'envoyer dinguer, la première fois qu'il s'est planté en elle, sa petite culotte était tendue entre ses chevilles. Ses genoux le plus écartés possible, les hanches maigres de Waddell au milieu, et ses chevilles enchaînées, une douleur si douce quand il lui limait le minou, mais ses chevilles étaient attachées et, du coup, Big Mama était là, comme Kwansa le savait depuis toujours, la maudissant devant Dieu, la tabassant.

Je vais m'occuper de toi, bébé.

Les arbres avaient déjà entendu ça. Et l'entendraient encore, au prochain printemps. Kwansa savait que Waddell mentait. Qu'elle ne recevrait pas les choses promises. Que rien ne se passerait comme il le disait. Son esprit avait retenu ces mots et les avait mis de côté. Pour le jour où il ne lui resterait que les mots, quand Waddell aurait filé depuis longtemps. Mais Waddell disait ces mots doux. Et son cœur en avait besoin. Sa mémoire les a conservés pour qu'elle puisse se les répéter aujourd'hui. Des petits mots vides, desséchés, comme quand tu casses une coque de noix et qu'il n'y a plus que de la poussière à l'intérieur.

Elle ne l'a pas cru. Pourtant elle s'est arrêtée de pleurer et s'est nichée contre son épaule. Elle a senti la chaleur de Waddell se répandre dans tout son corps, partout où ils se touchaient, sur le banc, sur la pierre granuleuse encore humide de la pluie, de la nuit et de l'hiver. Il y a de l'amour dans tout ça. Dans la chaleur. Dans les mensonges. Dans le poing de Big Mama martelant le bras du fauteuil. De l'amour dans tout ça, pense Kwansa. Pour le trouver, elle doit tenir assez longtemps, se mordre les lèvres et supporter les coups assez longtemps. Pas d'autre possibilité.

Ça marcherait peut-être comme Waddell le pensait. Il pourrait peut-être faire ce qu'il voulait et les rendre heureux tous les deux. Waddell ne dit que des conneries. Mais il connaît peut-être un moyen que les autres ignorent. Un moyen de rester assis sur son cul en se bourrant les veines de dope, tout en assurant son bonheur et celui de Cudjoe, qu'ils soient tous à tout jamais à l'abri du danger.

C'était au printemps, Cudjoe n'était pas né. Pas encore garçon ni fille. Pas de nom qui lui déclenche un sourire quand elle le prononce. Un sourire qu'elle ne peut retenir même quand il fait une bêtise, qu'elle devrait se fâcher et le battre ; elle crie, Cudjoe, viens par ici, mon garçon, et lève la main, mais, dès qu'il voit son sourire derrière la colère, c'est fini. Avant qu'il soit Cudjoe, elle l'appelait M. Bébé, le personnage dans son ventre, avec ses curieuses manies, qui gigotait toute la nuit, il avait ses idées bien à lui et se fichait pas mal qu'elle dorme, fasse la cuisine, ou qu'exténuée, elle essaie de se reposer un moment. Quand il la voulait, il la prenait, lui chatouillait la colonne vertébrale en battant des doigts de pieds, lui donnait un coup d'épaule sur la vessie pour lui faire croire qu'elle avait envie de pisser alors qu'il lui disait juste, Salut. Comment tu te sens à quatre heures du mat ? *Monsieur Bébé,* c'était un garçon. Aucun doute. Ce poids qui gigotait, c'était lui. L'arrondi de son ventre. Son esprit contrariant. M. Bébé. Un petit homme à elle, dans son ventre. Un homme qu'elle pouvait aimer même si Waddell ne devait jamais revenir. Un homme qui l'aimerait. Et qu'elle ne perdrait pas.

Si elle l'avait gardé en elle, heureux et à l'abri dans son ventre, elle ne serait pas dehors ce matin, criant son nom dans les rues. Elle n'aurait pas dû traverser Homewood Avenue, mais rester sur le trottoir de l'église. Foncer à travers la grande porte rouge, ramper sur le tapis pourpre, s'agenouiller et prier sur le banc de deuil. Implorer le pardon et prier pour le retour de son fils. Est-ce qu'on lui répondrait si elle criait ? Autrefois l'église de Sion sur Homewood appartenait à une congrégation blanche. Quand ils ont fait leurs valises et vendu l'église aux nègres, ils ont peut-être laissé derrière eux le fantôme de leur Jésus blanc. Il doit toujours être embusqué dans les allées, derrière les bancs ou la chaire. L'église de Big Mama était petite et jaune, une devanture de boutique. Le dimanche on l'entendait résonner du haut en bas de Tioga Street. Elle vibrait et tremblait, comme le poing de Big Mama quand Kwansa avait voulu s'expliquer. Des chaises pliantes tellement serrées que les gens s'appuient les uns sur les autres, t'as les genoux dans le dos de quelqu'un et des genoux dans ton dos. Des tambourins. Des pieds qui battent la mesure. Ça leur suffisait pour faire de la musique. Célébrer le nom de Dieu jusqu'en haut du ciel. Chaque voix tentant de se ruer sur l'escalier d'or avant l'autre. Chantant Ses louanges. Criant Son nom. Et tu te balances quand les chaînes commencent à fouetter la salle d'avant en arrière. Tu roules dans un sens, puis dans l'autre, et tu suis les mouvements de la chaîne, sinon le saint d'à côté va se retrouver sur tes genoux. L'église roule et tangue. Le Navire de Sion sur une mer agitée, le prêtre hurle au-dessus des chants. Oh Dieu. Mon cœur est troublé ce matin. Oh mon Dieu. Jésus mon Sauveur. Où trouver Son amour sans faille, Sa Voix Toute-Puissante, ce matin ? J'en ai besoin. Père. Père, calme la houle qui emporte mon âme. Emmène-moi ce matin dans le Navire de Sion. Si... on. Deux mots. Un long silence entre eux, comme quand Big Mama derrière elle marque un temps pour reprendre son souffle, pour frapper.

Une sœur donne le ton. Chante une phrase. Puis une autre prend la relève. Fredonnant quelques mesures à la fois. Le son risque peut-être d'écorcher leurs lèvres, si elles ne se méfient pas. Comme quand on goûte la soupe. Comme si ça faisait mal de laisser sortir le son. Pourtant le ton monte, de toute façon. Et tu sais que leurs murmures se changeront en chant. C'est ainsi que les saints trouvent la musique qu'il leur faut. Pas de mots. Pas de missel. Tel un train loin, très loin sur la voie. Tu entends le son sans savoir ce que c'est. Puis tu devines que c'est un train lorsqu'il gronde de plus en plus près. Il va te mettre en pièces quand il arrivera. A l'heure. Pile à l'heure. Faisant trembler le monde sur ses gonds ainsi qu'il l'a toujours fait. Une balle de revolver qui vient prendre ton âme. Un point. Une poussière de son. Une sœur ferme les yeux et fredonne la lumière douce qu'elle découvre dans le noir. Prête à partir. Les yeux fermés, les lèvres savourant cette lumière cuisante. Elle gémit et une sœur répond en gémissant parce qu'elle sait, dans ce matin gris, dans cette pièce bourrée d'âmes errantes, sur cette mer noire de visages familiers, d'inconnus, sur ce navire qui roule sur les eaux du Jourdain, ce navire de Si... on, telle une hostie entre les lèvres du fleuve, qu'il n'existe pas de chant plus fort que le trouble de ton cœur. Alors tu fredonnes jusqu'à ce qu'un autre fredonne, puis un autre, et, au lieu de mourir, au lieu de t'ouvrir en deux sur ces chaises pliantes qui grincent et font de la retape pour les pompes funèbres, tu te laisses prendre par les autres voix, tu les laisses soulager ta peine et emporter ton cri, parce que tu portes aussi les **leurs** dans le refrain de ce vieux cantique que tout le monde connaît.

La première fois que Kwansa a vu l'intérieur de l'église Sion, elle a cru enfin qu'il y avait de la place au Paradis pour tous les saints. Entassés dans cette boutique étroite qu'était l'église de Big Mama, les saints semblaient se chamailler, s'agiter, se battre, comme si le Paradis n'était pas plus grand que cette boîte à chaussures où ils priaient et qu'ils n'étaient que quelques-uns à pouvoir passer par le chas de l'aiguille, mais à force de chanter, de crier, de se balancer sur leurs chaises, ils ont fini par démolir tout l'immeuble. Comme les cafards dans le four de Big Mama. Tu les vires en l'allumant le matin. Tu les attends armé d'une pantoufle et ils sortent à toute allure, se grimpant les uns sur les autres. Le feu les a bien réveillés et tu finis par avoir le coup de main pour écraser tous ceux qui cavalent comme s'ils voulaient arriver quelque part. C'est écœurant, mais si tu le fais assez souvent, tu ne vois plus les traces blanchâtres, tu n'entends plus leurs corps craquer. Kwansa veut les écraser tous, chaque petit insecte noir qui s'enfuit paniqué. Tous ceux qui ont jamais vécu et ceux qui ne sont pas encore nés et attendent leur tour pour se glisser dans la cuisine de Big Mama dès que la lumière s'éteint.

L'église de Sion de Homewood était plus grande, plus haute, avec des rangées de sièges fixés au sol en demi-cercle. Si c'était bien la maison de Dieu sur terre et que les gens ne s'y entassaient pas comme des cafards, alors Son palais céleste devait aussi avoir un dôme comme ça, mais plus vaste et plus propre, des murs blanchis et des bancs cirés disposés en arrondi comme un arc-en-ciel plus grand que celui qu'elle vit en entrant pour la première fois dans l'église de Sion.

Petite église. Grande église. Est-ce que Dieu en aime une plus que l'autre ? Est-ce qu'Il les aime au moins ? Ou est-ce qu'Il a fait ses valises avec les Blancs et les a suivis quand ils sont partis ? A-t-Il vraiment un regard pour chaque moineau ? Est-ce qu'Il la voit le matin écraser les cafards dans la cuisine de Big Mama ? Est-ce qu'Il sait où Waddell a emmené Cudjoe ? Qu'est-ce que ça change que le Paradis soit grand ou petit ? Pourquoi est-ce un Royaume ? Pourquoi doit-on mourir pour y accéder ?

Pourquoi ? Pourquoi ? C'est le mot préféré de Cudjoe, *Pourquoi.* Quand il n'a plus de questions — dans le bain, Kwansa rêveuse et savonneuse, Cudjoe plonge ses mains dans les bulles, essuie la mousse sur ses seins : Maman, pourquoi tu as des gros biceps ici ? Pourquoi tu as des poils là ? Pourquoi j'en ai pas ? —, quand il épuise une série de questions, elle réfléchit encore à la première, et il la regarde droit dans les yeux pour lui en poser une dernière. *Pourquoi ?* Juste *pourquoi ?* Comme si toutes ces questions qui la harcèlent n'en étaient pas vraiment. Il n'y a qu'une seule question. Et personne ne peut y répondre. *Pourquoi ?* Il ne lui arrive pas encore à la taille et ses yeux savent déjà comment demander.

Pourquoi est-il Cudjoe ? Pourquoi a-t-il disparu ?

Si elle passe par Hamilton, elle pourrait demander à Reuben. Sa caravane est clouée là, un vieux clou rouillé que quelqu'un a planté dans le sol. Elle se demande s'il dort dans la caravane. L'intérieur sent le sommeil, les chaussettes sales et la pièce où les gens pissent sans jamais aérer. Un parfum de vieux, sec et fétide. Elle n'a jamais entendu dire qu'il habitait ailleurs. Est-ce que Reuben travaille, mange et dort là-dedans ? Un jour on le retrouvera mort. Le corbillard viendra et emmènera le tout.

Reuben doit dormir à l'heure qu'il est. Il est peut-être mort. Il avait promis qu'ils ne prendraient pas Cudjoe, pourtant il a disparu. Ses forces l'abandonnent lentement ce matin. Si elle retourne sur ses pas, elle verra peut-être ses empreintes dans les rues de Homewood, visibles comme du sang sur le trottoir. Même Clément n'en viendrait pas à bout. Toute personne empruntant la même rue saurait qu'elle est passée par là, on verrait sa trace et on sentirait l'odeur, le goût. Qu'est-ce qui s'échappe de ton corps quand on t'a volé ton fils, qu'est-ce que tu perds et qui marque le trottoir, comme les marelles que les gosses dessinent avec des cailloux.

Kwansa ne veut pas réveiller Reuben. Elle ne veut pas lui crier : Tu as menti, le vieux. Tu t'es trompé, ta grande gueule s'est trompée, vieille face de rat. Mon fils a disparu. Ils me l'ont pris. Elle ne prend pas Hamilton Avenue parce que Reuben doit dormir et que ce n'est pas la loi qui a volé Cudjoe, c'est Waddell. Waddell qui croit pouvoir faire sa propre loi. Faire tout ce qu'il veut et que les gens dégagent de son chemin sinon gare. Avec ses sœurs mal blanchies. C'est elles qui l'ont entraîné là-dedans. Elles se croient mieux que les autres. Regardent tout le monde de haut avant de juger. Comme si elles étaient la loi. C'est pas Waddell qui veut Cudjoe. Mais ses sœurs, pour m'en priver. C'est tout. Elles ne veulent pas que j'aie quoi que ce soit qu'elles pourraient avoir. Même si elles n'en veulent pas vraiment. Même si je n'ai que ce gosse qu'elles n'aiment pas, elles vont essayer de me le prendre. Pourquoi ?

Son poing est fermé. Comme Big Mama quand elle lui a dit, j'aurai cet enfant. Et je me marierai avec lui.

Elle pourrait brailler à la porte de la caravane. Debout ! Debout, là-dedans ! Peut-être qu'il peut l'aider. Peut-être qu'il sait. Taper dessus comme sur un tambour. Réveiller tout Homewood. Enfoncer les minces cloisons. Sortez, monsieur Reuben ! Amenez votre barbe pointue par ici. Vous aviez dit qu'ils ne prendraient pas mon Cudjoe et maintenant il a disparu. Je ratisse les rues depuis l'aube et il n'est nulle part, il a disparu.

Mais Waddell n'est pas la loi. Waddell n'est rien. Il est plus bas qu'elle. Elle le sait. Son cœur savait qu'il mentait. Waddell n'a jamais dit la vérité. Il a toujours menti. Pour avoir sa chatte. Sa dope. Waddell se fout de faire du mal. Il sait qu'il s'en sortira. Il ment. Il vole. Enlève Cudjoe chez miss Bracey dès que Kwansa a le dos tourné. Il est mauvais. Voilà pourquoi. Pourquoi il lui fait mal. Pourquoi il essaie de se détruire. Pourquoi il se croit mieux que les autres. Pourquoi il a ces deux garces de sœurs qui lui disent de lui voler son fils. Si elle avait un flingue, elle le tuerait. Trouverait ce nègre et lui ferait sauter la cervelle.

Au Paradis, Big Mama la regarde en disant, je te l'avais dit. Je t'avais prévenue. Big Mama n'a pas vécu jusqu'à la naissance de Cudjoe. Elle a dit, tu m'as tuée. Assassinée. Je suis trop vieille pour ce que tu me fais vivre. Bien trop vieille pour supporter toutes ces saletés une fois de plus. Elle a dit, barre-toi d'ici. Hors de ma vue, de ma maison. T'existes plus depuis que t'es sa pute. Prends tes nippes et ne t'avise pas de remettre les pieds ici. C'est une maison chrétienne et je suis chrétienne. J'ai pas élevé de pute et y en aura pas sous mon toit. Que celui qui t'a déshonorée te nourrisse. Toi et ton bâtard.

Trop vieille. J'ai passé l'âge. Tu es la fille de ma fille, c'est pour ça que je t'ai prise. Je savais que c'était une bêtise, mais je t'ai prise quand même. Je t'ai élevée. Pour que tu craignes Dieu et que tu suives Sa voie. Et j'ai élevé une pute pour me faire honte. Pour me pousser dans la tombe. Tu m'as tuée. Je suis morte. Et je ne veux jamais revoir ta petite gueule d'effrontée, dans ce monde ou dans l'autre.

Kwansa ne la verra pas au Paradis. Ce n'est pas au paradis qu'elle ira, mais elle sent les yeux de Big Mama se poser sur elle. Je te l'avais dit. Te... l'avais... dit.

Des gens dans les rues maintenant. Qui se promènent comme si de rien n'était. Les boutiques ouvrent. Les Enfants de l'Amour installent leur longue table devant l'ancienne vitrine de la laverie Footer, nettoyage à sec en vingt-quatre heures. De longues tables, des plateaux posés dessus. Ils vendent les bijoux qu'ils fabriquent. Des vêtements avec des griffes de luxe, certains disent que c'est juste des étiquettes cousues sur des chiffons, et d'autres que tu es sûr de faire une bonne affaire, si tu crains pas les poulets. Les Enfants de l'Amour, une façade pour une bande de voleurs, des junkies qui prennent le bus du centre-ville tous les matins comme s'ils allaient bosser, ils vident un magasin en moins de deux. Revendent la marchandise toute chaude sur Homewood Avenue. Il y a toujours foule. Fouillant sur les tables, choisissant des vêtements sur les portants le long du trottoir. Les Enfants de l'Amour en robes blanches. Leurs femmes portent des jupes longues et couvrent leurs cheveux. Certaines ont des anneaux d'or dans le nez. La couleur du ciel ne les dérange pas. Il est gris et ils s'installent pour la journée. Les gens disent qu'ils baisent tous entre eux comme des chats de gouttière. Les hommes prennent toutes les femmes qu'ils veulent. Ils s'installent comme si c'était un jour banal. Un jour normal pour tout le monde. Ils se foutent de savoir qui est mort la nuit dernière et qui a perdu son enfant.

Kwansa a appris la nouvelle par l'une des saintes, miss Lawson, qui porte son uniforme d'infirmière dans l'église comme partout. Elle a appris la nouvelle sur Homewood Avenue : Miss Taylor a passé la nuit dernière, mon petit cœur.

Miss Lawson appelle tout le monde mon petit cœur. Une de ses manies bizarres. Mon petit cœur. Son uniforme blanc qu'elle a toujours sur le dos, sa façon de marcher sur la pointe des pieds, on dirait qu'elle a peur d'écraser quelque chose de précieux si elle ne fait pas attention. Elle se déplace en catimini au lieu d'avancer et de marcher comme tout le monde. Des fois elle te fait peur. Elle arrive tout doucement par-derrière. Surgit à côté de toi, sa petite voix qui murmure comme quelqu'un qui souffle des bougies d'anniversaire, et elle te fait sauter au plafond. *Miss Taylor a passé la nuit dernière, mon petit cœur.*

Kwansa ne l'a pas entendue arriver. Et elle a sursauté. Elle connaît miss Lawson depuis toujours, avec ses petites manies, si bien que celles-là n'ont plus rien de bizarre. Et elle ne saute pas en l'air, mais redescend sur terre à toute allure, quand elle reconnaît le murmure fragile et le *petit cœur,* sachant immédiatement quel angle prendre pour découvrir la petite bonne femme sous son bonnet blanc. Ce que Kwansa ignorait avant d'avoir répété ce nom cinq ou six fois ce matin-là, il y a dix ans, sur Homewood Avenue, c'est qui était miss Taylor.

Avant d'avoir compris que Big Mama était morte, aussi morte que le bébé lui donnant des coups de pied dans le ventre était vivant, Kwansa dit, merci miss Lawson. *Merci,* c'est toujours ce qu'on dit à miss Lawson. Parce que le travail de miss Lawson consiste à parcourir Homewood en distribuant des *Dieu vous bénisse* reçus directement de Jésus. Des bénédictions livrées en main propre et si elle se souvient de t'avoir vue petite à l'Église Sanctifiée du Sang du Précieux Rédempteur sur Tioga Street, elle dit, mon Dieu, comme tu es devenue jolie. *Merci,* c'est la réponse polie à faire à miss Lawson. Ne demande pas, comment allez-vous, miss Lawson, n'essaie pas de lancer la conversation. Tu uses ta salive pour rien. Elle en a fini avec toi, dès qu'elle a livré son message. Disparue. Un autre message à délivrer.

Kwansa a dit, *Merci,* et miss Lawson s'est éclipsée sur la pointe des pieds comme si quelqu'un dormait sous le trottoir et qu'elle ne voulait pas le réveiller. Merci.

Miss Taylor a passé... Miss Taylor...

Puis Kwansa a compris. Pourquoi ses genoux tremblent et sa bouche reste ouverte. Big Mama, c'est Big Mama, et Kwansa avait oublié les autres noms de sa Big Mama, miss Taylor comme tout le monde appelait sa grand-mère. Quelqu'un a-t-il entendu Kwansa dire merci ? Ont-ils compris son demi-sourire, ce petit sourire de reconnaissance que tu ne peux pas retenir, même si tu as déjà entendu le couplet de miss Lawson des centaines de fois. Elle veut bien faire, miss Lawson. Bénissant les gens. Leur disant qu'ils sont beaux. Ça ne peut pas faire de mal d'entendre ça. Et tout le monde est beau, sans doute, dans ses yeux troubles de vieille femme. Toujours un bébé, un enfant superbe. Peut-être qu'elle peut bénir les gens. Les rendre meilleurs. Et Kwansa a fait un sourire reconnaissant à miss Lawson. Elle espère que personne ne l'a vue sourire bêtement, ni entendue dire *merci,* le jour où le petit fantôme maniéré aux pieds de souris lui a appris la nouvelle du départ de miss Taylor.

Passé. Big Mama avait passé. Passer, c'est un gaz qui passe à l'état liquide. Passer, c'est quand on a la peau assez claire pour passer pour un Blanc. Et passer, c'est le moyen d'avoir une autre vie, une vie meilleure qu'en restant noir, un pauvre nègre noir. C'est aussi passer de vie à trépas. La fin. Quand tout est passé. Passé l'âge de ces saletés. Tu m'as tuée. Assassinée.

Des gens passent à côté de toi dans la rue. Et l'un d'eux t'apprend que ta grand-mère est morte. Tu souris et tu dis merci. Un matin comme les autres à Homewood. Une journée qui s'annonce, qui sera ce qu'elle doit être, avec ou sans toi. La vie continue. Ta grand-mère est morte. Personne ne s'arrête. Miss Lawson est allée bénir quelqu'un d'autre.

Changer une pauvre âme en belle âme pour un instant. Personne n'écoute. Personne ne s'arrête. Les portes s'ouvrent le long de l'avenue. Les rideaux de fer se lèvent. Le premier visage pâle émerge derrière une fenêtre à barreaux. Quelqu'un secoue des clés. La même crevasse s'ouvre à tes pieds chaque fois que tu passes devant le bâtiment de la banque. Le seul membre de ta famille que tu connaissais est mort. Passé. La branche s'éteint avec toi à moins que tu ne retrouves ton fils.

Pas de coups de tonnerre, pas de lamentations des femmes, aucun homme ne baisse la tête de honte. Les magasins sont ouverts.

Pourquoi ?

Cudjoe peut demander pourquoi à propos de tout et de rien. Pourquoi tu manges ça ? Pourquoi il est bleu ? Le ciel est là-haut, comme d'habitude, sans s'occuper de toi, bleu comme toujours quand il n'est pas d'une autre couleur et Cudjoe te demande pourquoi il est bleu. Elle s'en veut quelquefois de ne pas connaître plus de réponses. En général, ça la fatigue parce qu'elle n'a pas le temps d'ouvrir la bouche pour répondre que Cudjoe plisse le nez et lève ses mirettes vers elle, un autre pourquoi sur les lèvres. Quelquefois elle l'embrasse. C'est sa meilleure réponse. Maman ne sait pas, bébé. C'est comme ça depuis toujours, mon bébé. Une fois elle a failli dire, c'est Dieu qui l'a fait comme ça, mais elle s'est retenue. Elle ne sait pas exactement pourquoi. Big Mama lui a-t-elle fait tellement honte qu'elle croit à la malédiction de la vieille : Le nom de Dieu est un péché dans ta bouche ? Son Nom est un péché dans ta bouche impure. Kwansa n'en veut pas à sa grand-mère de lui avoir interdit la grâce de Dieu. Kwansa n'a pas le droit. Elle a peur de se présenter devant Lui. Son regard brûlant la perce à jour, tous ses secrets s'écroulent comme les murs de la ville maudite, comme les murs du clocher formé par tes doigts et voilà les gens nus et apeurés qui se débinent dans tous les sens. Là où elle en veut à Big Mama, ce qu'elle ne lui pardonne pas, c'est que ses malédictions sont tombées sur la tête de l'enfant innocent dans son ventre. Si Big Mama pouvait parler à Dieu, s'Il l'écoutait et damnait Kwansa, est-ce que la malédiction s'étendrait jusqu'à l'intérieur de son corps, pour contaminer la nouvelle vie qu'elle portait ? Si ça se passe comme ça et que Dieu assis tout là-haut dans le ciel sur Son trône d'or peut contaminer les petits bébés qui n'ont pas encore vu la lumière du jour, elle ne risque pas de Lui dire merci. Ni de dire à son fils que Dieu a créé un monde pareil. Cudjoe s'en rendra compte assez vite. Avec tous ses pourquoi. Il n'y avait aucune raison de maudire son enfant. Big Mama aurait dû savoir ça. Et Dieu aussi.

Peut-être qu'Il ne le savait pas. Dieu est si loin que les bébés ressemblent à des cafards. Quelqu'un à genoux une pantoufle à la main, prêt à écraser Cudjoe dès qu'il montre le bout de son nez. Et Kwansa ne s'est pas servie de Dieu pour répondre aux questions de Cudjoe. Si Dieu a créé les arbres, le bleu, et tout le reste, Il a aussi créé la pantoufle et la main qui la tient et ça n'est pas une bonne réponse pour quoi que ce soit.

Passée.

Un jour, vieille et malade comme Big Mama, dans longtemps, un jour tu verras comme ils disent dans les chansons, elle regardera peut-être en arrière et verra le bon dans tout ça. Perdre Cudjoe, le retrouver, se retrouver, le perdre à nouveau, peut-être qu'il n'y a rien d'autre, que tout est supposé se passer comme ça. Un jour tu verras, la vie aura peut-être la douceur du miel, elle comprendra et dira, bravo. Mais pas ce matin. Pas aujourd'hui sur Homewood Avenue.

Dans la rue, la vie suit son cours. Cudjoe est perdu mais elle va le retrouver. Ou elle mourra à sa recherche. Celui qui trouve rafle tout, le perdant a ses yeux pour pleurer. Pas de pleurs ce matin. Pas de temps pour les larmes. Il doit y avoir un équilibre, une ouverture. Les choses s'aggravent puis s'arrangent. La pluie qui est tombée hier soir, c'est la brume qu'elle a regardée ce matin s'élever en volutes comme le souffle de l'herbe du parc. La chape grise qui recouvre tout est usée par endroits. Il y a toujours d'autres couleurs en dessous. Le ciel sera peut-être bleu dans l'après-midi.

Pourquoi est-ce que Cudjoe ne répond pas quand elle l'appelle encore et encore ? La bouche pleine de pluie, elle s'étouffe. Les gouttes lui piquent les yeux. Cudjoe n'a jamais vu Big Mama. Elle était morte quand il est né. Est-ce qu'il reconnaîtrait son arrière-grand-mère si elle redescendait l'escalier d'or dans sa robe d'ange et lui prenait sa main ? Si elle pouvait le maudire, jeter son petit corps tendre en pâture aux démons de l'Enfer, est-ce qu'elle pouvait aussi le sauver ? Prononcer une prière à Jésus pour lui. Au nom de Jésus. Le ramener à la maison. Prends pitié !

Sa montagne comme un arbre planté dans l'eau. Deux arbres joints par leurs racines noires. Quand l'eau est parfaitement immobile, elle les voit tous les deux, deux arbres, l'un vers le haut l'autre vers le bas, une ouverture sombre dans cette immobilité que Cudjoe doit traverser, si elle doit le perdre, s'il doit lui revenir...

9

BIMBO

Parallèle au littoral, séparée de l'eau par environ trois kilomètres de forêt, Shore Road est une route que Wally a découverte au cours d'une de ses visites à Bimbo. Perdu, trop de vodka, trop de marijuana, ou les deux, il rebrousse chemin, sa tête ne tourne plus, il s'est perdu parce qu'il a eu besoin d'air, besoin de fuir le palais de plaisirs de Bimbo, la came et l'encens, les haut-parleurs puissants qui bombardent les chansons et la voix suave de Bims dans les moindres recoins du salon en contrebas, les femmes qui gloussent aux ordres de Bimbo, voletant autour de sa carcasse parfumée, le massant, le tripotant, sniffant une ligne de coke tombée de la cuillère en argent pendue au cou de Bimbo, toutes en clins d'œil et roucoulements, exhibant des lichettes de chair nue, tétons et poils frisés. Et Wally, qui ne sait pas s'il doit regarder, si ces salopes sont la viande réservée de Bimbo ou si son vieux pote Wally peut taper dans le tas, choisir un morceau et l'inviter à le suivre dans la piscine, dans l'antre du jacuzzi, dans les vapeurs du sauna. Bimbo mort en dessous de la ceinture et ces trois femmes qui virevoltent, papillotent de leurs longs cils, l'égratignent avec leurs ongles à la Fu Manchu, en se léchant des babines en Technicolor comme si elles se préparaient à faire le festin des justes avec les restes de son corps. Bims était déjà le meilleur pote de Wally avant qu'il devienne riche et célèbre, des années avant l'accident qui l'a coupé en deux. Bimbo n'a pas besoin d'exhiber ses putes pour impressionner Wally. Wally n'est pas à L.A. pour faire la fête. Il est fatigué, usé à force de traquer les basketteurs aux jambes les plus dures. Bimbo est son pote. Le sera toujours. Bims le branche. Il veut garder le contact. Les femmes anguilles, leurs formes enfilées dans du cuir transparent et de la soie métallique, les basses vibrantes des tubes de Bimbo, les plateaux avec tout ce qui se mange, se fume, s'avale, se sniffe ou se shoote, Wally rêve quelquefois de cette ambiance, quand il se retrouve complètement déboussolé dans une chambre de motel, le boulot terminé, la queue raide, et la perspective d'une longue nuit seul dans un lit où rien ne vibre ; pourtant quand il va sur la Côte Ouest et s'arrête chez Bimbo, tout ce cirque le fatigue. Chapeau, Bims, t'es toujours le meilleur, Bimbo. T'as tout, mon vieux. Des mots que Wally est prêt à répéter autant que Bimbo en a besoin. Mais ça devient pénible. Ça commence à lui peser sur la langue. Aussi lourd que la bouffe et l'alcool, les volutes des fumées d'encens et ces gonzesses, cassées dans leur tête comme Bimbo sous la ceinture.

C'est pourquoi Wally est sorti seul prendre l'air en voiture. Le chemin de terre privé de Bimbo relie la villa du bord de mer à une route de campagne goudronnée, mais étroite et tortueuse, avec des courbes et des virages, des carrefours improbables, pleins phares tout du long, la lumière dansant du haut en bas des murailles d'arbres noirs. En arrivant sur Shore Road Wally accélère à fond, puis il ralentit et baisse la vitre pour laisser entrer la fraîcheur de la nuit, surpris par le terrain plat, les courbes souples de la route et la voûte d'arbres, il se rend compte qu'il ne sait pas combien de kilomètres il a faits, combien de virages il a pris. Wally se gare sur le bas-côté. Pas une seule voiture, ni dans un sens ni dans l'autre, en une demi-heure. Rien que la nuit noire et Wally qui se vide la tête, laissant son esprit divaguer dans le silence. Il s'allège. Le poids glisse de ses épaules comme une sueur en cascade. C'est ta vie, ça, Wally. Cette voix niaise essaie de s'immiscer dans ses réflexions, de le forcer à l'écouter. Sa vie se dissout en une flaque d'eau qui s'étale à ses pieds. Il la laisse grossir, s'élargir, refusant de baisser les yeux. Puis il fait demi-tour, comme il l'apprendra par la suite, sur Shore Road. Plusieurs fausses manœuvres, une légère panique d'une dizaine de minutes pendant lesquelles Wally renonce à chercher la villa de Bimbo et guette des panneaux indiquant l'autoroute, l'aéroport, une ville, une issue quelconque à ce labyrinthe et le retour vers le monde, puis il se plante une dernière fois et se retrouve au départ, à la sortie du chemin de terre de Bimbo.

Sheeba, en débardeur de cuir écarlate, short court assorti et collant orange, ouvre la porte de Bimbo quand Wally revient. Elle lui sourit comme si Wally était un inconnu, comme s'ils n'avaient pas passé des heures à baiser avec les autres dans la salle de jeu de Bimbo, un sourire sans mémoire qui dit aussi, Peu importe qui tu es, ça me va. Ça me va très bien, allons-y, qui que tu sois. Quand Wally lui dit qu'il est sorti faire une balade en voiture et a découvert un chouette coin pour son jogging, elle répond, *Waow*, et le mène par la main dans la fosse aux gladiateurs, dans le salon en contrebas, où la fête bat toujours son plein.

Le matin, pendant que les autres dorment — dans quel lit et avec qui, c'est encore une énigme pour Wally, il a une envie si pressante de la résoudre qu'il traîne sa queue aux chiottes pour essayer de calmer sa curiosité, la triture jusqu'à ce qu'elle ramollisse et le laisse pisser —, Wally enfile sa coquille, ses chaussettes, son survêtement, et sort courir. De jour, Shore Road est facile à trouver. Il laisse la mer derrière lui en conduisant. Quelques virages à gauche. Il gare sa voiture de location. Et s'engage à pied sur la route qu'il a prise la veille en voiture.

Ce premier matin sur Shore Road s'annonçait frisquet. Des lambeaux de brouillard dans les arbres. Et, encadrant la route des deux côtés, Wally se souvient d'une barrière de brume qui frissonnait à ras du sol. Ce matin-là il n'osa parcourir que cinq ou six kilomètres, mesurant la distance en se basant sur le temps mis pour faire l'aller sur Shore et le retour à la voiture. Ça suffisait pour savoir que Shore était une bonne route pour courir. Un endroit où il pourrait garder le contact avec lui-même, en attendant que Bimbo pige pourquoi Wally passe chez lui quand ses affaires l'amènent à l'Ouest.

Maintenant Wally connaît Shore dans les détails. En s'aidant du compteur de la voiture, il a établi plusieurs parcours d'une longueur de six, dix, douze et quinze kilomètres aller-retour, en partant de l'intersection de Shore Road et du chemin sans nom qui serpente jusque chez Bimbo. Shore se déroule sans pentes raides, sans surprises, sans circulation, à l'ombre des arbres sur une bonne longueur. Wally commence à bien connaître sa section de Shore Road. En trois ans, il a couru à différents moments de la journée, de l'année, et peut presque la parcourir pas à pas dans sa tête, un catalogue de détails qu'il feuillette à quatre mille kilomètres de là, paressant sur son waterbed, se remémorant chaque foulée, laissant ses jambes courir librement sur Shore Road, puisqu'elles ne veulent pas le laisser dormir en paix.

Le soleil s'est levé. Seuls les arbres les plus hauts projettent encore une ombre noire sur la route, dessinant une dentelle irrégulière sur un côté de Shore. Wally a envie de dire merci pour ces flaques d'ombre. Par cette chaleur, elles sont comme un courant d'air, un verre d'eau fraîche. Et il a besoin de toute l'aide possible. Ça lui coûte de courir seul. Une habitude, maintenant, mais ce n'est pas facile pour autant. Pour lui, courir est une sanction. Le prix qu'on paie, une façon de se flageller pour être en forme et marquer un panier, la punition pour avoir glandé à l'entraînement et bu trop de bières pendant l'intersaison. Courir a toujours été une sorte d'échauffement. Une préparation à quelque chose. Pour Wally, le jogging n'est qu'un pis-aller, un exutoire, l'aveu qu'il n'est plus un vrai athlète. Courir, c'est bon pour les perdants, ceux qui ne sont plus capables de pratiquer un sport à fond. Courir n'est qu'un préliminaire et peu importe à quel point il rentre éreinté, trempé, claqué par sa longue course, Wally se sent toujours floué. Près du but, mais sans jamais jouir.

Il a besoin d'action. Besoin de se frotter à un autre. Il est comme ça. Voilà le résultat de toutes ces années d'entraînement sportif intense. Il a besoin de cogner quelqu'un, de sentir l'autre se pencher sur lui, de tenter d'avoir le dessus. Dans ces conditions, Wally donne son maximum. Face à face. Contact *mano a mano.* Son amour-propre en jeu. Sa vie en jeu. Pour de vrai.

Courir, c'est se retrouver face à lui-même. Et ça n'a jamais été son fort. C'est trop facile de se mentir, de se tromper soi-même. La pression doit venir de l'extérieur. Quelqu'un sur son dos. Quelque chose à prouver. Et là, Wally se relève et répond au défi. La main d'un opposant en pleine gueule, un grand qui le toise, un petit qui le nargue. Il entend des voix de l'autre côté du grillage, des voix qui résonnent sur le terrain, jugent les joueurs et annoncent au monde entier qui est le plus fort, le héros. Monroe a effacé Wally. Aïe, Aïe. Wally revient. Reprend le ballon à Monroe et part en dribblant, arrache le ballon et le balance à l'autre bout du terrain. Qu'est-ce que tu veux à ce gosse ? Ne lui fais pas de mal Wally. Oh mon Dieu. T'as vu ça ? Le beau Wally. C'est du joli, monsieur Wali. Ne sois pas si méchant.

Courir, c'est se battre contre lui-même. Deux Wally à se coltiner d'un bout à l'autre de Shore Road. L'un n'aimant pas courir mais sachant que c'est mieux que rien, maintenant qu'il ne peut plus marquer de paniers, et l'autre assis comme un des clodos au bord du haut grillage de Melon Park, insultant un frère sur le terrain comme un chien. T'as rien à faire ici. Tu ne marches pas droit, alors pour ce qui est de courir... Tu te prends les pieds sur le terrain, tu mords sur la ligne. Et merde. Bourré au Tokay, je serais encore meilleur que cet abruti. Pourquoi tu laisses pas tomber ? Rentre chez toi, mon gars. Wally face à Wally. Deux dos en mauvais état, deux gros culs, quatre genoux mous. Un Wally sur les épaules qui n'aime pas la promenade, pas plus qu'il n'aime courir le long de cette putain de route, comme un chameau avec cette foutue bosse qui ne le laisse pas en paix.

Wally n'est jamais meilleur que lorsqu'on le pousse à réagir. Dans de nombreux matches universitaires, il s'est retrouvé sans énergie, presque inutile, faute de pouvoir isoler un adversaire à qui donner une leçon. Il est à son mieux quand ça devient une affaire personnelle. Il soigne sa haine abstraite en serrant une gorge concrète entre ses doigts. Ces jours où il a besoin de prouver quelque chose, de se libérer d'un démon, de rendre œil pour œil, font les meilleurs matches de Wally et, en de rares occasions, les pires. Mais le pire de tout, ce sont toujours ces matches médiocres, sans enjeux, où il n'est ni bon ni mauvais, laissant passer le temps sur le terrain, le regard un peu voilé, le moteur au point mort. La Terre appelle Wally. La Terre appelle Wally. Es-tu là ?

Wally aime courir jusqu'à ce qu'il soit vidé, qu'il cesse de lutter contre lui-même et d'entendre les commentaires si judicieux des clodos derrière le grillage. Devant lui, la surface noire de Shore Road se tortille au soleil. A cette heure de la journée, il n'y a que quelques flaques d'ombre d'un seul côté de la route, une oasis de fraîcheur tous les cinq cents mètres environ, des mares profondes mouchetées de soleil, qui tombe en pluie à travers le feuillage des arbres dominant la route.

Wally court seul. Un toit de feuilles et d'épaisses broussailles préservent la pénombre du bois. Des trous dans le rideau attirent le regard de Wally, il cherche des traces d'animaux ou d'oiseaux dont le mouvement brusque a rompu la tranquillité. La lumière du soleil parvient à s'infiltrer dans les moindres recoins du bois, éclaboussant un tronc d'arbre, un arbuste aux baies rouges, illuminant le plumage délicat et vert d'un sapin. Il croit sentir l'air marin. Un message accroché à l'odeur lourde des pins.

Courir seul n'est jamais facile. Mais certains jours, ça se passe bien. Wally fait semblant d'être un autre. S'entraîne pour les jeux Olympiques. Décide de devenir l'homme le plus rapide du monde. Il joue avec ses foulées. Balance ses hanches en arrière, en se penchant. L'alignement du corps doit être parfait, le corps au plus près de la machine. La cambrure de son derrière équilibrée pour que son poids ne le fasse pas tomber, mais participe à son élan, à la poussée en avant, non seulement dans les dernières foulées de la course mais tout du long, du début à la fin. Courir comme une lente chute en avant au ralenti. Les jambes ne poussent pas le corps, mais le rattrapent, elles sont projetées avec lui, par lui, dans un élan qui grandit, s'accélère de plus en plus.

C'est un des jeux qui l'amusent, un divertissement passager pour casser le rythme monotone de ses foulées sur la route solitaire. Il s'essaie aussi à la technique inédite de l'Indien qui entraînait Papillon à courir, dans le film. Le dos raide, les bras souples le long du corps, se propulsant uniquement avec les jambes, comme un cheval portant un cavalier en bois. De longues foulées qui avalent du terrain, le buste raide comme une planche, avançant comme l'Indien l'avait montré à Papillon dans la forêt. Courant jour et nuit, laissant ses geôliers mordre la poussière. Wally se souvient avec joie de Papillon et de son Vendredi, il les imite en ligne droite, dans les virages.

Une grenouille gît sur le dos comme un homme mort. Une patte à la cuisse courte, repliée au genou sur l'autre jambe étendue, le tout formant un quatre. Un bras maigre plié sur un ventre blanc gonflé, prêtant serment au néant. D'autres cadavres jonchent les bas-côtés. Wally continue son jogging. Ses copains de la rue lui ont raconté comment ils ridiculisaient les corps des ennemis morts, au Viêt-nam. Leur plantant un zob dans la bouche, remplaçant les bras par les jambes. Et les Viets leur retournaient le compliment. Sur Shore Road, les voitures aplatissent des créatures vivantes, leur donnant des formes grotesques, méconnaissables. Un morceau de moquette verte bouclée est un morceau de moquette verte bouclée jusqu'à ce que des bouts d'os le percent. Des os blanchis par la mort révèlent la vérité.

D'abord ils puent, puis les corps, comme les noyés dans la tempête, se métamorphosent, en godasses, en parapluie cassé, en tas de boue. Tu les dépasses en courant sans y faire gaffe jusqu'à ce que les tripes se décomposent, que le pelage pourrisse et que le squelette commence à émerger de sa cage. Les os ont attiré le regard de Wally. L'invitant à regarder de plus près ou à détourner les yeux vers la cime des arbres. Avant d'être assez proche pour savoir si ce monticule sombre et irrégulier au bord de la route sablonneuse est fait des restes épars d'un animal, il sent que son estomac n'est pas prêt à s'approcher de quoi que ce soit — l'odeur âcre de pourriture, le sang et les tripes étalés comme du goudron sur la peau, l'ergot crochu d'une patte, un ventre bombé et dur sur le point d'éclater, la gueule ouverte arrêtée au milieu d'une phrase qu'elle ne terminera jamais. Il résiste à la tentation de regarder, mais finit toujours par jeter un œil. En général, le cadavre se résume à quelques miettes de bitume arrachées à la route, à un chiffon fossilisé, ou à un bout de pneu. Des choses inanimées qui semblent plus raides que des morts. Et des morts qui sont comme des morceaux de bois.

Quand tu choisis une route, tu apprends l'histoire intime de son usure. Comment les pneus énormes des camions des scieries estampillent sa surface de fossiles instantanés. T'entends presque les machines agricoles préhistoriques rentrer des champs, les moissonneuses-batteuses creuser des cicatrices indélébiles. Wally lit sur la peau de Shore Road comme il déchiffre les rides du visage de sa grand-mère. Essoufflé, il traîne des pieds sur la trace en V d'un reptile de deux cents mètres de long jusqu'à ce que la bête rampe au-delà de Shore Road. Wally espère que la créature est profondément enterrée, morte depuis des siècles.

Il pense à de la dentelle noire en piquant un léger sprint vers la zone d'ombre qui borde la route. Il force. Ses genoux montent plus haut et ses cuisses le brûlent tandis qu'il accélère. Au-dessus de ses épaules, le soleil darde ses rayons. Il va cacher son visage dans cette dentelle noire.

Il n'a jamais touché que de la dentelle blanche. Un mouchoir de dentelle blanche, dans une boîte, dans un sac en papier, dans un tiroir du secrétaire de sa grand-mère. Elle ne s'en est jamais servie, un cadeau d'une Blanche chez qui elle faisait le ménage, mais Wally aurait parié sa vie qu'elle savait exactement où le trouver dans le tiroir. Dans telle boîte, dans tel sac en papier fermé avec telle ficelle. Le mouchoir en dentelle lui appartenait. Il faisait partie de ses « beaux objets », des choses jamais utilisées, ficelées dans des paquets serrés, emballées dans du papier kraft retenu par une ficelle, des boîtes dans des boîtes, dans du papier cadeau, dans du papier kraft, dans d'autres sacs, des vestiges d'anniversaire, de mariage, de baptême, de fête, des babioles, des petits cadeaux fragiles et chers que sa grand-mère gardait et mettait de côté dans les deux tiroirs du bas de sa commode, des objets de valeur que pour rien au monde elle n'aurait confiés, des souvenirs n'ayant jamais servi, jaunis et rances, que Wally exhuma après sa mort pour s'en débarrasser.

La dentelle était blanche. Il l'avait placée dans ses mains froides. Le seul de ses beaux objets qu'il eût gardé, disparu lui aussi à présent, là où a disparu sa grand-mère dans son cercueil en solde.

Mais la dentelle peut aussi être noire comme un tunnel. Des femmes aux gros nichons, avec un petit cul, posent pour des magazines dans des sous-vêtements moulants en dentelle noire. Belles à pleurer. Il est à bout de souffle quand il arrive dans la tache d'ombre plus noire que la surface goudronnée de Shore Road. Plus noire que les traces de pneus, plus noire que les vertèbres des dinosaures qui blessent la route.

Wally continue. Il écrit des lettres en courant. Hello. Comment vas-tu ? Longtemps qu'on ne s'est vus. Une réponse immédiate, pas d'attente, pas de déceptions. Pas d'enveloppes à cacheter, pas d'adresses à écrire, ni de timbres à acheter. Quand Wally commence une lettre, elle s'expédie à mesure qu'il l'écrit. Et la réponse est en route avant que le soleil brûlant n'ait séché l'encre de Wally. Des lettres qui vont et viennent à toute allure. Wally renoue une amitié, prend des nouvelles. Reçoit des photos, des potins sur des amis communs. Il aime bien garder le contact de cette manière. Apprendre que d'autres vies se déroulent de façon aussi arbitraire et invraisemblable que la sienne, des vies bonnes à jeter. Il assigne une ville et un boulot à quelqu'un. Lui attribue une famille ou la lui retire. Les vies qu'il façonne semblent réelles. Les lettres qui répondent aux siennes confirment les fictions de Wally. Peu importe qu'il se trompe. Ces vies imaginaires lui permettent de continuer, réduisent l'écart entre ses repères sur Shore Road.

Wally se demande ce qui a bien pu arriver à Eliot. *Eliot, enculé.* La lettre commence ainsi. Eliot secoue la tête et fait la moue, mais continue de lire. Wally. Wally. Ne grandiras-tu jamais ? Wally, tu n'es qu'un gamin. Comme d'habitude, Eliot perd patience avec lui. Il s'offusque quand Wally est trop cru à son goût. Et Wally adore le dégoûter avec ses grossièretés. Je te ré-encule Eliot, si t'as pas compris ce que j'ai dit la première fois. Au fait, El. Toujours à la recherche des plus gros nénés du monde ? T'étais un cas, mon vieux. Désespérant. Dès que ta nana n'exposait pas les plus gros roberts de la fête, tu te renfrognais. Tu rejetais la pauvre créature et t'asseyais dans ton coin en te demandant par quelle combine tu pourrais dénicher une poule avec une paire vraiment monstre. T'es toujours comme ça, Eliot ? Tu t'es marié pour les tétons ? Et pourquoi tu ne m'as pas filé le ballon à la fin du match de Villanova, alors que j'étais complètement démarqué ? On aurait pu gagner. Est-ce que le ballon de basket aussi était un gros nichon ? C'est pour ça que t'avais tant de mal à t'en séparer ? Tu te souviens de la fois où ta poule de la soirée est tombée dans les pommes et qu'on a dû la flanquer sous la douche pour la ranimer ? Tu te souviens de ces gros-là qui n'en finissaient pas de dégringoler...

Une lettre bien commencée se termine d'elle-même. Le courrier va et vient créant son propre rythme. Inspirant par le nez, Wally laisse l'image d'Eliot sortir du champ, et une part de lui-même s'échapper pour continuer de bavarder avec le fantôme qu'il a invoqué. Ils vont s'éclater tous les deux. Quelque part. Ils ont beaucoup en commun, d'une certaine manière. Des paumés de la ville, tous deux accros à la baise, sans pitié, malins, affamés, trouillards, prédateurs. Eliot avait les cheveux presque aussi crépus qu'un nègre. Sauf qu'ils étaient poil de carotte, assortis à ses taches de rousseur, son nez crochu et son accent de Boston.

Salut Bob. Ça va Dave. Salut J.D. Eddie. Où êtes-vous, les mecs ? Ray. Carl. Moi, je suis là. M'éreintant sur cette putain de route brûlante. Chaude comme le bitume des terrains de basket, l'été chez nous. J'ai quelques kilos en plus. Faut que je brûle six ou sept kilos de fesses, de cuisses et de bide. A ce moment-là je serai prêt.

C'est bizarre qu'il se sente plus proche d'eux aujourd'hui, de ses coéquipiers éparpillés, dont il ne sait plus rien et qu'il n'a pas vus depuis des années, plus proche qu'à l'époque où ils passaient des heures ensemble, tous les jours. Il a mis si longtemps à les connaître. Des années de distance, chacun vit sa vie et on perd contact. Maintenant il peut entrer dans leur univers et le changer. Les vies fictives qu'il leur prête sont plus réelles que les conneries qu'ils ont faites ensemble pour s'aider à passer les quatre années de matches et d'études.

Avez-vous pris tout ça au sérieux à l'époque ? En avez-vous fait le tour depuis ?

Wally pense à Bimbo, à sept kilomètres de là, descendu par des sangles dans sa baignoire violette à remous. Il pourrait raconter des histoires sur Bimbo pendant des heures. Son meilleur copain. Son super pote. Son frangin. Il écrivait de nombreuses lettres à Bimbo en faisant son jogging. Il dira peut-être à Bimbo ce qui s'est passé. Ils en ont fait du chemin. Si Wally n'a qu'un seul copain, c'est Bimbo. Il peut sûrement lui raconter l'histoire de Chicago. De toute façon, Reuben doit déjà le savoir. Je t'emmerde, Reuben.

Bimbo a toujours été balèze. Pas si musclé que ça, mais pas mou non plus, balèze et tranquille. Trop de sœurs. Bimbo a grandi dans une maison pleine de sœurs et il était le petit dernier, le seul garçon, le chouchou. Bimbo n'est pas devenu pédé pour autant, mais il a quelque chose de féminin dans sa démarche, son regard, ses mains qui t'agrippent tout le temps, le ton de sa voix. Bimbo était balèze, mais tu pouvais lui piquer l'argent de son déjeuner. Ça lui coûtait moins que de se battre. Non par peur, mais par nonchalance. Vas-y, mon vieux, prends-le, si t'en es là. Pour que Bimbo flanque une raclée à quelqu'un, il fallait qu'on s'en soit pris à ses sœurs. Ces filles s'étaient souvent bagarrées pour défendre leur petit frère et quand Bimbo a grandi, il valait mieux ne pas dire un mot de travers sur elles. Bimbo n'était pas méchant. Il ne rudoyait personne, ne faisait peur à personne et, bien que balèze, Bimbo ne se battait que s'il était vraiment enragé, mais une fois qu'il avait commencé, il fallait le retenir ou enlever l'autre, car Bimbo se battait comme si la seule issue possible était la mort de l'un des deux combattants.

Bimbo ne s'est pas souvent battu, mais tout le monde s'en souvient. Il a envoyé Waddell Foster au tapis. Après, Bimbo a eu la paix. Et puis, avec toutes ses jolies sœurs dont tu voulais te faire aimer, tu aurais été bien bête de te mettre Bimbo à dos. De toute façon, Bimbo ne sortait pas tellement. Disons que c'était tellement cool chez lui. Et puis, c'était un mec tranquille.

Wally et lui s'entendaient bien, parce qu'ils n'attendaient pas trop l'un de l'autre. Tous deux aimaient qu'on les laisse tranquilles quand ils ne voulaient pas être dérangés et tous deux aimaient avoir un bon copain sous la main sur lequel ils pouvaient compter et qui n'en demandait pas trop. Ils traînaient ensemble sans marcher sur les plates-bandes l'un de l'autre. Aussi seuls qu'ils pouvaient l'être, tout en étant accompagnés. Bimbo avait l'habitude d'être très entouré. Pas Wally. Bimbo était coulant, parce que ses sœurs le dorlotaient, le chouchoutaient comme une grande poupée.

Bimbo n'avait pas besoin qu'on soit aux petits soins pour lui quand il n'était pas chez lui. Et Wally ne faisait cas de personne. Bimbo convenait bien à Wally, parce qu'il n'était pas contrariant. Laissant Wally commander. Se montrant patient le temps que Wally se décide. Wally inventait un tas de jeux dangereux pour qu'ils essaient ensemble. Bimbo savait que ses sœurs risquaient de le ramollir, s'il ne cavalait pas avec ce fou de Wally.

Scut. Scut. Scut. Le bruit des Nike de Wally courant sur le remblai sablonneux de la route. Le sable tassé et les graviers reposent ses pieds après le bitume brûlant. Wally tend l'oreille jusqu'à ce que le bruit de ses foulées forme un mot. *Scut.* Régulier, monotone, un battement de cœur à l'extérieur de son corps qui mesure sa progression sur Shore Road. S'il compte les scuts, il y en a tant par kilomètre. Donc un kilomètre égale *x* fois scut. Divise les scuts par *y* et tu as parcouru...

Le soleil a dépassé la cime des arbres. Wally a une visibilité d'un kilomètre environ. La route palpite à l'endroit où les parallèles se rejoignent. Si tu pouvais voir assez loin, tu verrais un point, une tête d'épingle, l'œil d'un entonnoir dans lequel se déverse la terre. Wally entend des pas faire écho aux siens. Sur un rythme à peine décalé. Il quitte des yeux le trou noir au bout du tunnel. Examine les bords de la route. Qui court à côté de lui ? Si ça pouvait être Bimbo. Son corps retrouvé, sa taille retrouvée, ses jambes écrabouillées se souvenant comment marcher. D'après les comptes rendus des journaux, la Rolls de Bims ressemblait à une boîte de conserve aplatie. Et c'est un miracle qu'il y ait eu des survivants. Wally veut un autre miracle, Bimbo près de lui, le whomp whomp des grands pieds palmés de Bimbo sur le bitume. Le sourire tranquille de Bimbo flottant près de lui.

Ce n'est pas Bimbo qui court avec lui. Et Wally ne voit personne. Pourtant il entend des pas aussi fermes que les siens. Quelqu'un le suit, marche sur ses talons. Le soleil peut-être. Seuls les chiens fous, les Anglais et autres tarés avec le diable aux trousses peuvent s'essouffler ainsi en plein soleil. Dans les délires de Reuben, il y a un frère, un jumeau que le vieux mentionne quelquefois. Wally n'a jamais tiré ça au clair. Reuben a-t-il effectivement un jumeau ou Reuben s'est-il convaincu lui-même que ce fantôme existait quelque part, le double de Reuben venu de la planète X ou autre base de zombies ?

Reuben parle sans cesse de doubles, de jumeaux, d'autres vies qu'il a ou n'a pas vévues. Wally pense à son propre double, aux lettres qu'il s'envoie quand il court, aux déguisements dans sa valise, aux mensonges qu'il a crus ou racontés. Wally a inventé des milliers d'autres Wally. Il reste en contact avec certains. Salut mon pote. Comment ça va ? Ils ont peut-être un moyen de répondre. C'est peut-être l'un d'eux qu'il a entendu courir. Qui s'est trouvé sur Shore Road en même temps que Wally, donc ils ont couru côte à côte une courte minute, et ils ont failli se rentrer dedans. Et s'ils l'avaient fait ?

Reuben dit que ton jumeau ne vit pas forcément dans un corps identique au tien. Peut-être que oui. Peut-être que non. C'est ce que tes yeux ne voient pas qui en fait ton double. Le type dans les chiottes à Chicago. C'était peut-être lui. Son jumeau, c'est peut-être ce que Wally a vu dans le miroir quand le Blanc s'est lavé les mains. Les yeux de Wally fixant Wally dans le visage du Blanc. Pas effrayé. Plutôt surpris. Qu'est-ce qu'un type comme toi fait dans un endroit pareil ? Les yeux de ce Blanc résolvent soudain l'énigme. Reconnaissent Wally. Après tout ce temps. Et l'éloignement. Mort avant d'avoir pu dire, salut frérot.

Si tu assassines ton double, tu te retrouves tout seul. Seul pour toujours. Avec un double, tu additionnes tes chances. Si tu te plantes ici, tu as toujours une chance de te rattraper ailleurs, quel que soit l'endroit où se trouve ton moi-ombre, ton moi-esprit. Toujours une chance. Scut-scut clippy-clop, tu entends l'écho, le plus près possible, mais pas trop parce qu'un accident est si vite arrivé. Tu pourrais briser le miroir.

Mais Reuben dit n'importe quoi. A-t-il, oui ou non, un frère en prison ? Et qu'est-ce que ça change, s'il en a un ? Le vieux dit ce qui lui passe par la tête. Une histoire différente pour chaque jour de la semaine. Reuben peut bien avoir un jumeau, ou vingt-sept frères et dix-neuf sœurs, ou être seul comme Wally. Wally né, papa et maman perdus, évanouis, sa grand-mère morte, un tas de souvenirs qui ne collent pas, ne s'emboîtent pas. Ça serait vraiment dommage qu'à Chicago cet orphelin de Wally ait assassiné son frère albinos perdu depuis si longtemps. Et drôle aussi.

Les chansons de Bimbo parlaient de rencontrer l'amour et de le perdre. Des plaintes tristes que Bimbo savait faire passer de sa voix aiguë parce qu'il était tendre, à force d'être choyé par toutes ses sœurs. Puis, ses chansons parlèrent de cul, de s'envoyer en l'air. Plein son, de la baise en direct. Fini les larmes sur l'oreiller, les peines de cœur, les demandes en mariage et autres conneries. Bimbo chante le cul, pur et dur. La baise. C'est même étonnant que certaines de ces chansons passent à la radio. Bimbo halète, grogne, crie comme s'il venait de toucher le gros lot de la foire à la baise. Tout le monde sait ce qu'il fait dans ses chansons, de quoi il parle. Il utilise aussi des effets spéciaux, respirations haletantes, soupirs, et la basse qui accompagne ses coups de reins. De la musique de cul. Et c'est à ce moment-là que Bimbo est devenu une star. Qu'on a commencé à l'entendre sur les stations blanches. Puis un show spécial sur le réseau câblé. Et enfin, les chaînes commerciales et un film. Bimbo le voyou bien monté. Les gens prenaient leur pied en écoutant le vieux Bims prendre le sien. Wally se demande s'il faisait vraiment ça dans le studio. Il n'a jamais posé la question à Bimbo, mais il le fera. Bimbo s'éclate avec une fille et le micro posé à côté, pour ne rien perdre de l'action.

Bimbo superbaiseur, star nationale. Pas un muscle vaillant sous la ceinture, mais il excite encore tout le monde avec ses chansons d'alcôve. Des chansons pour se frotter, se serrer, s'embrasser, se lécher, s'envoyer en l'air, et Bims ne peut plus remuer un doigt de pied. Et pourtant c'est de mieux en mieux. Cloué dans son fauteuil roulant, Bims fait croire à tout le monde qu'il est le roi des baiseurs. Les gamines hurlent encore. Les mecs balancent toujours un disque de Bims dans la machine quand ils essaient de soulever une fille. Bimbo fait-il appel à ses souvenirs quand il chante ses chansons lubriques ou est-il encore dans le coup ? Deux Bimbo. L'un au fond d'un fauteuil roulant électrique. L'autre en liberté, en cavale dans les rues, recordman du monde de baise.

C'est leur premier moment seuls tous les deux depuis l'arrivée de Wally. Bimbo superbe dans un peignoir en velours bleu. Wally, dans un kimono de soie verte, emprunté après sa douche. Son footing le long de Shore Road l'a requinqué. Le souvenir de l'effort lui tient chaud au ventre comme un ragoût fait maison. Wally aurait aimé dire à Bimbo à quel point l'exercice l'a remis d'aplomb, mais il se retient. Il faut faire attention à ce que tu dis. Bimbo n'a pas le cuir tanné comme ce vieux bossu de Reuben. Reuben ne bronche jamais. Avec Reuben, Wally peut dire tout ce qui lui passe par la tête. Reuben change tout de suite de sujet. Aujourd'hui Reuben est peut-être un nain, un infirme, mais il a vécu tant de vies, et demain il sera quelqu'un d'autre. Ainsi Wally ne craint pas de le blesser en disant une idiotie ou une horreur qui pourrait l'anéantir. Mais Wally et Bimbo savent tous deux que Bims ne va nulle part. Ni aujourd'hui. Ni la semaine prochaine. Sous le velours, l'eau de Cologne et les caresses de ses putes, Bims est enfermé dans un corps d'infirme. Bimbo est prisonnier de cette peau, ne peut en sortir, Wally fait donc attention. En général, ils parlent du passé. Des souvenirs d'enfance, de drague au lycée, ils rattrapent ces longues années pendant lesquelles ils s'étaient perdus de vue. La carrière de Bimbo, les années de basket universitaire de Wally. Le coup de fil inattendu de Bims. Et Wally à la porte du manoir de Bimbo. De vieux copains qui se retrouvent. Racontent des conneries. Simpatico. Super. C'est toujours cool. Une belle histoire. Ils la rejouent souvent. Ne sont pas encore arrivés à l'accident. Ça viendra sans doute, mais pour le moment, ils ont tant d'autres choses à se raconter.

Ça ne presse pas. Jusqu'au jour où Bimbo dit, je veux mourir.

Un jour, en sortant de l'école, Wally et Bimbo firent un détour pour acheter des gâteaux de la veille près du pont qui surplombe la voie ferrée sur Ellsworth Avenue. Le pont Ellsworth, court et trapu, est encadré d'une structure de métal rouillé s'élevant à neuf ou dix mètres au-dessus des dalles d'acier plaqué. Si tu grimpais en tremblant la pente raide jusqu'au longeron, tu pouvais traverser le pont par le dessus. Si tu glissais du bon côté, tu te ramassais sur la dalle métallique et tu avais toutes les chances de te faire écrabouiller par une voiture. En tombant du mauvais côté, tu étais sûr de mourir sur les rails, trente mètres plus bas. Le plus dur, c'était de grimper à quatre pattes et de redescendre le long d'une poutrelle à pic. Il fallait s'aider des soudures et des clous pour assurer la prise. Une fois là-haut, la traversée était facile. Un fil d'acier de quarante centimètres de large, assez pour que tu puisses te rattraper si tu perdais l'équilibre. Tu avais même la place de t'allonger et de piquer un roupillon, si cela te chantait. Remarque, je ne m'y serais pas risqué par grand vent. Ramper gâche le plaisir. Wally aimait se tenir droit, à regarder les toits des voitures, les traces de griffes sur les rails des kilomètres plus bas. Il se moquait de ses genoux qui tremblaient, exécutait quelques pas de danse, puis fonçait vers l'autre bout du pont.

Tu fais ça par défi. Par simple envie, ou pour la frime. Parce que tu veux foutre la honte à quelqu'un, le défier d'essayer. Ce jour-là Wally grimpa sur le pont parce que rien qu'à y penser il avait peur. Son cœur battait fort. Il ne pouvait plus parler. Néanmoins il se savait capable de marcher sur le longeron. Il l'avait déjà traversé plusieurs fois en courant. Il s'y voyait, rigolant, dandinant des fesses, le vent s'engouffrant sous ses ailes, prêt à soutenir son envol s'il le désirait. Wally suspendu, plus léger que l'air, faisant signe à la foule, un halo de soleil montant de ses épaules. C'est moi. C'est le vieux Wally-nerfs-d'acier là-haut. Qui monte, monte et disparaît. C'est bien lui ? Forcément. Qui pourrait frimer ainsi sinon ce petit futé de Wally, quitte à être ensuite tout tremblant, à en pisser dans son froc, en pensant au premier pas sur la poutre d'acier ?

Bimbo ouvre le sac de doughnuts rassis. C'est son deuxième gâteau à la confiture. Chacun surveille ce que mange l'autre. Une moitié pour Bimbo. L'autre pour Wally. Les meilleurs, nappés de chocolat ou fourrés à la confiture, sont partagés équitablement, coupés en deux quand ils sont un nombre impair. Bimbo jette un œil à Wally pour voir s'il le surveille. Leurs regards se croisent lorsque Bimbo mord dans son dernier doughnut à la confiture, mais Wally ne compte plus. Il danse dans les nuages, il est cloué sur le plancher des vaches, il écoute les dalles d'acier qui vibrent au moment où une voiture s'engage sur le pont, comme un claquement de dents qui semble si loin quand tu es sur le toit du monde, que le vent siffle à tes oreilles et que tous les yeux sont rivés sur toi.

Hé, bouffe pas tous ceux à la confiture, mon pote. Donne-moi le mien, négro.

Bimbo ouvre le sac en papier gras. Les doigts de Wally farfouillent jusqu'à ce qu'ils sentent le doughnut qu'il cherche, sans trou au milieu, lourd de confiture. Son doughnut saupoudré de sucre glace entre les dents, se demandant s'il est au raisin ou à la fraise, Wally commence à escalader la poutrelle. Parce qu'il a la trouille. Parce que aujourd'hui c'est Bimbo qui suit. Et que demain Wally a quatorze ans.

Par ici, l'ami. C'est facile, mon vieux. Wally se tient d'une main et son doughnut dans l'autre, fait signe à Bimbo de le rejoindre.

Bimbo avale sa bouchée. Replonge la main dans le sac maculé. Je mange, mon vieux.

Eh bien, arrête et grimpe là-dessus. Moi aussi je mange. Ces trucs rassis sont meilleurs ici.

Bimbo regarde Wally aspirer la confiture de son gâteau en demi-lune. Wally lèche les derniers coins du gâteau qu'il tient entre le pouce et l'index, puis balance le sac vide sur les rails.

Tu te dégonfles pas, Bims, j'espère ? Il lance l'insulte par-dessus son épaule avant de tituber comme un poivrot sur la poutre.

C'est rien une fois que tu y es, pense Wally en cavalant sur les derniers mètres. Il se laisse glisser, le nez sur les soudures, et rate le départ de Bimbo. Quand Wally se relève, il découvre son copain hésitant au beau milieu du longeron, mais il ne pense qu'à une chose : Où sont les doughnuts ?

Bimbo, qu'est-ce que t'as foutu des doughnuts ?

Je ne les ai pas, mon nègre. Je sais pas où sont ces foutus trucs.

Hé. C'est toi qui les avais, mon pote.

J'en ai rien à foutre.

Qu'est-ce qui ne va pas, bonhomme ?

Je peux plus avancer.

T'es arrivé maintenant. T'as fait le plus dur. Continue tout droit.

Je peux plus faire un pas. Pas un seul.

Merde, vieux. Qu'est-ce qui se passe ?

Je peux pas. J'arrive pas à marcher.

Bordel. T'avances ou tu recules. Faut que tu descendes de là, d'un côté ou de l'autre.

Je peux pas.

Et qu'est-ce que tu vas foutre alors ?

Aide-moi.

Merde, Bimbo. Arrête de chialer.

Aide-moi.

Aide-toi tout seul. Que veux-tu que je fasse d'ici ? Vas-y, mon pote. T'as fait le plus dur. T'as franchi la moitié.

Je veux descendre.

C'est plus facile d'aller au bout que de reculer.

Bims tombe à genoux, chancelant, geignant. Pauvre éléphant plein de graisse.

J' peux pas... J' peux pas.

Wally est dégoûté. Qu'est-ce qu'il a foutu des doughnuts ? Qu'est-ce qui l'empêche d'avancer et de descendre ?

Bimbo, mon vieux. C'est quoi ton problème ?

Aide-moi.

Merde, le nègre. Saute. Vas-y, saute si t'as tellement la trouille. Saute et t'auras plus jamais peur.

Les voitures font vibrer le pont sur un rythme de boogie. De leur voiture, les gens ne voient pas Bimbo. Ils se demandent ce que fait Wally, planté au milieu de la route, parlant au ciel. Ils se disent que Wally est timbré alors que c'est Bimbo qui déraille. Il ne veut pas avancer. Pas reculer. Et qu'est-ce que je peux faire moi, d'ici ?

Aujourd'hui je peux en rire mais, à ce moment-là, j'avais la haine. Ce gros tas qui sanglotait là-haut. *Au secours, Wally... Au secours, Wally...* et qu'est-ce que tu attends de moi ? C'est ton cul, mon vieux. J'ai pas d'échelle dans la poche. Personne te forçait à monter si t'avais pas le cran d'aller jusqu'au bout.

T'as dit, Saute. Mon meilleur copain, je suis dans la merde et qu'est-ce qu'il dit ? Saute, négro.

Ouais, bon...

Je crie *Aide-moi* et il dit *Saute.*

Écoute, mon vieux. T'as de la chance que j'aie pas secoué la ferraille pour faire tomber ta carcasse. J'avais les boules.

J'étais coincé. C'était pas ma faute non plus. J'étais pas aussi dingue que toi, je voulais vivre. Je sais que toi, tu t'en foutais de tomber. Ça ou autre chose. Mais je ne suis pas aussi fou. Enfin, c'est ce que je croyais alors. Ce vieil idiot de Bimbo voulait vivre.

Personne t'avait emmené là-haut. Et j'ai dû guider ton cul de feignant jusqu'en bas, pourtant personne t'avait forcé à monter.

Tu sais bien que tu m'avais forcé. Tu me forçais toujours. Tu me foutais dans la merde jusqu'au cou. Par moments, je pense que t'essayais de détruire ta pauvre carcasse et moi par la même occasion, histoire de changer. D'avoir un truc à faire. Mon frère, mon meilleur pote.

Je suis monté pour t'aider, non ?

Après m'avoir laissé là-haut assez longtemps pour te dire que sinon je descendrais jamais. Après m'avoir crié de sauter.

J'ai secouru tes misérables fesses, pas vrai ?

Oh oui. Le Prince charmant, le Vengeur masqué, et John Wayne tout ensemble, t'es venu. Parce que t'en as eu marre d'attendre que je saute.

J'aurais dû te laisser là-haut. T'en menais pas large, ce jour-là. Tu pouvais pas avancer. Ni reculer.

J'aurais peut-être dû t'écouter. Sauter était sans doute la meilleure idée finalement.

Les yeux de Wally croisent ceux de Bimbo. Il y retrouve le même regard qu'au-dessus du paquet de doughnuts rassis. On avait compté tous les deux. On savait exactement combien il en restait, combien chacun en avait mangé.

Wally se sent coupable parce qu'il en sait trop. C'est son image qu'il voit dans les yeux de son ami. Il sait qu'il ne veut pas entendre ce qui va suivre.

Je veux mourir, Wally.

Et de nouveau Bimbo tremble, sanglote comme au milieu du pont et, de nouveau, Wally a envie de crier : Saute... Saute, négro. Il sait que Bimbo l'entend crier ces mêmes mots, même si aujourd'hui Wally tient sa langue, chez Bims, dans la chambre tapissée de miroirs, aux meubles Hi-tech, dans tout ce luxe que l'argent offre, devant Bims qui n'a plus de jambes.

Qu'est-ce que tu racontes, vieux ? Tu veux mourir. Tu peux pas mourir. T'es le roi. Bimbo le roi. Tu as tout.

Tu veux bien me vendre une de tes jambes, Wally ? Juste une seule. Ou ta queue ? Tu me la loues une journée ? Combien tu veux, mon frère ? Je ne peux demander ça à personne. On se connaît depuis longtemps, alors je te demande à toi. Dis ton prix. Tout ce que j'ai contre une de tes jambes. Pas besoin de renoncer à ta queue. Tu me la loues juste un soir. Et toutes ces conneries sont à toi. Tout ça.

Bimbo écarte ses bras pour embrasser la pièce. Ils battent, palpitent. C'est ainsi que Bimbo signifie qu'il ne peut plus parler. Qu'il ne peut pas aller plus loin. J'ai dit tout ce que je pouvais et c'est le quart de ce que j'ai à dire. Et ses doigts agitent le vide comme s'ils allaient lui donner forme. Mais il n'y a rien au bout de ses bras tendus. Ils s'ébattent faiblement un instant avant de renoncer, de retomber sur les accoudoirs rembourrés de son fauteuil roulant. Depuis que Bimbo est petit, c'est sa manière d'abandonner, il a toujours parlé avec ses bras et ses mains. Deux ou trois battements d'ailes et puis plouf.

Je t'offre tout l'argent du monde. Tu es mon meilleur ami. Et rien n'y fait, pas vrai ? Voilà pourquoi je veux mourir. Je suis dans une cage, Wally. Je suis prisonnier de cet enculé de fauteuil pour toujours. Tout le monde peut venir me voir et passer sa tête entre les barreaux, mais je suis cloué là-dedans pour toujours. Dans ma cage. Pas de place pour deux. Et je veux partir. Oh bon Dieu, partir. Que tout soit fini, bien fini.

Je te comprends, mon vieux. On tombe tellement bas parfois. Et ces jours sinistres arrivent en série. Tu te dis que tu n'en verras pas le bout. Tu es une crotte de baleine au fond de l'océan. Si mal que ça ne peut pas être pire. Puis tu remontes doucement. C'est forcé. Parce que tu ne peux pas tomber plus bas.

Tu mens. Il y a toujours plus bas. Je suis en dessous de zéro depuis l'accident et je continue de plonger. Le fond, c'est là, tout de suite. Demain ce sera pire. Je le sais. Je sais que je ne me relèverai jamais de cette chaise. Je tombe toujours plus bas. Plus bas que le fond. Demain et après-demain et le jour suivant, de plus en plus bas, plus bas que le fond.

Saute.

Non, mon vieux. Tu ne le penses pas vraiment.

Et puis, j'ai de la chance, pas vrai ? Toutes ces conneries sont à moi, pas vrai ? Je suis encore une star. J'ai de la chance d'être en vie, pas vrai ? Personne n'aurait dû sortir vivant d'un tel accident. C'est ce que tout le monde a dit. Mais personne n'est à ma place. Ce n'est pas eux qui ont toute cette chance.

Bimbo...

Laisse-moi terminer. C'est pas un mauvais jour. Je ne suis pas de mauvais poil. C'est comme ça tout le temps. Je ne veux plus vivre. Qu'est-ce qui te paraît bizarre là-dedans ? Je te demande simplement de m'aider. Je me fous que tu comprennes, tu dois aider ton vieux copain. Je ne peux rien demander aux crétins qui m'entourent. Je ne peux pas leur faire confiance. Et même si je pouvais, je ne veux rien leur devoir. Si tu m'aides à mourir, je me sentirai moins seul. Tu es mon ami, Wally. Ce ne sera pas facile pour toi. Et cela compte aussi. Penser que c'est toi qui m'as aidé à en finir me ferait du bien. Savoir que tu aurais un peu mal, toi aussi. Mon vieux copain jusqu'au bout. Wally cœur-de-pierre. Une dernière corvée idiote à faire ensemble. Libère le nègre. Aide-moi à trouver la paix, Wally.

Tu le penses vraiment ?

J'ai jamais rien pensé d'aussi fort de toute ma vie. C'est le moment. Je sais qu'il est temps, mais j'ai besoin d'un peu d'aide. Un petit cadeau de ta part. Une donation anonyme au fonds « Sauvez Bimbo ». J'ai pensé à tout, tu vois. Je te donnerai même l'argent du timbre. Tu m'enverras la pilule par la poste. Quand tu seras à des milliers de kilomètres d'ici. Personne ne te soupçonnera. Tu posteras la lettre dans une des villes où tu t'arrêtes pour la journée. Si l'enveloppe porte une certaine marque, on me l'apporte directement. Personne n'ouvre mon courrier personnel. J'ai un numéro. Comme en prison, tu piges ? Un numéro spécial connu seulement de quelques personnes. Tu glisses les cachets dans l'enveloppe, je les reçois, et toute l'histoire est finie. Je t'en supplie, Wally. Je ne peux demander à personne. Fais-le pour ton vieux compagnon de route, Bims.

Wally n'a pas encore envoyé le poison. Le code postal personnel de Bimbo est dans son portefeuille. Et Wally peut appuyer sur le bouton à tout moment. Il a dégotté un type qui lui a vendu les cachets. La vie de Bimbo est entre les mains de Wally, mais il ne peut l'éteindre. Il est deux ou trois heures du matin. Les bornes kilométriques de Shore Road défilent comme sur un écran de cinéma. Son waterbed l'enserre comme un lit de ciment humide. Ce sera pareil quand je serai mort. Wally croise les bras sur sa poitrine. C'est ainsi que tu pleures ta propre mort, tu es étendu pour toujours, une fleur à la main, les yeux rivés sur le couvercle de ton cercueil. Wally décroise ses poignets, sa main descend et gratte au ralenti les poils du ventre. Tu meurs et tu n'es plus qu'un cadavre. Il entend respirer la ville. Les bruits de la nuit jouent avec son sommeil. Sans le tenir vraiment éveillé, ils le taquinent, l'agacent, soulèvent un coin de la couverture sous laquelle il se cache, l'espionnent comme il a espionné tant de villes la nuit. Les bruits de la nuit lui rappellent qu'ils seront toujours là pour l'empêcher de dormir, si tout le reste échoue. Mais le reste suffit. L'image de Bimbo cloué pour toujours à son fauteuil roulant, les cadavres le long de Shore Road, le poids de sa chair lourde sur son lit d'eau, s'enfonçant au centre de la terre. Un petit morceau, un grain de poussière qui tourbillonne vers le trou d'aiguille de l'entonnoir. Quel ennui toutes ces pensées qui défilent et s'ébattent tels des cafards dans tous les recoins de la pièce. Quel ennui d'être allongé avec la tête qui tourne, pleine d'images et de mots bizarres, ou de rester la tête vide, vide pour toujours. L'enseigne du cinéma est pleine de poussière, les lettres sont tombées, ses bras repliés pèsent stupidement sur sa poitrine, des filaments de peau tels des fils de toiles d'araignée recouvrent ses os tandis qu'il fond, se désagrège en puant. Un tas de merde dans une boîte pourrie, dans un trou que personne ne se rappelle avoir creusé. Coincé là pour toujours, mort d'ennui, à jamais immobile.

Wally ne peut pas faire ça à Bimbo. Il se souvient de la vieille Blanche qui achetait de l'arsenic. Quand le pharmacien lui demanda pourquoi, elle dit, pour tuer un rat. Wally aime cette histoire. Y a même un nègre dedans. Ils l'avaient étudiée en classe de littérature américaine. Elle assassine le type parce qu'il la trompe. Toujours cette même histoire de Frankie et Johnny. Elle va à la pharmacie, chope le poison, le donne à ce vaurien. Froidement. Froide, la garce. Et elle a eu le cran de se coucher à côté du mort. Froidement.

Et il pense à Sarah qui a collé les fringues de Wally dans le four, l'a allumé en prenant soin d'appeler les pompiers, et puis a pris un bain. Froidement. Enfermée dans la salle de bains quand Wally a senti la fumée et que les pompiers ont enfoncé la porte d'entrée. Barbotant dans un bain plein de mousse tandis que Wally essayait d'expliquer aux pompiers pourquoi ses vêtements brûlaient dans le four. Il aurait étranglé cette garce s'il lui avait mis la main dessus. Il est groggy, à moitié défoncé et, pompiers ou pas, il l'aurait étranglée sur place, dans cette cuisine crasseuse, s'il avait pu serrer sa gorge entre ses mains. Ouais. Et elle le savait. C'est pour ça qu'elle avait verrouillé la porte. Ouais. Il vivait à moitié avec Sarah et, en douce, baisait sa sœur, et pas qu'à moitié, mais ça ne donnait pas à Sarah le droit de brûler ses fringues. D'aller si loin que le Blanc est à la porte, qu'il la défonce, et l'appartement est plein de fumée. Putain. Qu'est-ce qu'il allait dire au Blanc ? C'est une folle. Elle se venge parce que j'ai baisé sa sœur. Cette dingue est enfermée dans la salle de bains, faisant trempette en se foutant de tout, chantonnant et se savonnant le minou, merde, qu'est-ce que je dis aux pompiers ?

Ces salopes peuvent t'empoisonner, t'envoyer de la soude dans les yeux quand tu dors, mettre le feu à tes fringues, te mettre la tête à l'envers et t'arracher les cheveux, si tu les laisses faire. Froides, froides, les garces. Mais il aime bien l'histoire de la vieille dame avec le cadavre du vieux empestant le grenier. Une vieille dame avec un col et des poignets de dentelle. Tu l'imagines en lisant l'histoire, même si ce n'est pas dit explicitement. Une drôle d'histoire, vraiment. Le plus drôle, c'est ce vieil Oncle Tom de majordome qui prend la poudre d'escampette quand les voisins font irruption dans la maison après la mort de la vieille. Les vieux rastas savent toujours quand il est l'heure de mettre les voiles. Personne n'entendit plus parler de lui. Il savait qu'on l'accuserait. Je parie qu'il a emporté une chose de valeur avec lui. Un collier en diamants, une flasque de bon whisky.

La plupart des histoires de ce cours de littérature étaient chiantes. Tu passais ton temps à te battre avec des centaines de mots compliqués alignés sur chaque page. Tu termines, et après ? Tout ça pour quoi ? Cette connerie ne parle pas de toi. Ni de personne qui te ressemble. Qu'est-ce que ça peut faire ? Reuben mentionnait tout le temps des livres que Wally devrait lire. Reuben avait une bibliothèque entière dans son crâne pointu. Et alors ? Wally préférait écouter de la musique.

Il essaie de penser à une chanson qui pourrait l'aider maintenant, à cet instant précis. Un air qui briserait la monotonie, le silence de pierre, parce qu'il est mort depuis deux mille ans. Sa main descend encore, le bout de ses doigts tripote la peau ridée de ses testicules. Il pense à Sarah riant dans sa baignoire. Il est en colère contre elle. Mais il aime la façon dont ses nichons se balancent, l'éclat de sa peau humide et savonneuse. Ils ont eu de bons moments. Ce n'est pas sa faute si Sarah dormait et si Sandra était couchée les fesses à l'air sur le canapé, quand il est sorti des toilettes. Il allait se coucher. Sarah avait trop bu. Elle ne serait bonne à rien cette nuit, ni le lendemain matin ni toute la journée d'ailleurs, parce qu'elle ne savait pas s'arrêter de boire. Sarah prétendait qu'elle essayait de le rattraper. Tu parles. Elle le laissait loin derrière. Un dernier, juste un dernier avant de rentrer, bébé. Et maintenant, Sarah et son dernier pour la route ronflait dans la chambre à coucher, morte au monde, et c'est pas sa faute à lui si sa petite sœur, avec son beau cul et sa tête de linotte, était étendue jambes écartées sur le canapé, sans rien sur elle à part un sourire idiot.

Elle n'avait pas dit oui. Mais, putain, elle n'avait pas dit non. Un petit cul en passant, rien de plus. Il se demande pourquoi Sarah en a fait toute une histoire. Elle savait comme lui que sa sœur Sandy n'avait rien dans le citron. Et personne n'avait forcé Sarah à boire jusqu'à tomber, comme personne ne lui avait demandé de mettre ses vêtements dans le four et d'allumer le gaz.

Il la revoit debout sous la douche. De l'eau coule de ses seins et de ses bras, mouchetant sa peau couleur vison, dégoulinant du gant de toilette avec lequel elle s'est frictionnée. S'il y a autant de bruit c'est peut-être que les deux sœurs sont là-dedans. Derrière la porte verrouillée, barbotant toutes les deux dans le bain. Il y a peut-être la piscine de Bimbo derrière la porte où les deux femmes se frottent la toison. Sarah grande et mince, Sandra avec son gros cul, pourtant elles se ressemblent et tu ne doutes plus qu'elles sont sœurs dès que tu enlèves leurs vêtements ou que l'une d'elles se déshabille pour toi. Comme Sandy cette nuit où il était éreinté et prêt à se coucher, mais d'abord, il avait eu besoin d'aller aux chiottes ; quand il est sorti, il l'a trouvée là, dans toute sa splendeur. Pas la peine de défaire sa ceinture, d'ouvrir sa braguette. Il est sorti de la pièce le pantalon ouvert, tombé sur les hanches, prêt à se déshabiller. Un instant il s'est dit que c'était Sarah sur le canapé. Il n'y croyait pas vraiment lui-même, mais elles *sont* sœurs, il faisait nuit, et c'est vrai qu'elles se ressemblent. Un mensonge dont il n'eut pas besoin pour se laisser tomber sur elle. Il ne manquait plus qu'une chanson de Bimbo en fond sonore. Et peut-être Bimbo jouait-il en sourdine. Même si Bimbo avait été dans la pièce avec cinquante musiciens, ça n'aurait rien changé pour Sarah. Elle n'aurait pas entendu une seule note. Après tous ces derniers verres pour la route. Bims s'éclatant en fond, pendant qu'on baise chaud et fort. Ça n'a pas pris plus d'une minute en fait. C'est tout. Un petit coup en passant. Rien de sournois, il n'a pas essayé de se cacher, ni rien. Trop épuisés pour comprendre, pourtant Sandra et moi, on avait tous les deux besoin de ce petit coup. Crac. Crac. C'est fini. Je ne vais pas mentir maintenant.

C'était agréable, mais pas de quoi en faire une histoire. Pourquoi Sarah s'est-elle pris la tête comme ça ? Pourquoi a-t-elle...

Wally se gratte les couilles, il passe de Sarah à Sandy et ne se pose plus de questions, il regarde les cuisses chocolat s'ouvrir, le glaçage plus foncé au centre qui attend qu'il s'y glisse. Doucement. Doucement. C'est Sandy, puis de nouveau Sarah, puis il se moque bien de savoir quelles paires de cuisses enlacent sa taille.

Vas-y Bimbo.

Fais-moi mourir, fais-moi mourir, oh bébé, ton amour me tue.
Tu me tues, tu me tues, oh ! fais-moi mourir d'amour.
Oh oui, tu me tues.
Fais-moi mourir fais-moi mourir fais-moi mourir d'amour d'amour d'amour d'amour.

La sonnerie du téléphone se glisse entre les lignes. Sonne au mauvais moment. Pas question. Dégage. Le téléphone fait atterrir Wally. Retomber la chanson de Bimbo. Wally n'est pas ravi de devoir se rendre à la prison de la ville avec du sang sur les mains. Une horde de flics trapus surgit derrière lui. Les menottes se referment sur ses poignets. On le pousse au cul jusqu'à une cellule au centre de la prison. Celle où Reuben prétend qu'ils détiennent son frère. Pourrissant là pour toujours. Ou jusqu'au beau matin où ils viendront le déterrer. Pour le brûler, le pendre, le gazer ou lui plomber le cul, peu importe ce qu'ils font quand le chat est fatigué de jouer avec la souris.

Il monte l'escalier de la prison. Passe de grandes portes en bronze. D'autres dalles de pierre verticales dessinent une porte et une fenêtre. L'entrée de la prison semble large vue de la route. Mais une fois la première porte passée, l'espace se rétrécit vertigineusement, les murs latéraux se resserrent, le mur du fond se rapproche, te coince dans une minuscule antichambre, un vestibule dont tu ne peux pas sortir sans murmurer le mot de passe aux gardiens. Si tu trembles déjà à l'idée d'aller voir quelqu'un en prison, tu es sûr d'avoir des ennuis une fois passé les lourdes portes. Les talons de Wally ne demandent qu'à tourner. A sortir comme il est entré. Filer vite d'ici avant que les portes de bronze ne claquent derrière lui. Attention, pas trop vite sinon tu as l'air suspect. Si tu cours, ils lancent la meute. Comme les chiens, ils flairent sur toi l'odeur de la peur. Big Brother a l'œil rivé sur ta poitrine. A l'intérieur. Et il voit ton cœur pourri battre anormalement fort, gonflé de secrets, de crimes.

Wally persévère. Il explique les motifs de sa visite au guichet grillagé. Je veux voir Reuben. Reuben, l'avocat.

Puis il craque. L'absurdité de cette histoire sans queue ni tête, il a failli éclater de rire tout fort. Vise un peu ça, Big Brother. Vise un peu ça et tu vas rire aussi.

C'est Wally qui devrait être en prison. Comme dans les films. Demander à voir son avocat, entouré par des flics costauds, qui le regardent avec leurs sales yeux de flics. Ils savent que son cul de noir est coupable comme le péché et ils auraient bien envie de le tabasser pour le faire avouer, mais Wally n'est pas un zonard. Wally est allé à l'université. Il réclame le respect de ses droits, réclame son avocat, son petit Reuben, tête en pointe, barbe en pointe. C'est Wally qui devrait être en prison, interrogé, le cul en mauvaise posture, et le vieux Reuben devrait grimper en boitillant l'escalier de la prison pour venir à son secours.

Je voudrais voir mon client, Wally...

Attention. Clic-clac. Flash-back. Quelqu'un a mal compris l'histoire. C'est Reuben qui est en taule. Le petit avocat tordu de Wally est au trou. La loi est derrière les barreaux attendant que le criminel vienne l'en sortir.

Bien sûr qu'il passera à la prison. Évidemment je vais payer ta caution. Hé le vieux, je croyais que t'étais un citoyen respectueux des lois. Que t'étais la loi. Lancer quelques bonnes vannes à Reuben. Sans le lâcher, léger et poli. Comment tu vas me défendre si t'es au trou *downtown* ? Reuben aime bien vanner les gens. Et Wally ne va pas s'en priver pour une fois qu'il en a l'occasion.

J'arrive tout de suite, mon vieux. A ton service. Mais au fait... tu te rends compte que c'est un service professionnel. Tu comprends que je ne peux pas le faire pour rien. Tu piges ? J'attends une compensation. Combien tu prends pour ce genre de service, monsieur Reuben ?

Ça suffit. Le silence à l'autre bout de la ligne dit, maintenant ça suffit. Le sujet, quel qu'il soit, ne fait pas rire Reuben. Surtout que tu n'as droit qu'à quelques minutes au téléphone. Et un seul coup de fil. Wally la boucle, il écoute. Reuben n'a pas la voix de Reuben.

... Rien de grave, j'espère ? Enfin avec une caution aussi petite ça ne peut pas être très sérieux. Ils auraient pu aussi bien te laisser sortir, pour cent dollars.

Question de principe. Humiliation. Ils réclament leur livre de chair.

OK, *downtown*. En face du palais de justice. Est-ce qu'ils prennent les chèques ?

Si tes papiers sont en règle.

Un moment, mon vieux. J'arrive.

Je te remercie.

Le vieux Reuben parle comme s'il était au fond d'un puits. Il y avait de la friture sur la ligne quand Wally a décroché le combiné et l'a porté à son oreille. Un feu qui crépite sur la lune. Est-ce à cause de l'inquiétude que la voix de Reuben donne l'impression de sombrer, à des milliers de kilomètres, des milliers d'années d'ici ? Inquiet ou fatigué ? Toute la nuit à veiller dans sa cellule. Ne voulant déranger personne, trop gêné pour appeler. Et que fait-il en prison ? Avec une caution si petite. Ça ne peut pas être bien grave. Pourquoi ne pas le libérer sans caution ? Ils ont peut-être coincé ce vieux bouc avec une pute. Wally n'est pas prêt à le laisser oublier, si c'est ça le motif. Chez les putes. Comme à Philadelphie. Ce vieux bouc lubrique de Reuben. Surpris une fois de plus culotte baissée.

Tout l'amuse. Et rien n'est drôle. Wally payant la caution ridicule de Reuben. Un cadavre, avec le nom de Wally gravé sur sa poitrine et des doigts propres qui désignent Wally, l'accusant et criant, coupable, coupable, coupable, assez fort pour que tout le monde entende, à condition d'approcher l'oreille de la poitrine de Wally. Reuben ne se doute pas de l'ampleur de son problème s'il en est réduit à compter sur Wally pour le sauver.

10

M. TUCKER

Reuben ramasse le journal du matin tout mouillé sur la marche de sa caravane. Les nouvelles roulées comme un parchemin. Il le parcourt sur place jusqu'à ce qu'il entende la voiture de Wally repartir. Pas question de se retourner pour se trouver de nouveau face à Wally. Pas question que Wally traîne dans les parages pour jouer les chaperons et le ramener gentiment à l'intérieur de la caravane. Comme une jeune fille risquant de fondre sous la pluie qu'on raccompagne chez elle après le bal. Alors il hésite, absorbé, semble-t-il, par une histoire sensationnelle qui l'attend sur le seuil de sa porte. Comme s'il parvenait à lire ces bouts de lignes sans début ni fin. A découvrir ce qu'ils signifient en les lisant de haut en bas et de bas en haut, donnant un sens vertical aux lignes horizontales. Dans la lumière pâle du matin, Reuben se sent trahi. Quelqu'un a soulevé le couvercle. Dévoilé sa cachette. Il désire que Wally s'en aille. Il faut que le moteur de Wally grogne en passant la première, qu'il disparaisse au bout de la rue et tourne le coin, seule voiture sur Hamilton, dernière chose en mouvement sur cette terre, pour que Reuben commence à penser qu'il arrive au bout de son cauchemar.

C'est la faute de personne. Et sûrement pas de Wally. Wally a fait maladroitement de son mieux pour l'aider. Le pire arrive rarement par la faute de quelqu'un, même si, le plus souvent, on trouve un coupable. Un bouc émissaire, accusé pour masquer une conspiration dans laquelle tout le monde trempe. Personne n'a les mains propres, pense Reuben accroupi à l'entrée, le poing serré autour du journal, l'autre main appuyée sur la marche en fer-blanc. Personne n'est innocent. Il se relève. Le poids de son épaule bancale lui pèse ce matin. Comme le fardeau brise la bosse du chameau. Il monte péniblement l'unique marche menant à la porte de la caravane. Une marche large comme un désert de charbons ardents. Il se passerait bien de sa bosse sur le dos ce matin. Et de ses membres trop courts, les bras et les jambes d'enfant qui trimballent sa vieille tête autour du monde. Dans la cellule du dépôt où ils l'avaient enfermé pour la nuit, il a secoué les barreaux. Ou plutôt raclé ses vieux os en se tenant jambes écartées, Samson chétif ébranlant le métal froid et immuable de sa cage. Puis il a donné un coup de pied dans les barreaux. Imaginé d'y planter les dents, de les ronger pour sortir. Mais ça ne marchait pas. Il le savait. Et eux aussi. La clé de la cellule était dans la poche du gardien. Il pouvait crier au meurtre, hurler, ruer et mordre jusqu'à ce que sa rage retombe en poussière. La clé resterait là où elle était tant que ses geôliers ne seraient pas prêts à le libérer. Une fois dedans, une fois incarcéré, la clé dans les mains d'un autre, tu n'es plus jamais libre. Ta mémoire est toujours incarcérée. Elle te hante comme un morceau de chair brûlante sur ton épaule. Qu'ils viennent une seule fois pour t'embarquer, et tu es leur prisonnier pour toujours. Ils sont là dans ta tête ; à jamais. Enfermés dans la chambre noire de ton esprit.

Reuben soupire tout haut, *Aaaaah,* en prenant en plein visage l'haleine fétide de sa caravane. Le soupir satisfait et douloureux d'un homme constipé depuis longtemps, *Aaah... enfin, enfin,* accueillant sa puanteur. Cette nuit qui semblait ne devoir jamais s'achever touche à sa fin. Il en sort. Prêt à recommencer.

Ça ne nous enchante pas, monsieur Reuben. Mais on n'a pas le choix. Les ordres... Faut qu'on vous embarque, monsieur.

Ils ont envoyé deux flics noirs. Des frères grands et costauds à l'air soudanais. Reuben tiendrait dans la poche de leur veston. C'est ce qu'ils disaient au temps de l'esclavage. J'ai un rasta dans la poche, pour dire qu'ils allaient le vendre vers le fleuve. Faut bien te conduire, boy, sinon not' maître va te mettre dans sa poche. Ils parlaient des esclaves, comme si ces pauvres Africains étaient de la pâte à modeler que tu pouvais tirer dans tous les sens. L'homme blanc a mis des esclaves dans sa poche, l'homme noir les a mis dans le banjo, les esclaves, des négrillons que tu peux pousser, écraser, malaxer, cogner, étirer comme de la guimauve.

S'il vous plaît, suivez-nous sans histoires. Dieu sait que ça ne nous plaît pas que ça tombe sur vous. Pas plus que ça ne doit vous plaire. Alors pas d'histoires, monsieur Reuben.

Que Reuben disparaisse derrière ou devant deux flics n'a déclenché aucune réaction chez Stanley. Reuben faisait des centaines de voyages aller-retour entre le bistrot, le tribunal et la prison, en compagnie de toutes sortes de gens, et personne ne fit attention au trio, le petit bonhomme coquet presque invisible, coincé entre deux armoires à glace en uniforme bleu qui le tiennent à l'œil.

Envoie un nègre pour arrêter un nègre. Ou même deux, si tu en as qui traînent à rien faire. La tactique est d'une logique parfaite. Il y a des précédents, des parallèles historiques. Les éclaireurs indiens emmenant la patrouille jusqu'aux cachettes de leurs frères rouges. Les indics du FBI, les agents doubles, les taupes des années soixante. Une grossière variation sur le thème « diviser pour régner ». Il faut le programme pour connaître les joueurs. Et le Blanc est le seul à détenir un programme qu'il adapte au fur et à mesure, pour rester maître des résultats. Suscitant le chaos, la crainte et la terreur. Envoie Négro et Bamboula pour capturer le Grand Sorcier. Et on reste en famille.

Reuben garde ses réflexions pour lui. Ravale un rot. Sourit à ses ravisseurs. Accorde son pas léger, rapide et sautillant, à leurs enjambées longues et lentes, le reflet de ses chaussures cirées au crachat va et vient sur le plancher crasseux de Chez

Stanley, invisible sauf pour l'œil des rongeurs : éclats de lumière dans une mer de saletés et d'ombres, qui englobe, sur dix centimètres d'épaisseur, les pieds des humains, des tables et des chaises, les éclaboussures, les mégots et toute cette crasse innommable où s'enracine le bar de Stanley.

UN IMPOSTEUR DÉMASQUÉ À HOMEWOOD. Son histoire l'a pris de vitesse. Déroulant le journal et parcourant les titres du premier cahier, il découvre les deux courtes colonnes qui lui sont consacrées. Trop de mots pour une pierre tombale, trop peu pour une page de livre. Il n'est pas prêt à lire son histoire. Il referme le *Pittsburgh Post-Gazette,* l'étale sur son bureau, et en aplatit l'échine. Les bords cornés du journal grattent légèrement la surface de la table comme des ongles quand Reuben se tourne vers le réchaud pour préparer son café.

M. Tucker a mis la caravane en service, il y a longtemps. Que l'électricité soit. Et elle fut. Avec son moignon de pouce tordu à la main gauche, le vieux essaya toutes les prises et les connexions, une goutte de salive au bout du pouce, en l'enfonçant jusqu'au bout. Y a du jus, monsieur Reuben. Tout va bien. Assez de grésillements, de sifflements, de crac et d'étincelles pour envoyer dinguer Reuben en arrière, mais le vieux Tucker ne cillait pas et regardait le serpentin de fumée monter de son pouce-voltmètre. Le pouce meurtri et une jambe plus courte que l'autre, Tucker boitait. Un coup de marteau sur mon pouce quand j'étais petit. L'a jamais poussé. Sinon mon corps a bien grandi, sauf cette jambe qui n'a jamais pu rattraper le reste. Tucker fait bien deux mètres. Pour savoir si un type est grand, il suffit de le comparer à Tucker. Personne ne le dépasse, mais si quelqu'un approche de sa taille, à une tête près, tu sais qu'il est *grand.* Tout de même, Tucker n'est pas assez costaud pour embarquer toute une maison, comme il en a été accusé. Tel est le crime qui était rapporté dans le *Post-Gazette.* Voilà Tucker, il arrive à son travail, sa longue boîte à outils balancée sur l'épaule, comme Reuben sa boîte de cireur, sauf que tu aurais pu mettre Reuben et tout son bazar dans le casier géant de Tucker. Si tu ignorais qu'il avait une jambe plus courte, tu pouvais croire que le vieux Tucker marchait une épaule plus basse que l'autre à cause de sa boîte à outils trop lourde, un fardeau qui le faisait pencher d'un côté et menaçait de le faire tomber à chaque pas ; M. Tucker dans les rues de Homewood, sa salopette rayée trop courte, les bretelles si serrées que la bavette lui remontait sous le menton. Si tu lui parlais, il te répondait, mais sa tête pensait plutôt au boulot vers lequel il claudiquait. J' suis un travailleur, monsieur Reuben. C'est tout ce que j'ai toujours connu. Tucker disait *estravailleur.* Il avait une petite voix aiguë pour un homme aussi baraqué. L'estravail, c'est tout ce que je connais, monsieur Reuben. J'ai jamais rien pris à personne, sauf contre une bonne journée d'estravail.

Reuben savait reconnaître la vérité quand il l'entendait, mais il savait aussi que cela ne servait à rien. Un individu, dont le bizness consistait à désosser des maisons vides pour revendre le cuivre, le laiton et les briques, tout ce qui pouvait servir, ce qu'on pouvait récupérer dans ces rangées de vieilles bicoques, avait embauché M. Tucker pour démonter la façade en brique d'une baraque à moitié démolie sur Shetland Avenue. Et le vieux s'acharnait, sous un soleil de plomb, au milieu des gravats et des nuages suffocants de poussière de plâtre, à faire honnêtement son travail, quand les flics sont venus l'arrêter. La maison appartenait à la ville et la ville n'autorisait personne à la démolir. Tout ce que M. Tucker savait c'est qu'un camion passerait à six heures pour charger les briques qu'il avait mises de côté, et que le chauffeur lui donnerait sa paie une fois les briques rangées et comptées dans le camion. Deux jours après son arrestation, Tucker parvint à raconter son histoire ; si le camion était passé (possible qu'il ait ramassé toutes les briques enlevées et nettoyées par Tucker en une demi-journée de travail pour laquelle il ne toucherait jamais un centime), personne ne le savait. Tucker ne connaissait pas le nom du Blanc dans la voiture, qui était venu jusqu'au coin de

Frankstown et de Homewood, là où les hommes attendent l'embauche devant le Velvet Slipper, là où depuis toujours ils attendent, ne connaissait pas cet homme qui, à cet endroit, a baissé sa vitre pour choisir le géant parmi la foule. Tucker ne connaissait pas le nom du Blanc, mais du moment qu'il était payé en fin de journée, il s'en souciait peu, de même que le Blanc se souciait peu du nom de celui qu'il engageait, tant que le travail était fait et la paie peu élevée. Ainsi M. Tucker avait passé la matinée à desceller et à nettoyer des briques. Plein de blanc sur sa salopette et ses sourcils quand ils l'ont arrêté. Plein de poussière de briques et de plâtre, sans un mot à personne, et si grand qu'on aurait dit qu'ils avaient pris une des baraques à moitié pourries de Homewood pour la planter dans un coin de la cellule. Tucker y serait encore, immobile, muet et abattu, si Reuben n'avait pas été le chercher pour le ramener chez lui.

Bref, quelqu'un a remis ça. Et les maisons de nouveau disparaissent. Reuben espère que cette fois son client a un alibi.

L'administration de la ville mise en déroute par une bande de démolisseurs pirates, qui a déjà dépiauté sept foyers municipaux depuis janvier et réussi par deux fois à filer en plein jour en démontant des bâtiments entiers.

Reuben lit en attendant que l'eau bouille dans sa cafetière rouge. La cafetière se tient sur des pieds aussi courts et tordus que les jambes de Reuben. Un jour qu'il traversait le pays, dans le centre, les faubourgs d'Omaha peut-être, Reuben a vu surgir une cafetière haute comme un gratte-ciel. Disons que, sur cette étendue plate, elle paraissait plus grande que tout. Une cafetière pour M. Tucker, un géant sur cette terre plate. A peine l'avait-il aperçue que Reuben pensa qu'une tornade écraserait cette cafetière démente. C'est la raison pour laquelle on invente de grandes choses. Pour qu'elles tombent. S'effondrent. Pour maintenir les petits dans le rang. Pour leur faire peur, pour qu'ils soient reconnaissants d'avoir deux jambes trop courtes gonflées d'eau et des bosses qui leur font courber l'échine.

Les maisons qui disparaissent font la une. Reuben examine les titres. Dans son dos, la cafetière rouge commence à roter, une fois, deux fois, encore une fois.

LES BRISEURS DE FOYERS FONT DE NOUVEAU MAIN BASSE SUR LA VILLE.

Son histoire à lui, enterrée dans les pages du milieu de la première partie, sous un modeste chapeau, UN CROCHE-PIED DE LA LOI, c'est ce qui l'intéresse, mais il n'est pas prêt à réouvrir le journal. Pas prêt à retrouver son histoire — les flics, la cellule, la longue nuit à écouter des bêtes moribondes tourner en rond dans leurs cages. Dès qu'il lira l'histoire, tout reviendra, il la revivra. Le long dos raide de son frère, ses yeux perçants, enfouis pour toujours dans ce cocon noir. Reuben enchaîné par les mots, Reuben enfermé pour toujours. Alors il gagne du temps. Laisse les mots flotter librement au-dessus de l'affaire des maisons volées jusqu'à ce qu'ils lui racontent une autre histoire.

Un briseur de foyers, c'est comme une femme, une tentatrice, une sirène qui a hypnotisé papa en se dépiautant, avec qui il file en plein jour, avant que le *sweet home* de papa s'écroule dans un nuage de poussière sur maman et les gosses. Reuben voit ça gros comme le nez au milieu de la figure. La façon de tortiller les hanches de certaines allumeuses. Fais-moi vibrer, doucement, casse pas le rythme. Et papa se casse presque le cou en dévalant les marches, cavalant dans la rue derrière ces miches. Grincements et grondements de murs qui commencent à s'effondrer. Dieu fronçant le sourcil ou ricanant devant cette scène banale, la ville se tordant de douleur tandis que les premières manifestations du mal apparaissent dans tous les quartiers. ILS DÉPIAUTENT ET ILS FILENT ! LES BRISEURS DE FOYERS FONT DE NOUVEAU MAIN BASSE SUR LA VILLE. Reuben entend l'eau bouillir dans la cafetière et sa propre affaire qu'il voudrait ignorer en s'écoutant inventer cette histoire, Reuben sait qu'il s'enfonce, mais il sait aussi qu'il a besoin de temps.

Monsieur Reuben, j' connais rien que l'estravail. Depuis

que j' suis tout petit. Jamais rien demandé à personne. C'est pas juste, ils peuvent pas faire ça.

C'est une honte, monsieur Tucker. Un crime. Vous avez absolument raison.

J'avais déjà fait toutes ces heures quand ils m'ont ramassé en pleine rue comme ces pauvres gosses qui fauchent par ici pour se piquer. Combien de temps un homme doit-il vivre en homme avant qu'ils le laissent en paix ?

Ils ne vous ennuieront plus. Nous allons leur prouver qu'ils se trompent.

Pourvu qu'y puisse, pourvu qu'y puisse...

Le vieux géant tripote quelque chose dans ses mains. Il se baisse pour que son crâne chauve ne cogne pas contre le plafond. Reuben s'efforce de distinguer le visage penché sur lui. C'est celui de M. Tucker, le visage brun de Tucker qu'il a vu si souvent, mais aujourd'hui le visage s'obstine à rester flou. Le nez, les yeux, la bouche, la peau ridée n'appartiennent à personne. Une cicatrice plissée dans un des sourcils embroussaillés. Une vieille cicatrice, moins vieille pourtant que la peau parcheminée du front. En découvrant la cicatrice, tu découvres la première étoile dans un ciel que tu pensais vide. Tu en vois une, et puis d'un coup tu en découvres mille autres. Ce visage qu'il tient pour celui de M. Tucker depuis des années n'est pas du tout M. Tucker. Rien n'est familier dans ce visage qui s'approche du sien. Reuben est un insecte qui parcourt la peau craquelée comme le sol lunaire. Des heures pour aller de l'oreille à la joue. Il met sa vie en jeu en explorant l'immense surface quadrillée du visage, ses différentes zones, ses taches et ses sillons mal accordés, le promontoire du nez, les canyons, les vallées et les entailles que Reuben découvre à mesure qu'il y promène ses huit follicules sensibles, priant pour ne pas se faire écraser avant de fuir. Un territoire étranger, hostile. Reuben se demande comment il a fait pour ne pas s'en rendre compte depuis tout ce temps. Impossible d'assembler les traits du visage. Les vieux yeux jaunes qui le fixent n'appartiennent à personne. Ils sont enfoncés dans un visage que Reuben a cru connaître comme M. Tucker, le très vieux menuisier géant, électricien, homme à tout faire, serviable, que tu vois courbé par le poids d'une boîte à outils géante, montant Hamilton en clopinant, descendant Tioga, traversant les rails du tramway sur Frankstown. Tu le vois tous les jours, partout où il y a de l'estravail. Un œil qui louche du côté qui lui plaît, chante son air à lui, son œil terni par l'âge, collé par les croûtes le matin, suintant un voile gluant, brûlant, irrité par la poussière de briques qu'il martèle et gratte une par une pour les nettoyer, les préparer à resservir. Un œil doué d'une vie propre. Comme la bouche, les oreilles et les cicatrices qui refusent de s'intégrer dans un ensemble plus vaste, plus significatif, des cicatrices qui bouchent la vue de Reuben quand il cherche Tucker dans le visage de M. Tucker.

Vous voyez ce bout de tissu dans ma main, monsieur Reuben. J'essuie ma sueur avec. Je mouche mon nez dedans. Je le sors maintenant parce que mes yeux arrêtent pas de couler. Bon à tordre à la fin de la journée. Non, monsieur Reuben, je ne pleure pas. Non. J' suis pas triste, j'ai la haine, alors ça peut pas être des larmes. Les larmes, c'est un luxe qui est pas pour moi. J' me rappelle pas avoir jamais pleuré. Et voilà cette eau qui me coule des yeux et qui veut pas s'arrêter. C'est pas des larmes, c'est pas du sang. Mais je peux pas m'arrêter. Ça a commencé quand ils m'ont relâché. Je m'essuie. Une heure après j' suis tout trempé. Comme un bébé pisseur. Des fois, j' me dis que j'aurais aussi vite fait de me coller définitivement ce bandana sur les yeux. J' vous jure que je le ferais si fallait pas que j'estravaille.

Il tord et détord le tissu à fleurs. Un grand fermier. Un grand campagnard de cent ans qui ne sait pas ce qui le torture, ce qui le frappe. Il se retrouve dans cette grande ville, maman a disparu, papa a disparu, ses frères et sœurs, son riz aux haricots et son pasteur, ils ont tous disparu, et Reuben ne peut pas l'aider, ne peut pas le libérer.

Reuben met deux cuillerées à café de Spécial Filtre dans sa tasse. Les granulés de café éclatent en une mousse qui monte et écume jusqu'au bord de la tasse avant de retomber en soupirant, puis Reuben rajoute un peu d'eau chaude de sa casserole rouge. Chaque son existe par lui-même, le moindre sifflement, gargouillis ou tintement du rite du café, comme existent les battements de son cœur et la respiration irrégulière, haletante de la caravane, en coulisses, hors de vue, et même quand il n'y a personne à la maison pour écouter. Reuben répond mentalement à la vieille énigme, il sourit en pensant à Muybridge, voilà une énigme que ce vieux bouc de photographe aurait appréciée : S'il n'y a personne dans la forêt au moment où l'arbre tombe, est-ce que l'arbre fait un bruit en mourant ? Reuben n'est pas là et la forêt grouille de bruits, murmures et grésillements du métal, du bois, du papier, du plastique et du verre, animés de leur vie propre, même si Reuben est très loin, enfermé, au secret dans la chambre noire de ses problèmes, de son histoire, vers laquelle il se tourne en avalant une gorgée de café si chaud qu'il le fait frissonner.

... sans doute un imposteur ou simplement un bon samaritain. Dans un cas comme dans l'autre, il ne manquait pas de clients...

Ses clients pour la plupart étaient de pauvres gens n'ayant pas les moyens de payer les honoraires d'un avocat ou ne sachant pas comment en engager un.

... toujours disponible et désireux de rendre service, à peu de frais...

D'après ceux qui l'ont connu, il était doué pour régler les contentieux, remplir les demandes administratives et démêler les problèmes bureaucratiques...

Il ne faut pas nécessairement être avocat pour remplir ce genre de fonction...

... ses activités d'avocat ont souvent permis de résoudre, mais parfois compliqué, les affaires en cours...

... Il a finalement été arrêté comme imposteur et gardé à vue toute la nuit...

Indiscutablement il apportait une aide considérable — de nature quelquefois légale ou quasi légale — à nombre de ses voisins qui lui en sont reconnaissants...

Mais la possibilité qu'il ait mal conseillé, tout en voulant bien faire, ceux qui faisaient appel à lui, et ce pendant des années, ne peut être écartée à la légère.

Reuben fixe le rai de lumière qui transperce la mare goudronneuse de café. Sa main tremble trop pour attraper la tasse pleine à ras bord. Sous le journal, jonchant le dessus du bureau, des documents importants, des questions de vie ou de mort. En attendant que les tremblements s'atténuent, il tambourine des messages pour lui-même, des doigts de sa mauvaise main, Tara-ta-ta, sur un coin dégagé de son bureau. Tout est dans le journal. Incroyablement clair et simple. L'histoire de sa vie lui fait face en trois cents mots maximum. Les faits sans apprêts.

Le bout des lèvres au bord de la tasse comme un oiseau au bord d'une flaque de pluie. Slurp. Il aspire un peu de café trop brûlant pour qu'il le porte directement à sa bouche. Mahomet va à la montagne, puisque la montagne ne va pas se mettre sur ses pieds pour venir jusqu'à lui. Il voit un visage flou dans le cercle noir. Le blanc de ses yeux globuleux. Est-ce son frère perdu qui le dévisage ? Est-ce son visage à lui, laid comme le péché, prisonnier du café, comme Reuben est toujours prisonnier du rêve de liberté d'un autre ? Déformé comme un visage dans une cuillère. Une cuillère, voilà ce qu'il lui faut. Il en a une quelque part. Dans une boîte, au fond d'un sac, sous un truc. Deux ou trois cuillères en plastique blanc avec une fourchette semblable, planquées quelque part. La fourchette ne servirait à rien. Si ce n'est qu'il pourrait se la planter dans les yeux. Payer pour ses crimes. Quels crimes ? Que fait la tête de Reuben plantée sur un pic aux portes de la ville ? Est-ce lui qui tire, dépèce et traîne ce pauvre petit corps dans les rues ? S'ils le lynchent, le violent, moulinent ses os pour faire leur pain, pourquoi est-ce lui qui se sent coupable ? S'il pleure dans sa boîte à sardines, ce lourd matin d'été, qui l'entendra ? Qui s'en souciera ? Et si aucun ange ne l'écoute, ne l'entend, ce petit malin de Muybridge viendra lui dire qu'il ne s'est rien passé.

Reuben tu sais à quoi tu ressembles assis sur ce tabouret... à un tas de merde. Quelqu'un a déjà dû te le dire parce que la ressemblance est frappante. Un tas de merde, des miettes de merde que des scarabées auraient rassemblées et empilées sur ce tabouret.

Des bousiers, Wally. Des bousiers parce qu'ils roulent des boulettes d'excréments de mammifères autour de leurs œufs pour protéger et nourrir leurs larves. Chez les Égyptiens, les scarabées étaient sacrés en raison de l'impression qu'ils donnent de s'autocréer en émergeant de la terre nue. Le scarabée royal pousse le disque du soleil, apporte la lumière, la chaleur, la possibilité de renaître. Des bousiers cropophages. La vulgarité est beaucoup plus efficace si tu agrémentes ton discours de mots érudits pour faire croire que tu connais autre chose que l'art de jurer. Eh bien, non. Personne ne m'a jamais traité de tas de merde. Une fois quelqu'un a mentionné ma ressemblance avec une termitière africaine. La calotte crânienne pointue, les protubérances irrégulières. Je trouve cette comparaison d'une intrigante suggestivité. Mais tu es le premier à me traiter de pile de crottes.

Tas de merde, Reuben. Je me fous du prix de ton costume en soie.

[*Et avant cet échange, y conduisant...*

Pourquoi tu l'as tué, Wally ? (Ils sont Chez Stanley pour déjeuner — Wally est assis sur une chaise et Reuben lui fait face sur son tabouret de bar spécial, les pieds ont été coupés pour qu'il soit plus bas qu'un tabouret normal et plus haut qu'une chaise, ainsi Reuben peut regarder son interlocuteur dans les yeux.)

Qu'est-ce que tu dis ?

Pourquoi l'as-tu assassiné ? Je sais que tu l'as tué. Mais je ne sais pas pourquoi.

Comment tu as trouvé ça ?

Peut-être pourrais-tu commencer par me répondre.

Comment le sais-tu, Reuben ? C'est pas une blague, mon vieux. Qu'est-ce que tu sais au juste ? Et putain, parle moins fort.

J'ai deviné ; tu as avoué. Cela revient au même. Sûrement un peu des deux. Je sais que tu as tué quelqu'un. J'ai deviné que c'était un homme et pas une femme. J'ai deviné que c'était récent. Que tu avais besoin d'en parler à quelqu'un. Tu en as parlé, avouant à ta manière, lors de nos dernières rencontres. Tu sens le meurtre, mon vieux. Tu portes sur toi l'ombre de la mort. Je la sens quand je suis en sa présence.

Reprenons plus haut, c'est Reuben qui parle.]

Ce n'est pas contre moi que tu es en colère. Tu ne m'as pas blessé et je ne te veux aucun mal. En outre, je suis lié par le secret professionnel. Tu es mon client. Parlons franchement. Se traiter de tous les noms est hors de propos.

Wally s'interdit de faire allusion à la tête pointue de Reuben, à ses dents pointues de rat et à sa barbe en pointe, il demande calmement et poliment, et quel est le propos ?

Je pense que tu ferais mieux d'avouer.

Une petite chose d'abord. Qui es-tu ? Que fais-tu ? Tu dis que je suis ton client. De qui suis-je le client ? Quel métier fais-tu, Reuben ? Pour qui te prends-tu ?

Mais la possibilité qu'il ait mal conseillé, tout en voulant bien faire, ceux qui faisaient appel à lui, et ce pendant des années, ne peut être écartée à la légère.

Je prépare des dossiers. Les fais suivre. Graisse des pattes qui doivent l'être. Soudoie un de ces idiots pour qu'il signe en sa qualité d'avoué les papiers nécessaires. Mes affaires se règlent, propres, rapides, correctes. La plupart des dossiers ne sont pas traités aussi vite. Rien d'officiel. Un mot ici, une promesse là, un service demandé ou rendu, un arrangement à l'amiable ou un rabais, une première solution en attendant la suite des opérations, en général les problèmes se règlent ainsi. Quelques dollars changent de main, les choses se mettent en route ou s'arrêtent, elles sont oubliées, perdues, scellées, livrées. Mes clients surmontent la crise, s'en sortent. Comme un tour de passe-passe. Ce papier, cette plainte — tu la vois, tu ne la vois plus. Et voilà le travail — l'ours va à la montagne et la montagne vient à Reuben —, je fais ce qu'il faut. Je sais comment marche la loi, les dossiers de mes clients avancent. Après cent ans, je connais bien mon travail. C'est plus facile que de cirer des chaussures. Le gain est à peu près le même, mais je m'habille mieux maintenant, je projette une image différente. Et j'ai de meilleures fréquentations. Notre peuple, Wally. Les gens de Homewood. Les meilleurs

... ses activités d'avocat ont souvent permis de résoudre, mais parfois compliqué, les affaires en cours...

La plupart du temps, je suis Chez Stanley. Tu pourrais dire que j'écoute aux portes. Je me renseigne. J'affine mes compétences. Je traîne. Je ne fais rien. Je rêvasse. Je contemple le nombril de l'univers. J'y passe de longues heures. Jusqu'à tomber, comme disent les vieux. Il faut que je m'occupe. Ça fait passer le temps plus vite.

C'est Chez Stanley que je règle mes affaires *downtown.* Je mets rarement le pied dans une salle d'audiences. Tu peux éventuellement me croiser sur les marches ou dans les couloirs du palais, mais j'en fais plus pour les miens en restant ici. J'emmène les ennuis d'un client *downtown* et souvent ils sont réglés entre les quatre murs de Chez Stanley. L'atmosphère est plus détendue. C'est plus efficace de travailler ici. Parfois il suffit de poser le problème, d'y réfléchir. Quand une solution se présente, le problème est déjà résolu. Comme si ce que j'imaginais en restant assis Chez Stanley se réalisait. Tu comprendras peut-être mieux ce que je dis si tu le prends à l'envers. Ce qui arrive à Homewood, dans les rues, suit son chemin, se résout, pendant que je rêve à la solution Chez Stanley. Je devine ce qui se passe au-dehors. Et en général, je tombe juste, ainsi ce que j'imagine se superpose à ce qui se passe. Peu importe ce qui vient en premier : mes clients veulent que leurs problèmes soient résolus. Ils viennent me voir. Entre-temps, les choses s'arrangent. Ce qui brûlait refroidit. Et tôt ou tard, ce qui est froid se réchauffe. Le mérite me revient. Mais moi aussi, j'en attribue le mérite à qui de droit. Et surtout, je ne suis pas cher, comme tu sais, Wally.

Au fond je suis un peu un intermédiaire. Je me place entre mes clients et leurs problèmes. J'intercède en leur faveur, je leur permets de s'en dégager. Je les décharge, au moins pour un temps, du poids de leurs soucis. J'invite mes clients à compter sur moi, à s'appuyer sur moi. Quand je sors du champ, la situation s'est souvent améliorée. Et sinon, je suis toujours là pour être celui qu'on accuse. Je ne suis pas le moteur du changement, mais un allié de bonne foi. Reuben dans la bataille, dans la fumée, sur la ligne de feu. Les gens en ont besoin. J'offre ce service.

La plupart du temps, j'écoute. Cela suffit dans bien des cas. Le plus souvent, c'est tout ce que tu peux faire quand quelqu'un a vraiment des problèmes. Je fais de mon mieux, tout en sachant très bien que je ne peux rien changer, ou si peu. Que peut-on demander de plus ?

... Il a finalement été arrêté comme imposteur et gardé à vue toute la nuit...

La tranquillité d'esprit que te procure la sensation d'avoir un avocat, quelqu'un de ton côté, veillant sur tes intérêts. J'essaie de donner cette impression. J'offre aux miens leur chance au tribunal et j'ose dire qu'ils bénéficient ici, Chez Stanley, d'une justice qui ne leur serait pas rendue en haut de la rue, deuxième à droite dans la salle d'audiences. Si tu vois ce que je veux dire.

Tu dis que des conneries, Reuben. Tu ressembles à un tas de merde et voilà que tu dis de la merde.

Et toi, tu recommences à me traiter de tous les noms.

Hé. Tu t'es dénoncé toi-même. A demander des honoraires pour des rêves, des illusions, à prendre l'argent des gens pour rester assis sur ton cul à ne rien faire.

Ce n'est pas mon procès, Wally. Nous sommes ici parce que tu voulais me voir. Tu as dit avoir besoin d'aide.

Pas de la tienne. Pas maintenant que tu m'as montré la nature de l'aide que tu pouvais m'apporter...

Si tu connais une meilleure aide pour ton genre d'ennuis...

Hé. Je n'ai pas encore d'ennuis. Oublie cette connerie de meurtre. C'est le scandale à l'université qui me préoccupe. Pas question que je me retrouve en mauvaise posture à cause de ça. Je pensais que t'aurais pu m'aider.

Et l'homme de Chicago ?

Nom de Dieu, Reuben. Comment se fait-il que t'en saches autant sur Chicago ? T'étais planqué dans les chiottes ?

Je sais ce que tu m'en as dit.

Je t'ai parlé d'un type dans l'avion. Celui qui m'a raconté cette histoire insensée.

Non. Tu ne m'as pas parlé de cette histoire.

Eh bien, je voulais le faire.

Fais-le maintenant.

Il n'y a rien à dire. C'est pas la peine de retourner à Chicago. Si un homme est mort, il est mort. Qu'est-ce que ça changerait pour lui, ou pour moi, que je retourne à Chicago ? Je ne sais même pas si je retrouverai ces putains de chiottes... peut-être qu'elles n'existent pas. Peut-être que tout est dans ma tête.

Il n'y a pas pire endroit, Wally.

Mort ou pas. Je m'en suis tiré. Bordel, pourquoi j'y retournerais. Je suis libre...

Oui et non.

Toujours oui et non. J'ai déjà entendu cette connerie de oui/non des centaines de fois, Reuben. Ça me fatigue. Et de toute façon, cette fois-ci, c'est oui tout du long. Si j'ai tué un homme, il est mort. Oui. Ils font griller les nègres qui assassinent des Blancs. Oui. Personne au monde n'a fait le rapport entre moi et un macchab à Chicago et personne ne le fera. Oui. Je suis libre et une chose est sûre, je vais rester libre. Oui. *Non* n'a rien à faire dans tout ça. Sauf... Foutre non. Je ne vais pas me traîner à Chicago pour avouer. Foutre non.

Oui. Ça servirait à quoi d'avouer.
A rien. C'est vrai.
Juste.
Supposons que j'avoue. Supposons que je sois assez bête pour y retourner. Et qu'ils n'aient pas de cadavre au frigo, pas de meurtre mystérieux pour lequel ils cherchent un nègre à épingler. Que feront-ils de mes aveux ? Les flics vont penser que je suis fou. Ils vont me boucler jusqu'à ce qu'ils aient besoin d'un pigeon, et, à ce moment-là, ils me présenteront comme l'ennemi public numéro un. On tient le nègre qui a fait le coup. C'est lui, les copains. On a dû lui faire sauter les couilles mais c'est bien lui. Merde. Ils me garderont au frais pour me ressortir un jour d'orage. Voilà ce qui arrivera s'il ne s'est rien passé à Chicago. Si j'ai rêvé toute l'histoire. Ils me grilleraient seulement parce que j'ai pensé à tuer un Blanc.
Tu ne serais pas le premier.
T'as sacrément raison, je serais pas le premier. Alors j'aurais l'air de quoi en retournant sur les lieux du crime. S'il n'y a même pas eu crime.
Pourtant ce serait intéressant de le savoir, dans un sens comme dans l'autre, pas vrai ?
A qui veux-tu que je demande... au mort...
Si tu y retournais, si tu marchais sur tes pas, sur ta trace, cela te conduirait peut-être... tu t'en souviendrais peut-être.
Je tournerais en rond. Ça reviendrait tout juste à ce que je dis aujourd'hui. Chicago est une corde, si j'y retourne, j'y passe le cou. Pourquoi faut-il que je m'en souvienne ? Pourquoi ai-je besoin de savoir ? Je m'en suis tiré. Peu importe de quoi je me suis tiré. Du meurtre d'un Blanc. Du rêve d'en avoir tué un. Ils m'en doivent bien un. De temps en temps, ça me fera peut-être du bien d'y penser.
Et le reste du temps...
Et ça recommence. Encore oui et non.
Ce n'est pas moi qui l'ai dit, Wally. C'est toi.
Non. Ça ne me fait pas toujours du bien. Non. Toute ma

vie, il y a toujours eu des trucs pour me pousser en avant. Pour m'empêcher de faire ce que je veux. Pour m'empêcher de dormir la nuit. Pour me faire cavaler.

C'est peut-être trop tard.

Trop tard pour quoi ?

Tirer tout ça au clair. Ce que tu as fait. Ce qu'ils t'ont fait. Mais le passé survit en nous. Il doit y avoir un moyen de changer les choses. De les arranger.

En me passant la corde au cou, par exemple. En implorant le pardon de ces loquedus. Con comme un manche. Et ils auront raison de penser que je suis con parce que seul un con retournerait à Chicago.

Ça pourrait bien se passer.

Ouais. Peut-être. Mais *peut-être* pas.

Oui et...

Pas question. Wally ne risque pas sa tête sur un *peut-être.*

Culpabilité abstraite.

Coupable ou pas. J'aurais autant de chance qu'un veau à l'abattoir. Ils me bousillent d'un côté comme de l'autre. Tu sais que c'est vrai, Reuben.

Je sais. Je sais. Et la vérité ne paraît pas suffisante. Elle ne nous libérera pas. Il faut autre chose. La vérité fait tourner la roue. Il y a plus... la vérité ne peut plus nous sauver maintenant.

Pas ma peau. Pas cette fois. Je reste loin de Chicago. Je reste chez moi.

Là où nous devrions tous être, je suppose. Dans nos bouteilles avec le bouchon vissé à fond.

Quoi ?

Jusqu'à ce que quelqu'un vienne et frotte la bouteille. Le toucher magique qui libérera notre magie.

Nous en avons terminé avec Chicago, pas vrai ?

Je pense que oui.

Tu veux un autre verre, vieux.

Ça peut se faire, Wally.

Les musiciens reprennent leur place. Une sérénade des bruits du bar, de la ville, du pays, de toute cette coquille d'œuf, la Terre. Le trou de l'entonnoir se referme en vrillant, tel un tourbillon, des lignes de force comme des arêtes tournoient dans sa gueule blanche. Un trucage utilisé dans les vieux films pour passer d'une séquence à l'autre en fondu enchaîné. L'image sur l'écran tourne comme aspirée dans un trou d'évacuation. L'obscurité engloutit les acteurs, les actrices, puis les décors sophistiqués disparaissent à leur tour, emportés dans le tourbillon. Et sur le script tu lis : Fondu sur...

Reuben invente un ranch. Une maison. Une maison sur les collines. Le ciel bleu du Wyoming, les vagues cendrées de sauge. La Bannière étoilée scintillant comme des guirlandes de Noël sur un ciel magnifique. Les gens sont heureux, où qu'ils soient, quoi qu'ils fassent. Dans le ranch, aux cuisines, dans les baraques, à cheval sur les collines, à la pêche, en chantant autour du feu, réparant la clôture, menant les bœufs, dans leurs songes et leurs rêves, sur leur échelle de bandes et d'étoiles jusqu'au ciel et retour. Youpi, ya, ya...

Plus tard, au plus profond de la nuit, le sang coule de la blessure ouverte. L'humiliation de la prison et les insinuations de la presse blessent Reuben plus durement qu'il ne l'aurait cru possible. Mais il y a plus. Il a découvert la cachette de son frère. L'a rejoint dans les catacombes sous les rues de la ville, là où, selon la légende, la ville enterre ses fautes, ses ratages, ses mensonges. La statuette est plus chaude cette nuit. La respiration de Numéro Deux est comme une démangeaison sur la poitrine osseuse de Reuben. Perdu et retrouvé. De nouveau perdu... c'est le rythme qui les réunit, les sépare. Le rêve commence dans une cellule. Reuben entend ses pas mesurer l'espace, petits pas, petits pas, vite vite en boitillant. Quatre pas en longueur, quatre en diagonale, quatre en largeur, et de nouveau quatre en longueur. Chaque pas un clou qu'on enfonce et sous chaque pas, la pointe d'une dent de dragon. Le prisonnier donne une forme à la bouche qui va l'avaler. Il vérifie sa largeur, sa longueur, définit sa cellule en en mesurant les limites, confirmant sa réalité à chaque série de seize pas. Les murs s'épaississent, s'élèvent, chaque fois qu'il s'arrête devant pour faire demi-tour. Qui a construit la cellule ? Qui a rêvé de Reuben encagé ? Qui a demandé à Reuben de s'associer à cette entreprise ? Toi, mon petit vieux, mon bel ami déplumé, c'est toi qui es chargé de t'en occuper, de la nourrir, de l'arroser, de maintenir mon invention en vie. Même le béton et l'acier ne peuvent pas durer toujours. La touche finale dépend de toi. Tu prolonges encore et encore l'existence de la cellule chaque fois que tes petits pas de singe confirment le plan dessiné sur le parchemin. Quatre sur quatre, toujours. Allez, on ira jusqu'à cinq sur cinq, en hommage à ce gros lard, M. Jimmy Rushing et sa voix d'or, aussi large que haut. *La lune a l'air si seule quand elle brille entre les barreaux.* Des étoiles et des barreaux. Mais même le gros cube de Kansas City ne suffit pas à te requinquer ce matin, ce rêve, cette longue nuit, les quatre coins, les petits pas, et les ténèbres pour toujours.

Qui entends-tu chanter à présent ? Des boulets et des chaînes, un chœur de pleureuses traînées par les cheveux, par les pieds, tu les piétines pour les faire chanter. Divas, Sweet mamas, Malindy, l'impératrice déchue et les femmes perdues, où sont-elles aujourd'hui ? A tes pieds, sous tes pieds. Des reines africaines, trophée du vainqueur en long cortège masqué par la poussière en tourbillon plaintif, nuages de poussière, panache de poussière qui tournoie comme une coiffe de plumes au-dessus de ces captives arrachées au Monde des Esprits. Dis bonjour à ta maman, à ta sœur, à ta fille. Dis bonjour et au revoir à Flora tandis que des meutes de loups hurlent sur leurs talons aiguilles et que le soleil fait fondre le goudron de leurs yeux, le nougat de leur cœur, l'ambre de leur poitrine, et ce corps de miel que tu chevauchais dans un autre pays, fier comme un crachat, fier comme la poussière, en l'enlaçant, en souriant, ses cheveux nattés autour de tes orteils, son souffle qui grondait, haletait comme un miaulement aigu de panthère, comme des chaînes traînées dans le sable, sur des silex, sur un lit de coquillages, fendant la mer violette.

Tu entends les captives. Mais tu ne vois rien. Aveuglé par la longue nuit, la nuit profonde de ta cellule. Leur odeur t'arrive par la brise qui monte du Nil pour éventer le delta. Une lumière cristalline charge le vent, coupante comme un rasoir, et elle t'écorche avant que tu ne te rendes compte de ta blessure. Le parfum cendré des femmes qui chantent, douleur fraîche et sèche au fond de leur gorge, telle la semence, tels des morts emmaillotés, telle la promesse faite à Flora qui t'a supplié de leur faire du mal, de sauver son fils, Reuben. Pauvre taré.

Au fond de la cale. Au-dessus de toi, dans une pâle poussière violette, tu entends le vent gonfler les voiles, un mât unique, recourbé comme un cimeterre, et le vent souffle, découpe, disperse la flotte, poussant chaque bateau, la *Niña,* la *Pinta,* la *Santa María,* sur l'océan comme un insecte emporté par le courant, à la merci du vent. Ils tirent des bords larges. Se dirigeant vers une rive, puis gîtant vers l'autre. Comme le palet dessine des zigzags sur le plateau de Ouija. Les contraires s'attirent, ramènent les voiles à cran d'arrêt au port d'attache. Mais ce n'est pas ton port d'attache. Tu as beau être aveugle comme une taupe au fond de ton terrier, tu sais qu'ils t'ont enlevé, qu'ils ont aussi enlevé les femmes, et que la seule façon de retourner chez toi, c'est de monter sur le dos d'un scarabée : un voyage identique à celui-ci, aussi long, tes fragments épars roulés en boule, une boule qui roule comme ce large fleuve coule vers la mer, et ton vaisseau funéraire avance péniblement sur ses pattes bancales, creusant sa route dans le sable jusqu'à ce que le vent referme la plaie. Tu vérifies ce que tu sais depuis toujours : la mer te porte et puis elle se fatigue de toi, le vent te soutient jusqu'à ce que ton poids l'épuise, et puis c'est la noyade, la chute à travers l'espace dans ce dernier recoin sombre où tu te recroquevilles comme une graine qui s'émiette ; les écailles tombent, les bandelettes sont sèches comme des crottes de chameau, et tu griffes la terre, tu en fais une boule jusqu'à ce qu'elle te recouvre et que tu la recouvres, six pattes, dix doigts, grattant la coquille. A travers. Autour. Poussant l'œuf devant toi comme le scarabée d'or sur le collier du roi, l'amulette qui protège le trou vide où jadis battait son cœur rouge.

Pars tout de suite pour le Nord, rentre à la cour ; amène avec toi ce nain du Monde des Esprits, apporte-le vivant, gai et en bonne santé, pour qu'il danse devant les dieux, divertisse et égaye le cœur du roi de Haute et de Basse Égypte, qui a la vie éternelle. Quand il descendra avec toi dans le vaisseau, choisis des hommes de valeur pour se tenir près de lui, de chaque côté du vaisseau, pour éviter qu'il ne tombe à l'eau. La nuit, quand il dormira, choisis des hommes de valeur, pour dormir près de lui sous sa tente et veiller sur lui à tour de rôle. Ma Majesté souhaite voir ce nain, bien plus que les présents du Sinaï et de Puth.

Les rames s'abaissent à l'unisson comme les côtes d'un homme qui respire, et la coque effilée avance lentement, image par image, et les trous à la surface de l'eau se referment vite avant que les rames ne retombent à plat. Cap sur le Monde noir des Esprits. Et puis au port, au port ! Tu es un nain qu'on a enlevé pour le bon plaisir de la reine Hatshepsout. Son conteur maure. Le tribut que lui verse la terre des Noirs. Des chaînes t'entravent, tu ne dois ni les secouer ni les heurter durant la nuit. Elles sont fragiles comme la toile de l'araignée, délicates comme ses œufs. Tu es libre de mourir quand tu veux.

Les rames retombent. De nouveau l'eau frémit quand leurs doigts s'enfoncent dans ses yeux. Des hymnes s'élèvent des collines basses sur les berges du fleuve. Un bœuf est pétrifié dans son joug. Des tiges de maïs frottent et s'ébattent, leurs racines tressées invisibles sous la glaise. Demain le grand fleuve inondera ses berges. Il a déjà perdu toute trace de toi dans le puits de sa mémoire. Toi qui participas au fastueux cortège des vaisseaux corsaires, des felouques et des barques décorées de bannières de soie, chargées de ton offrande : des animaux beuglant dans leurs cuves, de l'ivoire, de l'or et des épices, venus du pays noir de Puth.

Et puis tu te réveilles avec un torticolis. Tu es rentré, finalement. Avec une vraie courbature dans ton vrai cou que tu masses et pinces en secouant prudemment ton crâne sur sa souche décharnée pour dénouer tes muscles. Une vraie douleur qui te vient d'un autre rêve que tu as dû faire sur le bord de ta chaise, un rêve qui s'insinue une dernière fois avant que tu ouvres les yeux.

Un des garçons de l'Alpha Oméga conduit la voiture. Beaucoup trop vite. Il perd le contrôle et, pour une raison quelconque, tu es assis à la place du mort. Tu es là, assis près de lui, dans cette grosse voiture immonde, roulant de nuit dans une ville animée dont gronde la rumeur. Puis l'inévitable explosion de verre et le fracas. La mer te recrache et te voilà en plan, mort de peur d'avoir trépassé. Tu écoutes ton cœur, tu retiens ton souffle et tu as peur de compter tes blessures, tu es déchiré en morceaux ensanglantés, sans doute trop amoché pour être réparé, trop sonné pour ressentir quoi que ce soit, jusqu'au moment où tu te souviens, dans une suprême spirale de douleur, que c'est ainsi — ainsi que tout s'achève...

Reuben se masse, se pince et se demande pourquoi son cou lui fait mal, alors que l'accident n'était qu'un rêve. Un simple rêve. Et tandis que ses doigts trop usés, trop raides refusent d'accomplir leur travail, il se demande s'il est couvert par son assurance tous rêves. Quel était le nom du chauffeur ? Et son frère sera-t-il jamais libre ?

11

TOODLES

Tu sais, les choses... dit Toodles. Les choses, tu sais... Toodles a répété cela trois fois, peut-être quatre, avant de terminer sa phrase : Tu sais, les choses s'arrangent d'elles-mêmes. Kwansa aurait giflé n'importe qui d'autre pour avoir dit un truc aussi banal à une heure aussi grave. Dans la bouche de quelqu'un d'autre ces mots n'auraient eu aucun sens. Mais venant de Toodles, Kwansa les comprend et elle hoche la tête. Oui, peut-être... peut-être. Un signe de tête accordant à Toodles le bénéfice du doute, parce que Kwansa sait ce qui pousse Toodles à dire ça. Et pendant un instant, si bref qu'il paraît irréel, Kwansa comprend que Toodles, et peut-être tout le monde sur terre, est aussi malheureuse qu'elle. Toodles fait de son mieux pour aider, cherchant les mots justes et retombant dans des banalités qu'elle dit tout de même, parce que aucun mot n'est le bon et que rien de ce qu'elle dira n'apaisera Kwansa, et Toodles sait cela de toute éternité, mais il faut bien dire quelque chose. Comme si Toodles était dans la tombe. Toodles, nue comme au premier jour, nue sous sa peau, sous ses os, sous ses paupières, Toodles qui essaie seulement de l'aider, et Kwansa a mal pour elle, ressentant en elle le malaise de Toodles. Et Kwansa oublie un instant la douleur qui l'avait suivie au Velvet Slipper. Elle l'échange contre la douleur de Toodles, une douleur chaude, mesquine, différente de celle de Kwansa, bien qu'elle vienne de ce même couteau qui lui déchire le ventre. Elle hurle pour Toodles en oubliant sa propre douleur, qui pourtant passe dans les yeux de Toodles, dans ses mots débiles.

Toodles sort ses cigarettes de son sac. Elle appelle ça les clous du cercueil. Il me faut un clou, chérie. Toodles sent bon. Bon comme le luxe. Le luxe de ces bouteilles minuscules que personne ne peut s'offrir à moins qu'un junkie ne les pique. Tu t'en mets en sortant du bain sur ta peau nue et fraîche. De petites touches que tu poses aussi délicatement que tu caches des œufs de Pâques.

Le Velvet Slipper est ouvert depuis une heure. La première équipe a déjà pointé, chacun/chacune prenant sa place habituelle. Le monde, comme dit le poète, est peuplé de choses remarquables. Une averse d'été doucement verse. La voix d'un chanteur disparu s'élevant derrière les lumières du juke-box qui clignotent comme un arbre de Noël. Qui a dit ça ? Qui chante ça ? Qui a prononcé ces mots, ou n'importe quoi d'autre vivant ou mort, ce matin-là au Velvet Slipper ? Qui s'en préoccupe ? Si ça te convient, prends-le. Deux femmes discutent au bar. Leur conversation ne regarde personne. Elles sont assises sur de hauts tabourets. L'une grande et mince. L'autre petite, gros cul, gros seins, une gueule de déterrée, les cheveux crépus, des lippes de singe, et les yeux explosés, prêts à sortir de sa tête. Et qui pue, si tu t'approches. Elle a l'air d'avoir dormi, baisé dans ses fringues. Dieu seul sait depuis combien de jours elle les a sur le dos. Et seul son nez à Lui pourrait se glisser entre ses cuisses dodues, sous son pantalon corsaire trop serré, fripé et nauséabond, sous sa petite culotte humide de rosée, tachouillée, emboucanée, afin de savoir exactement où a été cette femme, combien de temps, et ce qu'elle a fait exactement.

De loin, plus loin que le temps nécessaire à toutes les voix qui ont jamais raconté des histoires pour raconter la leur, dans le silence bienvenu qui suit tous ces mensonges, toute cette salive perdue, les voix des femmes nous arrivent. Nous rejoignent là où nous sommes. A nous imaginer les imaginant.

Bébé, il faut te reprendre. Des volutes de fumée sortent des lèvres mauves de Toodles. Tout son barda est parfaitement aligné sur le comptoir, suivant un ordre méticuleux et précis, solennel comme un dessin à la craie sur un sol d'ardoise pour invoquer un dieu. Pochette d'allumettes. Cigarettes. Une petite serviette en papier mauve où sont posés son godet de gin et un verre d'eau pour faire passer. Des petites coupures. Une petite pile argentée (tu te dis que c'est la monnaie de son dernier verre et l'argent du prochain) qui diminue progressivement, à mesure que d'un ongle violet elle pousse quelques pièces vers le barman. Joue-moi le B12, c'est romantique, et le C9, c'est joli. Toodles ne cache rien. Elle déballe son foutoir et tout le monde peut voir. Aujourd'hui. Hier. Demain. Elle ne cache rien, mais ne donne rien. Quoi qu'il arrive ; c'est toujours Toodles assise sur son tabouret. Tranquille. Exactement la même que celle que vous avez vue la dernière fois à la même place. Harmonie, contrôle, le style de Toodles. Un style qu'elle essaie d'apprendre, d'inculquer à Kwansa. Même si Toodles n'est pas dupe. Même si elle sait que les fragments de Kwansa sont dispersés dans tout Homewood. Et les chevaux du roi et les soldats du roi... Toodles le sait. Mais ce qu'elle sait le mieux faire c'est être Toodles. Et si Kwansa était Toodles, elle n'aurait jamais laissé filer ce qu'il lui faut pour tenir le coup. Voilà, c'est tout... tout ce que Toodles peut en dire.

Les choses s'arrangent d'elles-mêmes.

Vraiment ? Pour cette fragile et grassouillette. Tandis que l'autre, longue et dure, se dépouille de sa fragilité comme un serpent qui mue à longueur de journée.

La fumée monte. Parcourt la pièce comme un gros chat paresseux, une pièce aux tapis épais, bourrée de monde, mais vide aux yeux du chat, qui s'éloigne mi-majestueux, mi-furtif, absolument indifférent. Kwansa regarde ses mains. Elles lui semblent aussi irréelles que la nuit passée dans le lit de Toodles, familières et distantes comme le corps de cette femme qui s'est retournée vers elle, l'a recouverte l'a enveloppée dans sa toile de soie couleur d'encre. L'idée d'aimer ainsi une femme ne lui était jamais venue, mais, la nuit dernière, ce n'était plus une idée, c'était pure chaleur, pur vertige, la femme en elle palpitante, métamorphosée, pleinement elle-même et plus qu'elle-même, dédoublée, deux fois palpable dans le miroir d'encre des membres longs et fins de Toodles, de sa peau veloutée. Un petit brin de corps tout maigre et des dents blanches, si blanches qui mordillent. Elles ont murmuré pour ne réveiller personne, n'effrayer personne.

Kwansa a vécu dans le lit de Toodles, puis elle y est morte, sombrant dans un sommeil si profond qu'elle s'est réveillée étourdie, deux heures perdues Dieu sait où, et Kwansa a tâtonné en cherchant ses habits, prise de vertiges, faible comme si elle avait perdu son sang, non du temps. Deux heures arrachées à sa conscience, son corps lui imposant ce que son esprit s'efforçait de nier. Jusqu'où peut-on aller, à quelle distance de soi-même ? Au fond du trou noir et profond du sommeil. Les murs de la chambre se sont inclinés, tremblants, tandis que ses yeux clignaient pour rejeter la lumière. Une femme marchait au ralenti, silencieuse comme une ombre, dans une rue interminable. Une rue de Homewood, mais avec les maisons effondrées des deux côtés, alors la rue est dégagée et baigne dans une lumière voilée qui adoucit le ciment, les briques et les fenêtres. La femme ne se presse pas pour descendre cette rue que Kwansa a déjà vue des centaines de fois, mais qu'elle ne reconnaît pas ce matin, assise sur le lit de Toodles, entourant ses seins lourds de ses bras nus, la douceur de ces seins qui lui attirent tant d'ennuis depuis ses onze ans. Dans cette rue large aux maisons qui s'estompent, comme prises de fatigue ou de frayeur, dans cette rue couverte d'une brume légère qui ondule comme de la fumée de cigarette, pas d'ombre, aucun endroit où aurait pu se cacher cette femme qui s'approche en prenant tout son temps. Dans la fraîcheur matinale de la chambre, Kwansa se balance doucement, se rassemble, la viande flasque, la chair de poule balayant sa peau nue. Elle regarde la femme s'approcher en flânant dans la brume, comme si elle avait l'éternité pour elle. La femme n'entend pas la rue qui se dévore, se mâche et se recrache, ni le nuage de poussière sanglante qui s'élève au-dessus du carnage. Pas un bruit tandis que la rue s'effondre, s'enroule sur elle-même, se rapprochant peu à peu des pas sourds de la femme, qui ne peut avancer plus vite parce que c'est Kwansa et que Kwansa est trop assommée de sommeil pour la prévenir ou l'aider. Elle ne peut que trembler et se défaire, emportée par une vague de frissons. Écraser ses seins de ses coudes et enfoncer les bouts qui pointent, ignorer les deux fantômes jumeaux qui tentent de la téter, deux Cudjoe aveugles, comme cette femme que la rue est sur le point d'avaler.

Kwansa se souvient de tout, mais rien n'a plus de réalité que ses mains étalées sur le long bar mouillé du Velvet Slipper. Dans le noir, ses doigts ont des yeux. Quelquefois, dans son lit, elle les regarde rôder sous les couvertures, tels des vers luisants qui clignotent dans l'air de la nuit. Qu'elle voie les yeux ou non, elle sait que l'extrémité de ses doigts luit et qu'ils ont le pouvoir de donner forme aux choses. Ils lui ont montré Toodles. C'était comme si elle s'était dévêtue et avait, dans le miroir, surpris son reflet sans avoir eu l'intention de regarder. Découvrant son corps comme un homme devait le voir, un homme étendu sur son lit en slip, désirant, évoluant, imaginant. En voyant son corps dans le miroir, elle a hoché la tête, Ouais, pas mal et il y a ce qu'il faut, ah-hah, ah-hah. Une lueur sur le miroir qui marque le passage entre ce qu'elle voit tous les jours et ce qu'il voit pour la première fois. Ce qu'elle connaît, et qui l'ennuie, et ce qui le fait bander. Et elle se réapproprie son corps. Ses doigts lui font savoir que le corps de cette femme est plein de surprises, oui, et que tout est bon, oui. Elles se tournent l'une vers l'autre, l'une sur l'autre, osant à peine respirer, de peur de briser le charme. Et puis, toutes ses émotions contenues depuis si longtemps explosent, libres. Tout n'est plus qu'explosions folles et silencieuses qui éclatent d'un seul coup, haletant et criant, ses dents blanches grinçant sur les tiennes.

Caresse-moi ici... et ici... mets ton... sur ma... Kwansa ne dit mot, ni maintenant, ni avant. Ses mains sont comme cet étrange poisson lumineux dans ce restaurant où Waddell lui a dit, Je t'invite ce soir, bébé. Un immense aquarium le long d'un mur, près de la table où ils étaient assis, elle n'était jamais allée dans un tel endroit auparavant. Elle n'y est jamais retournée avec Waddell. Un restaurant chic. Seuls tous les deux, glissant à l'intérieur, elle à son bras, lui près de deux mètres, comme si c'était tout naturel, comme si sa dame et lui dînaient souvent dans des restaurants aussi classe. De grandes serviettes blanches, de l'argenterie brillante comme un sou neuf, et l'aquarium avec ses bulles et ses remous. Des poissons en habit de carnaval. Des capes, des robes excentriques, des masques aux yeux bizarres, des rayures et des moustaches. Kwansa ne savait pas pourquoi il y avait des poissons dans le restaurant. Si près des gens qui mangeaient. Des yeux de poisson et des bouches suceuses. Pendant une minute, elle avait eu pitié d'eux. Se demandant s'ils finissaient jamais dans un plat. Mais les poissons étaient trop petits. Trop d'éclat et de fioritures pour faire un plat. Les poissons nageaient en rond entre les parois de verre, des cercles dans un carré, flottant entre les colonnes de bulles, les plantes qui ondulaient, un truc qui ressemblait à la carcasse d'un immeuble, comme les colonnes qui soutiennent la banque sur Homewood Avenue, des colonnes miniatures déjetées, appuyées sur l'eau, certaines penchées, d'autres cassées, en pile sur le sol de graviers. Les poissons avaient continué leur ronde et Kwansa les avait oubliés. Mais, pendant les pauses, aux moments où Waddell arrêtait de pérorer pour que le serveur fasse le service avec plateau, comme s'ils n'étaient pas capables de se servir eux-mêmes, dans ces laps de temps tels des gouffres où elle ne pouvait penser qu'à la vitesse avec laquelle tout prendrait fin, au temps qu'il avait fallu pour que cela arrive, au peu de chances que ça se reproduise jamais, Waddell, son homme, des Blancs en veste blanche faisant grand cas de Kwansa la moche, la musique en sourdine, les lumières tamisées, les gens élégants et bien habillés, discrets comme des souris qui mangent. Quand tout s'arrêtait et que Kwansa se retrouvait seule, elle sentait son regard attiré par l'aquarium. Elle avait envie de passer le doigt à travers la paroi pour toucher les reflets argent, or et arc-en-ciel. Les toucher, froids et mouillés comme ils devaient l'être. Tout serait fini si vite. Les bouches suceuses. L'eau jaillissant des trous que ses doigts avaient percés dans l'aquarium. Elle n'avait pas dit à Waddell combien elle avait peur, de même qu'elle n'a rien dit aujourd'hui au Velvet Slipper, ou tout à l'heure dans le lit de Toodles, pourtant, dans son for intérieur, là où elle nage en silence tournant obstinément, les yeux grands ouverts, la bouche suçant, elle disait, caresse-moi ici, caresse-moi là, et les mains de Toodles, ses doigts de pieds, ses lèvres, avaient traversé le verre, avaient répondu à Kwansa comme si elle entendait sa demande.

Hé, chérie. Reste cool, ma petite. T'excite pas et devine qui vient d'entrer ?

Toodles fait face à la porte. Elle murmure, te retourne pas. Il t'a pas encore vue. Fais pas fuir le nègre. Kwansa regarde les yeux de Toodles. Le blanc s'agrandit. Les longs cils emmêlés battent. A sa façon, Toodles dit, Je t'ai vu mon nègre, mais je suis pas d'humeur à te dire bonjour. Le salut habituel pour la foule qui va et vient toute la journée au Slipper. Toodles n'a pas le temps. Elle sait que tu es là, mais elle n'en a rien à faire. Les yeux de Toodles se rétrécissent, sa bouche n'est plus qu'un pli dur d'un violet plus sombre. Des cendres brûlantes, pense Kwansa en essayant, sans se retourner, de voir ce que voit Toodles. Les yeux de Toodles comme des yeux derrière la tête de Kwansa, et Kwansa se fatigue à essayer de s'en servir, à déchiffrer dans les traits de Toodles le mystère de ce qui est invisible, présent et absent, derrière son dos.

Et puis Kwansa arrête de lutter. Elle soupire parce que c'est facile à deviner. Oui. Oui. Oui. Clair comme dans une boule de cristal. Elle se retourne brusquement. Saute de son tabouret et plante ses dix doigts dans le visage de Waddell avant que Toodles ait le temps de crier, Stop.

Putain ! M'en parle pas. J'étais là. Ces garces lui ont foutu une dégelée. La première le chope aux yeux et il hurle sans savoir qui l'a frappé. Il se roule par terre, gueulant, cognant comme un dingue sur cette garce, mais elle continue de lui labourer la gueule avec ses ongles. Ouais, mon pote. Comme des rasoirs. Et j'ai vu le sang couler. Puis ils roulent tous les deux par terre. Personne n'essaie de les arrêter. Nom de Dieu. Qui voudrait se mettre dans un tel bins ? Ça hurle et ça cogne et ça mord et ça griffe. Comme une bande de chats de gouttière sur la tête de ce pauvre gars. Personne veut s'en mêler. Pas même quand il a fini par prendre le dessus sur elle. Il avait l'avantage. Tu sais, comme c'est un mec. Mais, j' te jure, elle l'a tenu en respect un moment. Une sacrée bonne femme. Tu la connais, Kwansa Parker, mon pote. C'est pas une maigre. Elle l'a déchiqueté avant qu'il ne prenne le dessus. Il s'est assis sur elle, tu sais, en la clouant au sol. Pleurant et tenant sa tête d'une main. Biff. Bam. Et la cognant de l'autre. Une pitié de voir ça. Fallait le voir tabasser cette garce. Pas des petites gifles. Bang. Tapant aussi fort qu'il pouvait dans sa poitrine et son visage. Il pleure et du sang coule entre ses doigts, sur ses joues, elle lui a arrangé le portrait. Elle se tord et gémit. Mais n'abandonne pas, bien qu'elle soit sous lui maintenant. Elle encaisse les coups, se balance d'un côté, de l'autre, l'agrippe, le traite de tous les noms. Et ce nom qu'elle répétait tout le temps... Ça devait être un prénom. *Où il est... Où est mon Cooty* ou un truc comme ça, lui hurlant dessus quand il n'avait pas son poing dans sa gueule. Ça tournait vraiment mal. Il était grand temps que quelqu'un la tire de là. Pitoyable, tu sais. Elle devait avoir des dents et du sang plein la bouche, mais elle continuait à l'injurier, en répétant toujours ce nom-là. Et finalement j'allais intervenir quand *wham*. Même pas le temps de se retourner, Toodles attrape une poignée de cheveux du nègre, lui renverse la tête en arrière, et lui tranche la gorge d'un coup de rasoir.

Nom de Dieu. J'ai jamais rien vu de pareil. Lui a tranché la gorge bien net comme pour un poulet. Le sang jaillit du cou de Waddell comme d'une fontaine. Du sang partout. Il est encore assis sur Kwansa Parker et ne sait pas qu'il est mort. Il se saisit la gorge, s'étouffe et crache, le sang gicle comme de la pluie.

Bon, il reste comme ça une seconde encore, comme s'il se demandait quoi faire. Mais le nègre, il était déjà mort. Tu vois ce que je veux dire. Raide mort. Simplement, il ne le savait pas, alors il restait là, les yeux vitreux, perdant son sang sur Kwansa Parker, au point qu'elle semblait plus morte que lui.

Je me tenais à moins d'un mètre d'eux. J'ai tout vu, mon pote. Il a essayé de refermer son cou de ses mains. Tout garder à l'intérieur. Puis il a commencé à tressauter. A commencé à s'incliner. Et Toodles. Toodles était froide, mon pote. Lui a tranché la gorge comme si elle n'avait fait que ça toute sa vie. Et puis elle s'est reculée, et elle est restée raide, une vraie statue. Elle regardait. Faisant attention à ne pas se faire éclabousser par le sang qui pissait de partout. Et puis, elle s'est approchée tout près de sa gueule. L'a cogné des deux mains. Fort, mais délicatement. Comme si elle ne voulait pas se salir en le touchant. Elle s'est penchée pour le pousser en arrière d'un coup, des deux mains, et hop il est tombé. Toodles ne l'a même pas regardé. Elle l'a enjambé comme un sac de patates et s'est agenouillée pour aider Kwansa Parker à se relever.

ET PUIS

Imaginez un petit homme brun, barbu, impeccable et boiteux, dans le hall jaune pisseux d'un bâtiment public. Il s'arrête devant une porte parmi des centaines de portes semblables, alignées le long du couloir. Avec pour seule décoration un carré de verre dépoli, et un numéro. S'il y a des êtres humains derrière cette porte, ou tapis quelque part dans le lourd silence du bâtiment, ils ont appris à se rendre invisibles, parce que le seul signe de vie, c'est ce petit homme avec une grosse tête, qui tire sa montre en or de son gousset, la consulte comme la photo d'un vieux copain pas vu depuis longtemps, hésite encore une demi-seconde, et puis pousse la porte qui est de la même teinte laide et incolore que tout le reste du bâtiment, d'après ce qu'on en voit.

Il laisse la porte entrouverte derrière lui. Et nous entendons le tic-tac de la montre qu'il a remise dans la poche de son gilet. Mais c'est trop fort pour venir de là. Ce doit être son cœur, ou une pendule qui sonne dans une tour qu'on ne voit pas. Et même si la tour était visible, on ne l'aurait pas vue parce que nos yeux suivent ceux du nabot qui regarde le visage d'un enfant dans la pièce Impossible d'expliquer la force qui relie le visage barbu du nabot à celui de cet enfant, à peine plus petit. Un faisceau de lumière les réunit. Nous aveugle une seconde. Et puis, on ne voit plus qu'une colonne de poussière lumineuse, pendant cette seconde où la lumière nous enveloppe et nous submerge. Tout autour de notre crâne les cloisons s'affaissent. Ça fait peur, mais il paraît que ça ne fait pas mal. Si d'autres gens sont dans la pièce, ils n'ont rien à y faire. Donc on les perd de vue, on se perd soi-même. Et puis, on suit la vague de lumière jusqu'à ce qu'on entende le vieux dire, Bonjour. Tu es Cudjoe, n'est-ce pas ? Désolé, je n'ai pas pu venir plus tôt. N'aie pas peur. C'est ta mère qui m'envoie. Elle dit qu'elle t'aime, et qu'elle te verra bientôt, et puis que tout ira bien. Je m'appelle Reuben, je suis là pour te ramener à la maison.

Composition Bussière
et impression S.E.P.C.
à Saint-Amand (Cher), le 28 juin 1994.
Dépôt légal : juin 1994.
Numéro d'imprimeur : 631-415.
ISBN 2-07-073234-7./Imprimé en France.

63594